KB239442

지존 석산 평전

김대산 新무협 판타지 소설
FANTASTIC ORIENTAL HEROES

지존석산평전 3

김대산 新무협 판타지 소설

초판 1쇄 찍은 날 § 2008년 2월 25일
초판 1쇄 펴낸 날 § 2008년 2월 29일

지은이 § 김대산
펴낸이 § 서경석

편집장 § 문혜영
편집책임 § 심재영

펴낸곳 § 도서출판 청어람
등록번호 § 제1081-1-89호
등록일자 § 1999. 5. 31
어람번호 § 제2-1432호

주소 § 경기도 부천시 원미구 심곡1동 350-1 남성B/D 3F (우) 420-011
전화 § 032-656-4452 팩스 § 032-656-4453
http://www.chungeoram.com
E-mail § eoram99@chollian.net

ⓒ 김대산, 2007

ISBN 978-89-251-1210-7 04810
ISBN 978-89-251-1076-9 (세트)

지존 석산 평전

김대산 新무협 판타지 소설
FANTASTIC ORIENTAL HEROES

3

동행험로(同行險路)

청어람

第一章

호형호제(呼兄呼弟)

지준

석산평전

행보를 재촉하던 일행은 호북성의 경계를 지나고 나서야 잠시 휴식을 취하고자 걸음을 멈추었다.

"안문!"
일행과는 조금 떨어져 자리를 잡고 앉아 지친 듯 다리를 주무르면서 소치가 안문에게 말을 걸었다.
"예! 주군!"
"우리가 지금 이렇듯 비루한 개처럼 기친 강호를 헤매고 다니는 이유가 무엇인가?"
안문이 일시 대답을 하지 못하고 있다가 탄식조로 말했다.
"참으로 황망할 뿐입니다."

"하하하! 나중에는 그렇지 않을 것이로되, 지금은 실로 그렇지 아니한가? 그러니 자네 또한 황망하다고 하기보다는 차라리 즐김이 좋을 것이다."

안문이 다시 잠시간 말을 고르는 기색이다가 이윽고 대답했다.

"하문(下問)하신 데 대해 단적으로 답을 드린다면, 바로 일도양단을 위해서입니다."

그러자 소치가 빙그레 웃으며 반문했다.

"일도양단이라? 후후후, 기사회생은 아니고?"

"주군!"

안문의 안색이 확 어두워지자 소치가 소리내어 웃으며 다시 말했다.

"하하하! 알았네, 알았어! 일도양단이든 기사회생이든 어쨌든 지금은 그들의 관심을 우리 쪽으로 돌려놓아야만 하지 않겠는가?"

"그렇습니다."

"그러나 지금 자네와 내가 황도에서 벗어나 강호를 돌아다닌다는 정도로 그들의 관심을 끌 수 있을까?"

"안문이 묵묵히 자신을 바라보고 있자 소치가 가볍게 미간을 좁혀 보이며 말을 덧붙였다.

"그렇다고 우리가 노골적으로 우리의 존재를 드러낸다면, 오히려 저들을 보다 조심스럽게 만들어 버릴 테고? 흠, 하면 성동격서는 어떠한가?"

그러자 안문이 문득 희미한 미소를 떠올리며 대답했다.

"옳은 판단이십니다."

소치가 덩달아 빙그레 미소 지으며 말했다.

"후후! 그것이야 자네가 이미 생각해 놓은 것들 중 하나일 터, 자네는 내게 괜한 금칠을 하는군."

안문이 얼른 정색하며 말을 받았다.

"소신이 어찌 감히……."

그러나 그 말허리를 자르며 소치가 한결 가라앉은 어조로 물었다.

"물론 우리는 격서의 주체가 되어야지 성동의 주체가 되어서는 안 되겠지? 하면 성동은 과연 누구에게 기대어볼 것인가?"

안문은 가만한 눈길로 잠시 소치를 바라보고 있다가 조심스럽게 운을 뗐다.

"일전에 잠시 언급하신 말씀대로……?"

안문은 일부러 끝까지 말하지 않고 여지를 남겼다. 그럼으로써 소치의 정확한 의중을 헤아린다는 형식을 취한 것이다.

그러나 소치는 대답하지 않고 빙그레 웃고만 있었고, 그에 대해 안문 역시 다시 묻지 않고 가만히 기다리고만 있었다.

"천하는 이제 대변화를 요구하고 있고, 암중으로 흐르는 난세의 기류는 이미 폭발 직전이지. 마지막으로 필요한 것은 폭발을 이끌어낼 기폭제야. 허허허, 어떤 기폭제일까? 흔히들 말하기를 난세는 영웅을 부른다고 하더군. 그런가? 세상은 지금 천하를 뒤엎을 영웅의 출현에 목말라 하고 있는 것일까?”

소치가 혼잣말처럼 말을 흘리다 문득 안문을 향해 물었다.

“자네는 혹시 내가 영웅이 되기를 바라는가?”

그 질문에 안문은 담담히 침묵했다.

소치 역시 안문의 대답을 기다리지 않고 스스로 답했다.

“나는 영웅이 될 수 없을 뿐더러, 되려고 하지도 않을 걸세.”

안문이 여전히 담담한 기색으로 있는 것을 보면서 소치의 눈길은 먼 허공을 향했다.

“영웅의 역할은 난세의 흐름을 정점으로 이끌어내는 데까지야. 이후 난세를 거두고 천하를 평정하는 데는 보이게, 또는 보이지 않게 만인의 피와 눈물이 필요한 법이니, 결코 영웅이 감당할 수 있는 몫이 아닌 게지. 나는 그 역할을 하고자 하는 것이지. 조용히, 그리고 일거에 난세를 거두는 역할. 후후! 물론 기회가 주어졌을 때의 얘기이지만.”

그리고 소치는 입을 굳게 다물었는데, 아마도 어떤 벅찬 감회 같은 것이 일시 그의 심중을 가득 채운 모양으로 그의 얼굴에는 한 가닥의 엷은 홍조가 서려 있었다.

그런 소치를 향해 안문은 가만히 고개를 조아렸다.

잠시 후.

한결 가볍게 심중을 추슬렀는지 소치는 빙그레 웃으며 다시 말을 꺼내고 있었다.

“일이란 것은 아무리 완벽을 기해도 지나치지 않다고 해야겠지. 그러나 자네와 내가 하려는 일이란 것은 아무리 고심에 고심을 거듭하고 또 철저를 기한다고 해도 뜻대로 풀릴 일은 아니지 않겠나? 하하하, 그리고 생각했던 대로 모든 일이 수월히 이루어진다면, 마침내 뜻을 이루었다고 하더라도 거기에 무슨 대단한 의미와 흥취를 둘 것이 있겠는가?"

"그 말씀은……?"

안문이 언뜻 의아해하며 반문하자 소치는 입가의 웃음기를 짙게 만들며 말을 이었다.

그런데 이번에 그의 말은 더욱 엉뚱한 쪽으로 번지고 있었다.

"자고로 영웅은 젊은이들 중에서 나온다고 했어. 그 말이 곧 무슨 말이겠나? 젊고 새로운 얼굴이어야 단숨에 천하의 관심을 받을 수 있다는 말이 아니겠나? 하하하, 천하가 바야흐로 난세로 접어들고 있는 이때, 아무도 예측하지 못했던 전혀 뜻밖의 새로운 신성들이 나타나고, 그들이 세상을 놀라게 할 풍운을 일으킨다? 으하하하, 생각만으로도 참으로 흥미롭지 않은가?"

안문이 자신의 말이 뜻하는 바를 짐작해 보느라 이런저런 염두를 굴리는 것을 즐기듯이 잠시 말을 멈추고 빙그레 웃는 얼굴로 있다가, 소치는 문득 불쑥하고 말을 뱉었다.

"나는 소산과 형제의 의를 맺어볼 생각이네."

그 느닷없는 선언에 안문은 말 그대로 대경실색하고 말았다.

와중에도 안문이 급히 당혹을 수습하고 조심스럽게 입을 열었다.

"주군! 그러나……."

그러나 안문은 뒷말을 잇지는 않았다. 그때 소치의 얼굴이 지극히 담담한 기색인 것을 보았기 때문이었다.

소치에게 냉철한 판단력과 단호한 추진력, 그리고 누구보다도 뛰어난 임기응변력이 있다는 사실과 더욱이 소치가 지금과 같은 표정일 때는 천하의 그 누구도 그가 생각하는 바를 되돌릴 수 없다는 것을 안문은 잘 알고 있었다.

대신에 안문은 스스로 소치의 의중에 대해 다시금 찬찬히 생각해 보는 쪽을 택했다.

아마도 소치는 소산 등이 제각기 가지고 있는 나름대로의 특별하고도 특이한 점들을 주목하고 있는 것일 터였다.

그리고 비록 지금은 그들의 그러한 점들이 다만 보잘 것 없고 비정상적인 모습들에 불과하지만, 어떤 계기를 주어 터트려 내기에 따라서는 능히 세상을 놀라게 할 만큼의 잠재성을 가지고 있음을 확신하게 된 것이리라.

나아가 소치는 그들의 잠재성을 터뜨려 낼 어떤 방안까지도 이미 생각해 두고 있는지도 모를 일이었다.

이윽고 안문은 내심으로 나직이 중얼거렸다.

'그들 모두의 중심에 있는 사람이 바로 소 공자임을 주군 또한 확연히 꿰뚫어보신 모양이다. 혹시 그런 것이 아니라면 소 공자에게서 내가 보지 못한 또 다른 어떤 측면을 보신 것일까?

"소신이 감히 가타부타할 수 있는 일은 아니겠으나, 다 만……."

조심하고 어려워하는 기색이 뚜렷한 중에도 사뭇 강한 여지로 말꼬리를 흐리는 안문의 어조에 소치의 미간이 가볍게 찡그려졌다.

그때 안문이 한층 단호한 어조로 말을 이었다.

"나중의 일 또한 미리 생각해야만 할 것입니다."

"나중의 일이라니, 그건 또 무슨 말인가?"

"소 공자에게 범상치 않은 면모가 있다는 것은 소신 또한 모르지 않습니다. 그러나 그가 스스로 말하기를 일개 상인의 신분이라 하였고, 더욱이 그 자세한 출신에 대해서는 아직 아는 바가 없습니다. 그러한 터에 이제 주군께서 그와 정식으로 형제의 의를 맺는다면 훗날 주군께 번거로움이 미칠 수도 있을 것인데, 소신으로서는 미리 그것을 걱정하지 않을 수 없음입니다."

"흠, 훗날의 번거로움이라……?"

잠시 염두를 굴리는 소치를 보고 있다가 안문이 다시 말을 보탰다.

"주군께서 소 공자에 대해 긴밀히 뜻하는 바가 있으시다는 것을 짐작하겠습니다만, 다만 호형호제하는 것만으로도 충분하지 않겠습니까?"

소치가 언뜻 묘한 표정이 되며 물었다.

"호형호제라면 결국에는 형과 아우가 되는 것인데 어찌 자네가 말한 그런 번거로움이 없어진다고 하겠는가?"

안문이 엷은 미소를 떠올리며 말했다.

"그렇지 않습니다. 거기에는 미묘하면서도 커다란 차이가 있습니다."

그러자 소치는 다시 생각을 해보는 기색이 되었는데, 그에 대헤 안문은 더 이상의 설명을 하지 않고 다만 묵묵히 지켜보기만 하였다.

*　　　*　　　*

호형호제하자는 소치의 제안에 대해 의아한 기색이 된 것은 그 제안을 받은 소산 본인보다 오히려 예령과 소소였다.

일행으로 지낸 지 며칠 되긴 하였지만, 그들 두 사람 간에 서로를 형과 아우로 부를 만큼 깊은 친밀감이 형성되었다고는 할 수 없었다.

그러기에 두 사람이 각기 가진 개성은 사실 너무 유별난 데가 있다고 해야만 했다.

그리고 설혹 그들 간에 그녀들이 모르는 어떤 은밀한(?) 유대감이 형성되었다고 한다면 사내들답게 의당 결의형제를 맺자고 할 일이지, 기껏 호형호제하자고 정색을 하는 모양새에도 다분히 어색한 데가 있었다.

그것이 곧 강호에서 그저 몇 번 만난 사이에서 인사나 트고 지내자는 의미에서 '사해(四海)의 동도(同道)가 다 형제'라고 흔히들 주워섬기는 말과 크게 다를 바가 없기 때문이었다.

그러나 소치의 태도만큼은 사뭇 진지하였다.

소산이 별 무반응이자 그는 심지어 이렇게까지 말을 하는 것이었다.

"친 혈육을 제외한다면, 이제껏 나와 호형호제한 사람은 없었네."

그 순간 안문의 미간이 슬며시 좁혀졌다가 이내 원래대로 돌아갔다.

소치는 이윽고 소산의 대답을 들을 필요도 없다는 듯이 그대로 밀어붙이고 있었다.

"이제부터 자네는 나를 소대형(小大兄)이라고 부르게. 나는 자네를 소제(小弟)라고 부름세."

소산이 문득 힐끗 스치듯이 예령 쪽을 보았다.

그러나 그 눈길을 보고도 예령은 소산에게 어떤 반응도 보여 주지 못했다.

순전히 두 사람 간의 일이니 만큼 그녀가 조금이라도 개입할 성격의 일은 아니었고, 더욱이 무심한 채 힐끗 훑고 가는 소산의 눈길이 어떤 조언을 바라는 것이라고 여기기도 어려웠기 때문이었다.

그런데 그때 소산의 눈길은 소소에게로 향했고, 예령은 소소의 눈빛에 마침 한 가닥의 맑은 웃음기가 떠오르는 것을 보았다.

그리고 다시 소치와 눈을 마주 한 소산의 고개가 끄덕여졌다.

"와하하하하! 좋구나, 좋아!"

대소를 터트리며 크게 기뻐한 소치는 이어서 정색을 하며 말했다.

"소제(小弟), 이제부터 나는 자네에 대해 형제의 도리를 성실히 지키겠네!"

사뭇 들뜬 어조였으나, 그것은 다짐이라 할 만했다.

그에 대해 소산은 상대적으로 차분했다.

"저 역시 먼저 의를 저버리는 일은 없을 것입니다."

순간 소치의 안색이 살짝 굳어지더니, 그가 다소간 무겁게 변한 어조로 물었다.

"먼저 저버리지 않는다는 것은, 상황에 따라서는 저버릴 수도 있다는 말인가?"

"그렇습니다."

뜻밖으로 단호한 소산의 대답에 모두가 놀랐거니와, 소치는 이제 완전히 가라앉은 어조가 되었다.

"자네는 그 말에 대해 자세히 말해보게."

소산이 여전히 차분한 채로 말을 받았다.

"제가 먼저 의를 저버리지는 않을 것이로되, 만약 대인께서 먼저 의를 저버리신다면 그때는 저 또한 미련 없이 저버릴 수 있다는 의미입니다."

"음, 의를 저버린다는 것은 단적으로 어떤 경우를 말함인가?"

"저는 상인입니다. 상인에게 있어 의라는 것은 곧 이득입니다. 다만 명분을 잃지 않은 이득이어야 합니다. 하여 만약 어떤 경우에든 대인께서 스스로의 이득이나 명분을 취하기 위하여 저의 이득이나 명분을 도외시한다면, 저는 그것을 곧 의를 저버린 것으로 간주하겠습니다."

예령은 소산에게서 무척이나 낯설다는 느낌을 받고 있었다.

평상시의 그는 비록 간혹 엉뚱하고도 무모한 고집과 독단이 있긴 하나 대체적으로는 순진한 편이라고 할 수 있었고, 특히 그녀를 대할 때의 그에게는 전혀 이해를 계산하지 않는 성의가 있었다.

그런데 지금 소치를 대하고 있는 소산은 참으로 분명하고도 계산적이어서 한 치의 손해도 보지 않으려 하는 냉철한 측면을 보여주고 있는 것이었다.

더욱이 소치와 같은 사람은 결코 쉽게 대할 수 있는 사람이 아닌데도 말이다.

그때 안문은 그가 일전에 소산에 대해 느꼈던 모호함의 실체 중 하나를 언뜻 발견한 느낌이었다.

'음, 차후 시간이 난다면 그의 가문에 대해 한번 자세히 알아보아야 되겠구나!'

잠시간 소산의 말을 음미하고 있는 듯하던 소치가 문득 정색을 하며 말했다.

“옳은 말일세, 자네의 말은 과연 조금도 이치에 어긋남이 없
네.”

이어 소치는 분위기를 돌리려는 듯 흔쾌하게 웃으며 말을
이었다.

“하하하, 이제 우리는 형과 아우가 되었는데, 이를 기념하지
않을 수는 없는 노릇이지. 하여 나는 소제에게 몇 가지의 예물
을 주고 싶네. 흠, 생색을 내려고 하는 것은 아니지만, 이 몇 가
지 예물들은 세상에서 제법 귀하다는 소리를 듣는 물건들이니
자네도 분명 마음에 들어 할 걸세.”

그리고 빙그레 웃으며 바라보는 소치에 대해 소산이 짐짓
사양이라도 한다는 듯이 다소간 어색한 투로 말했다.

“저는 지금 당장에는 딱히 예물로 할 만한 것을 지니고 있지
못합니다만…….”

소치가 크게 웃으며 손을 내저었다.

“하하하, 되었네. 나는 자네에게 대형의 소리를 들은 것만으
로도 충분하네.”

그러자 소산이 좀 전보다는 한결 밝아진 표정으로 가볍게
고개를 숙이며 답례의 말을 했다.

“그렇다면 감사히 받겠습니다, 소 대형!”

“하하하하! 좋네, 좋아! 그리하면 되는 것일세.”

소치의 낭랑한 웃음소리가 사방으로 울려 퍼졌다.

밀랍에 쌓인 호두 알만 한 물건 둘, 그리고 어른 엄지손가

만 한 작은 백옥병 하나.

소치가 예물로 내놓은 물건들이었다.

그리고 소치 대신 안문이 담담한 어조로 그것들에 대해 설명을 해나가는 순간, 예령과 소소는 그대로 경악하고 말았다.

그것들이 바로 대환단(大還丹)과 태청보단(太淸寶丹) 각 한 알, 그리고 미타성수(彌陀聖水) 한 병이라는 것이었다.

만약 그것이 사실이라면, 그 희대의 영물들 중 어느 한 가지의 존재 사실만으로도 강호에 자칫 엄청난 탐욕의 대혈사(大血事)를 불러일으킬 일이었다.

대환단과 태청보단은 각기 소림과 무당의 지보로 무림제일의 성약으로 불리는 물건들로, 두 물건들을 내공의 근간을 갖춘 자가 복용하고 운공하여 그 약효를 십 분 받아들일 수 있다면 그 한 알의 복용으로 능히 일 갑자의 내공을 얻을 수 있다고 하였다.

미타성수 또한 지극음지에서 백 년에 한 방울이 맺힌다는 희귀한 영물로, 내공의 바탕을 지닌 여인이 복용하여 그 약효를 제대로 흡수한다면 능히 생사현관과 세맥의 타통을 가능케 하는 무상의 공능을 지녔다고 하였다. 그런데 지금 소치가 내놓은 백옥병에 들어 있는 양은 어림잡아도 열 방울은 되어 보이니 그 가치야말로 가히 무상이라고 할 만하였다.

그런데 대환단과 태청보단은 각각 소림과 무당에서도 이미 오래 전에 그 연단비법의 맥이 끊겼다고 알려졌거니와, 미타

성수 또한 인세에는 실존하지 않는 전설의 영물로 알려져 있
는 터에, 어떻게 그것들이 한꺼번에 세상에 출현을 하였으며,
더욱이 무림인도 아닌 소치가 어떻게 그 절세지보들을 가지고
있을 수 있다는 말인가?

그러나 그 물건을 가진 이가 다른 사람이 아닌 바로 소치라
는 사실만으로도, 그 물건들이 진품임을 믿게 만드는 묘한 힘
이 소치에게는 있는 것이었다.

그런 모습에서 아마도 그는 그 세 가지 영물들의 가치를 미
처 알지 못하고 있는 듯했다.

한편 다른 사람들의 경악과는 달리 소산은 여전히 덤덤하기
만 한 기색으로 있더니 문득 소소를 향해 가볍게 눈짓을 했다.

이어 소소가 곁으로 다가서자 소산은 별 망설임 없이 그 세
가지의 영물들을 그녀에게 넘겨주는 것이었다.

그런 것은 의식적이든 무의식적이든 소산의 소소에 대한 특
별한 믿음의 발로로 보일 수도 있었지만, 그 이전에 소산은 아
마도 그 세 가지 보물들의 가치에 대해 미처 제대로 알지 못하
고 있는 듯이 보이기도 했다.

다소간 당혹스러운 기색으로 물건들을 받아 들면서 소소의
눈빛에는 잠시간 엷은 온기가 스쳤다.

그리고 소소는 곧 두 개의 영단 중 한 개의 밀랍을 조심스럽
게 풀어내는 것이었다.

안문과 예령의 얼굴로는 퍼뜩 놀라는 표정이 스쳤고, 소치
의 얼굴로는 일시 묘한 호기심이 떠올랐다.

소소가 풀어낸 밀랍의 안쪽에는 과연 누르스름한 색의 환단(丸丹) 한 알이 들어 있었다.

소소가 아주 조심스럽게 그 환단을 살피다가 이윽고 코 가까이에 가져다 대고 냄새를 맡았다. 이어 소소는 다른 하나의 영단에 대해서도 역시 밀랍을 벗기고 살피고, 또 냄새를 맡았다. 그리고는 다시 백옥병의 뚜껑을 열고는 냄새를 맡아보는 것이었다.

그 일련의 과정들을 아주 신중하게 행한 다음 이윽고 소소는 소산을 향해 가볍게 고개를 끄덕여 보였는데, 그것은 마치 그 세 가지 보물들의 진위 여부를 확인했다는 듯이 보였다.

"그런데 대형께서 주신 이 예물들의 쓰임에 대해 미리 허락을 구해놓아야 할 것이 한 가지 있습니다."

소산이 소치를 향해 고개 숙여 다시금 감사를 표한 뒤에, 정색을 하며 한 말이다.

소치가 눈빛에다 반짝하고 작은 이채를 띠며 되물었다.

"예물들의 쓰임에 대해서 말인가?"

그리고 소치는 무의식적인 듯 슬쩍 예령 쪽을 돌아보며 말을 덧붙였다.

"나는 당연히 그 물건들이 자네와, 그리고 우리 일행들 중의 또 누군가를 위해서 쓰일 것이라고 생각하였는데, 혹시 자네는 지금 그 외의 다른 쓰임을 말하는 것인가?"

그러나 소치는 이내 약간 당혹스러운 빛이 되며 다시 말했다.

"아닐세, 아니야! 그것들이야 내가 자네에게 주었으니 이미 자네의 것일세. 그러니 자네가 어떻게 쓰든 굳이 내 허락을 받고 말고 할 것이 어디 있겠나? 다만 자네가 그것들을 어떻게 쓸 것인지에 대해서는 여전히 궁금하기는 하네."

그러자 소산이 또한 예령 쪽을 힐끗 돌아보면서 말했다.

"제가 일전에 예 소저께 무공을 배울 때 소저께서 제게 이르기를, 제 나이가 이미 약관에 이르러 특히 제대로 된 내공을 익히기에는 너무 늦은 나이가 되었다고 했습니다."

소산의 그 말은 사람들의 관심을 일시에 전혀 엉뚱한 곳으로 돌려놓는 데가 있어서, 당장에 소치가 자못 의외라는 듯, 또 흥미롭다는 듯한 표정을 굳이 숨기지 않으면서 물었다.

"허, 그럼 자네가 예 소저에게서 무공을 배웠다는 말인가?"

소치의 그 말에 예령의 얼굴이 엷은 홍조로 물들었다.

그러나 소산은 그녀의 당황을 아는지 모르는지 태연스럽게 고개를 끄덕여 대답했다.

"그렇습니다."

이어 그는 자세한 설명을 덧붙이기까지 했다.

"저는 그동안 예 소저께 전수받은 삼재심법을 열심히 운공한 결과, 이전에 비해서는 많이 건강해지고 힘도 세어졌습니다. 그리고 이런 정도로도 애초에 무공을 익히려던 저의 목표는 이미 달성된 것이나 마찬가지입니다."

소치가 짐짓 놀랍다는 물었다.

"자네가 익힌 무공이 삼재심법이라고?"

그러나 그의 표정에는 어쩔 수 없이 한 자락의 웃음기가 떠올라 있었다.

소치가 직접 무공을 익히지는 않았다고 해도 고절한 무공을 지닌 호위들을 늘 주변에 두는 입장이었다. 그러니 강호의 무공에 대해 귀동냥이나마 들어 본 적이 있고, 또 그런 중에 삼재심법이 과연 어떤 종류의 무공인지에 대해서도 알고 있는 것이다.

"예, 그렇습니다."

이번의 소산의 대답은 그가 자신의 성취에 대해 자못 자랑스러워하는 것으로까지 들렸는데, 그로 인해 사람들의 시선이 일시에 자신에게로 쏠리자 예령은 더욱 당혹스러운 심정이 되고 말았다.

그때 소치가 소산에게 다시 묻고 있었다.

"삼재심법 외에 또 익힌 무공이 있나?"

"예 소저께서 검본이십사세라는 검법 중의 몇 가지를 전수하셨는데, 원래 무공에 대한 제 자질이 부족해서 그것에는 영진전이 없습니다."

그리고 소산은 잠시 말을 멈추며 힐끗 예령 쪽을 돌아보고 나서 다시 말을 이었다.

"저는 지금 이 영약들이 제게는 무용지물이나 마찬가지란 말씀을 드리고자 하는 것입니다."

소치가 여전히 흥미롭다는 듯 짧은 추임새로 소산의 뒷말을 재촉했다.

"음?"

"대형께서 주신 이 영약들이 만약에 제 뱃속으로 들어간다면 그 원래의 신묘한 약효를 조금도 발휘하지 못하고 다시 나와 그대로 거름이 되고 말 것인데, 그것이야말로 돼지 목에 진주 목걸이를 거는 격이 아니겠습니까?"

소치는 잠시 생각을 해보는 기색이었다.

그러다 그는 문득 농담이라도 한다는 듯이 슬쩍 곁가지를 달았다.

"그런데 자네는 그 물건들을 어디에 쓸 것인지에 대해 아직 말하지 않았네."

소산이 입가에 엷은 웃음기를 떠올리며 대답했다.

"그 구체적인 용처에 대해서는 아직 정해놓은 것이 없습니다. 저는 다만 대형의 예물들을 제 자신을 위해 쓰지는 않겠다는 것에 대해 미리 말씀을 드려놓고자 하는 것입니다."

소치의 입에서는 탄식인지 탄성인지 모를 애매한 소리가 나직이 흘러나왔다.

"음!"

치잉!

그것은 묘한 울림을 가지는 소리였다.

웅얼거리는 소리 같기도 하고, 애교스럽게 칭얼거리는 소리 같기도 했다.

그러면서도 그 미묘한 울림 속에는 경쾌하고도 청아한 여운이 감돌았다.

　사람들의 시선이 확 쏠렸다. 좀 전까지 빈손이었던 소치의 손에는 지금 은은한 황금빛이 도는 한 자루 검이 쥐어져 있었다.

　연검이었다. 정확하게는 검집에 들어 있는 상태의 연검이었다.

　보통의 연검이 별도의 검집을 가지지 않는데 비해 특이하게도 그 검은 은은한 황금빛이 감도는 검집에 든 그대로 요대처럼 소치의 허리에 감겨져 있다가, 방금 튕기 듯이 풀려져 나온 것이다.

　소치가 힘이 들어간 어조로 말했다.

　"이놈은 제황지검(帝皇之劍)이라는 놈일세."

　그 순간 소치의 표정에는 한 가닥의 당당한 호기가 떠올라 있었다.

　그러나 다음 순간 그는 빙그레 웃는 것으로 슬쩍 표정을 바꾸며 덧붙였다.

　"누군가 말하기를 본래는 제황사검(帝皇絲劍)이라는 이름을 지녔다고도 하더군."

　그때 소치가 하는 모양을 묵묵히 지켜보고 있던 소산이 문득 궁금하다는 표정이 되며 물었다.

　"사(絲)면 실이라는 것인데, 어쩌다가 검과는 어울리지 않는 사 자(絲字)가 붙게 되었습니까?"

　"하하하, 그건 나로서도 알 수 없네. 다만 이놈은 그 거창한 이름만큼이나 제법 명성이 있어서 무슨 전설의 명검 소리를 듣는 놈인데, 얘기하기 좋아하는 이들 중에는 그 이름과 관련하여 이놈에게 어떤 놀라운 내력이 있다고도 하더군."

그리고 잠시 소산을 바라보다 소치가 불쑥 말을 이었다.

"어떤가? 자네가 이놈의 진정한 주인이 되어 놈이 지닌 그 놀라운 내력이란 걸 한번 알아보지 않겠는가?"

그 뜻밖의 말에 소산이 선뜻 무어라 말을 꺼내지 못하는데, 옆에서 줄곧 우려스러운 눈길로 지켜보고 있던 안문이 화들짝 놀라는 기색이 되어 말을 끼어들었다.

"대인, 다른 건 몰라도 제황지검은……."

그러나 안문은 말끝을 흐리고 말았다.

소치의 표정이 굳어지며 그를 바라보는 눈빛이 강해졌기 때문이었다.

그러나 소치는 곧 표정을 풀며 안문에게 말하는 듯이, 혹은 소산에게 말하는 듯이 두 사람의 중간쯤에 시선을 놓아두고서 웃으며 말했다.

"하하하, 다만 이름일 뿐이지. 그리고 사실 제황이란 이름은 이놈과 어울리지 않기도 해. 모름지기 제황이란 하늘을 떠받치는 강함과 우뚝함이 있어야 하는데, 이놈은 너무 부드러운데다 우뚝하지 못하고 슬며시 꼬리를 감추고는 괜히 신비스러운 체하는 데가 있거든? 하하하하! 사실 나 또한 이놈의 그 놀라운 내력이란 게 궁금하기는 하네. 그러나 어찌하겠나? 이미 십수 년간이나 함께하였으나 기껏 요대(腰帶)로나 쓰고 있는 것을. 아무래도 나와는 인연이 아닌 게지.”

소치가 문득 소산에게로 시선을 맞추면서 말을 이었다.

“어쨌거나 이놈은 그동안 내가 신물처럼 지녀온 물건이라, 이제 자네에게 준다는 것은 곧 자네에 대한 나의 믿음과 우애가 그와 같다는 것을 표시하기 위함일세.”

그때 소치의 손에 쥐인 검에서 쉽사리 눈을 떼지 못하면서도 소산이 사양의 말을 했다.

“저는 이미 과분한 예물을 받았으니, 이제 더는 받을 수 없습니다.”

그러자 소치는 가볍게 이마를 찌푸렸는데, 그것은 소산의 사양에 대한 약간의 불쾌감의 표시로도 보였고, 또한 자신의 권위를 한껏 세우는 것으로도 보였다.

“장부가 가슴에 두 마음을 담을 수는 없는 법이지. 나는 이 검을 이미 자네에게 주겠다고 마음먹었는데, 자네가 굳이 싫다고 한다면 나는 이 검을 다시 거두기보다는 차라리 버릴 것이네.”

소치의 말은 이제 권유를 넘어 숫제 강요에 이르고 있었다.

그런데 그런 소치의 권위와 강요는 뜻밖의 저항에 부딪치게 되었다.

바로 소산이 그 특유의 돌발적인 고집을 부리기 시작한 때문이었다.

“소 대인께서 장부의 도리를 말씀하신다면 저 또한 상인의 도리를 말하지 않을 수 없습니다. 진정한 상인의 도는 정당한 대가나 이유 없이 이득을 취하지 않으며, 또한 명분이 있다 해도 과분한 이를 취하지 않는 것입니다. 그러므로 저는 대인의 과분한 성의를 받을 수 없습니다.”

소치의 표정이 확 굳어졌다.

자신의 성의가 간단히 거절당해 버린 것도 그렇지만, 소산이 지금 그를 다시 ‘대인’이라고 부르고 있다는 데 대해 불편하고 불쾌한 심정을 누르기 어려웠기 때문일 것이었다.

상황은 묘한 쪽으로 진전되고 있었다.

소치와 소산은 지금 다른 사람들이 쉽게 이해할 수 없는 두 사람만의 방식으로 기이한 기 싸움을 벌이고 있는 중이었다.

그런 중에 특히 소치의 기색은 너무 삼엄하기까지 하여서 안문을 포함하여 누구도 선뜻 그들의 기 싸움에 끼어들 엄두를 내지 못하게 하는 데가 있었다.

“그렇다면 소제도 내게 하나를 주면 될 일이 아닌가?”

소치가 삼엄하기만 하던 기세를 슬며시 꺾으며 입을 연 것은 한참이 지난 후였다.

그에 대해 소산은 태연하리만치 덤덤하게 대답했다.

“지금 제가 가진 것들 중에서 그나마 값어치가 나가는 것이라야 기껏 전표 뭉치와 금원보 몇 개가 다인데, 그런 것들 따위를 대형께서 탐탁히 여기지는 않으실 것 같습니다만……”

소치의 얼굴에 다시금 특유의 여유 있는 미소가 떠올랐다.

그 미소는 어쩌면 소산의 호칭이 다시 '대형'으로 돌아왔기 때문이었을까?

어쨌든 소치는 이제 다분히 느긋한 표정이 되어서 다소간 익살스럽게 소산의 몸을 아래위로 훑어보며 말했다.

"흠, 나는 다만 자네가 지금 들고 있는 그 목검이면 되겠네."

그 말에 대해서는 소산도 당황하고 만 듯했다.

그가 잠시 머뭇거리는 기색이더니 문득 예령을 돌아보는 것이었다.

소산의 시선을 받고 예령은 언뜻 당혹스러운 표정이 되었다가 이내 가볍게 실소하고 말았다.

그 목검이야말로 일전에 자신이 나뭇가지를 대충 다듬어서 소산에게 주었던 바로 그 물건이었던 것이다.

소산은 잠시 묘한 표정이 되었으나, 이내 소치에게로 시선을 돌렸다.

그 순간 예령은 자신의 마음속으로 아주 잠깐, 그리고 아주 희미하게 허전함 같은 감정 하나가 문득 생겨났다 사라지는 것을 느꼈다.

물론 그녀는 그 찰나의 감정이 무엇 때문인지에 대해서는 전혀 짐작조차 할 수가 없었다.

같은 순간.

자신을 향해 불쑥 목검을 내미는 소산의 표정에 언뜻 아쉬움 같은 것이 스치는 것을 보고 소치는 내심 실소를 금치 못하였다.

　"한번 뽑아보겠나?"
　소치가 검을 건네주며 은근히 권하였다.
　소산이 잠시 망설이다 천천히 검을 뽑아내는데, 그 동작이
아무래도 어색하였다.
　이윽고 검신이 모습을 드러냈다.
　그런데 그 색이 검집의 화려한 황금빛과는 완전히 대비되는
시커먼 빛이었다.
　게다가 그 검은색의 검신이 검집을 완전히 빠져나오는 순
간, 그만 아래로 축 늘어지고 마는 것이었다.
　보통의 연검이 부드러운 중에도 강한 탄성을 지니고 있는
것과는 달리, 그 검은 다만 검집에만 그러한 탄성이 있을 뿐,
검신에는 전혀 탄성이 없는 모양이었다.
　바닥을 향해 축 늘어져 흐느적거리는 그 검은색의 검은 참
으로 볼품이 없었다.
　그때 소치가 나직이 경고했다.
　"조심하게, 그놈이 힘없어 보이나, 그 예리하기는 결코 간장
막사에 뒤지지 않는다네."
　이어 소치는 빙그레 웃으며 말을 덧붙였다.
　"보는 대로 놈이 비록 강하지는 못하나, 대신에 날카롭고 질
기기로는 능히 천하에서 제일이라고 할 수 있을 것이네. 하하
하! 그것은 내 말이 아니라, 소위 천하의 명장(名匠)이라 불리

는 자들이 하나같이 내놓은 품평이니 믿어도 좋을 것이야. 다만 놈이 지나치게 부드럽고 또한 까탈져서 섣불리 다루다가는 자칫 주인을 베기 십상일세. 후후, 바로 그런 점 때문에 놈의 이름에 제황이라는 글자가 들어간 것일지도 모르지.”

그 대목에서 소치는 잠시 말을 멈추며 힐끗 안문 쪽을 돌아보았다.

안문이 미미하게 고개를 저었으나 그것은 오히려 소치의 입가에 걸린 웃음기를 더욱 짙게 만들었을 뿐이었다.

소치가 다시 소산을 보며 말을 이었다.

“아마도 권력자들에게 힘의 양면성을 일깨워 주기 위함이었겠지. 권력이란 것이 바로 이 검과 같아 천하의 그 어떤 것이든 잘라낼 수 있는 날카로움을 가진 반면에, 자칫 잘못 휘두르면 권력자 자신 또한 그 날카로운 검날의 희생자가 될 수 있음을 경계하라는 그런 의미에서 말일세. 하하하! 하긴, 그것이 다 한낱 고리타분한 공론일 뿐인 게지.”

소치의 그런 말은 혼자만의 독백 같았다.

그때쯤 소산은 별로 그의 말에 귀를 기울이는 기색이 아니었고, 짙은 호기심으로 충만한 그의 눈은 자신의 손에 쥐인 검으로만 쏠려 있었기 때문이다.

지이잉!

한순간 소산이 슬쩍 팔목을 흔들자 그 검은 색의 검신이 파르르 떨면서 나직한 웅얼거림을 흘려냈다.

그런데 웅얼거림에는 기묘한 데가 있어서 마치 하소연처럼 들리기도 하고, 혹은 자신을 함부로 다루지 말 것을 경고하는 소리로 들리기도 하였다.

그때 예령이 급하게 소산의 곁으로 다가서며 만류했다.

"소 공자, 잠깐만요!"

소산이 멈칫하며 팔목에서 힘을 빼자, 예령이 정색으로 말했다.

"검을 두고 만병지왕이라 부르는 것은 힘과 기예가 조화를 이루는 수준에 올라선 다음에야 그것을 다룰 수 있기 때문이에요. 그런데 검 중에서도 특히 연검은 그 검예의 경지가 능히 강유를 제어할 수 있는 경지에 달하고 나서야 다룰 수 있는 것으로, 만약 미숙한 상태에서 가벼이 다루면 필히 스스로를 해치게 되죠."

그때 소치가 담담한 어조로 예령의 말에 끼어들었다.

"만약 단순히 검예가 뛰어나다고 해서 능히 다룰 수 있는 검이었다면 명검이라 불릴 수는 있었을지언정, 감히 제황이라는 이름을 달지는 못했을 것이네. 더욱이 내가 아우를 맞이하는 예물로 내놓지는 않았을 테고."

순간 예령은 당혹스러운 표정이 되고 말았다.

"소 대인, 제가 말하려고 하는 바는……."

그러나 소치는 빙그레 웃으며 손을 내저어 예령의 말을 끊었다.

그런 소치에게서는 확연한 여유와 부드러운 위엄, 그리고 강한 자부심이 엿보였다.

"내 보기에 검예에 관한 한 예 소저야말로 가히 경지에 올랐다고 할 수 있는데, 어디 소저가 직접 한번 그 검을 다루어보게. 그러면 내 말이 무슨 뜻인지 알게 될 것이야."

예령이 다시금 곤혹스러운 얼굴이 되었으나, 그녀는 곧 소산에게 가볍게 고개를 숙여 양해를 구한 뒤에 검을 받아 들었다.

우우웅!

예령이 천천히 내력을 주입하자 검이 울었다.

공명하는 것이리라.

그리고 어느 순간부터 검은 지금까지와는 다른 모습을 보이고 있었다.

여전히 검었다.

그러나 좀 전과는 달리 그냥 시커멓기만 한 것이 아니라, 은은한 광택이 어리고 있었다. 묵광이었다.

그럼으로써 방금까지 그저 투박하게만 보이던 검은 돌연 무언지 모를 깊이와, 묘한 무형의 위엄을 슬쩍 내비치고 있는 것이었다.

그 위엄은 크게 드러나는 종류의 것은 아니었다.

그러나 오연하고도 고고하여 나른 어떤 위엄 앞에서도 꺾이지 않을 것만 같았다.

예령은 검사였다. 그것도 장차 검후가 되기를 꿈꾸는 입장이었다.

굳이 그 자세한 내력을 알지 못해도, 지금 그녀의 손에 잡혀 있는 한 자루 연검이 절세의 보검임을 본능적으로 직감할 수 있는 것이다.

예령이 삼성(三成)의 내력을 주입하여 슬쩍 손목을 비틀었을 때였다.

취릿!

묵광의 검신이 갑자기 튀어 오르는 바람에 그녀는 흠칫 놀라고 말았다.

놀라운 탄력이었다.

비록 예령이 놀라 얼른 내력을 거두는 바람에 검은 곧바로 축 늘어지고 말았지만, 그 아주 잠깐의 움직임에서 검은 마치 살아서 스스로 움직이는 것처럼 휘어지고 꺾어지며, 또한 뒤틀렸던 것이다.

보통의 연검이면 내력을 주입했을 때 그 검신이 꼿꼿해져야 했으나, 이 검은 강직해지는 대신에 폭발적인 탄성이 부여되는 듯했다.

그리고 그 엄청난 탄성은 어떻게 통제하기 어려운 것이어서, 검은 마치 성질 사나운 뱀처럼 제멋대로 움직여 버리는 것 같았다.

놀란 모습이 역력한 채로 망연히 서 있는 예령에 대해 소치가 빙그레 웃으며 말했다.

"그래서 지금껏 누구도 그놈의 진정한 주인이 되지 못한 것이지."

순간 예령이 가볍게 아미를 찡그리며 물었다.

"하면 대인께서는 소 공자가 바로 검의 진정한 주인이라고 여기신다는 것인가요?"

예령의 그런 반응은 스스로 검의 궁극을 추구하는 입장에서 기껏 한 자루의 검조차 제대로 다루지 못하였다는 데서 나오는 반발일 수도 있었다.

그러나 소치는 짐짓 눈부시다는 듯이 그녀의 찡그린 얼굴을 잠시간 물끄러미 바라보고 있다가 불쑥 소리 내어 웃으며 그녀의 물음에 답했다.

"하하하, 소제가 검의 진정한 주인인지 아닌지는 누구도 알 수 없는 일이 아니겠나? 다만 내가 다행스럽게 생각하는 것은 소제에게 검의 위험스러운 면모를 이끌어낼 만큼의 무공이 없다는 점이지."

그러다 소치는 문득 정색으로 되며 말을 덧붙였다.

"내게 있어서 그 검은 소제에게 준 예물로서의 가치가 있을 뿐, 소제가 검의 진정한 주인이 되고 못 되고는 그다지 중요한 일이 아닐세, 그렇지 않은가? 설혹 소제가 그 검의 주인이 되지 못한다고 해도 검 자체의 귀함이 사라지는 것은 아닐 것이니, 그 검을 예물로 삼은 나의 진심과 성의가 작아지지는 않지 않겠는가?"

그때 예령은 문득 소치가 이전보다도 한층 더 커 보인다는 생각을 하게 되었다.

예령에게서 검을 돌려받은 소산은 검집에다 넣을 생각은 않고 신기한 듯 이리저리 살펴보는 중이었다.

무상검결을 해독할 때를 제외하고는 소산이 무슨 일에 진득하니 집중하는 모습을 보지 못했던 예령이었기에, 그런 모습에서 소산이 지금 그 한 자루 기이한 검에 대해 상당한 흥미를 느끼고 있다는 것을 알 수 있었다.

그런데 소산이 이리 휘어보고 저리 휘어보고, 또 살짝살짝 흔들어보고 하는 것이 저러다 손이라도 베이는 것이 아닌가 싶어 자못 위태로워 보였다.

게다가 소산이 검을 다루는 동작은 조금씩 과감해지고 있었다.

그 아슬아슬하고도 위태위태한 몸짓에 예령이 제지해야 할지 말아야 할지를 놓고 수 차례나 몸을 움찔거렸고, 조금 떨어진 곳의 소소 또한 걱정으로 표정을 잔뜩 굳혀 놓고 있었다.

안문이 짐짓 망설이는 기색으로 나선 것은, 마침 소산의 소매 자락과 장삼의 아래 자락이 두어 군데나 베어져 나풀거리는 바람에 예령이 더 이상 지켜보지 못하고 소산을 말리려 할 때였다.

"소 공자, 무례를 무릅쓰고 한 말씀 드려도 되겠습니까?"

그 덕에 소산이 검을 놀리던 동작을 멈추었다.

그러나 그런 중에도 그는 여전히 손가락으로 검신을 만지작거리고 있었다.

안문이 잠시 그런 소산을 바라보다가 힐끗 소치에게로 시선을 돌렸다.

그러자 대뜸 소치의 이마가 찡그려졌다.

그러나 그때 안문이 품속에서 꺼내어 손에 쥐는 하나의 물건을 보고서 소치는 문득 미미한 웃음기를 머금었다.

그 물건은 보는 것만으로도 고색창연한 빛이 물씬 느껴지는 한 자루의 단검이었다.

이어 소치의 얼굴에 가볍게 흥미로워하는 기색이 떠오르는 것을 보고서 안문의 눈빛에는 희미한 안도가 스쳤다.

안문이 사뭇 진중한 어조로 말을 꺼냈다.

"소 공자, 몸에 맞지 않는 옷은 아무래도 불편한 법입니다. 또한 보물에는 본래의 주인이 따로 정해져 있다고 했는데, 제가 보기에 그 검은 아무래도 공자와는 맞지 않아 보입니다."

그 말에 소산이 잠시 검에서 눈길을 떼며 힐끗 안문을 보았다.

그러나 그는 더 이상의 별다른 반응을 내지 않고 다시금 검을 만지작거리는 모습으로 돌아갔다.

소산의 그런 무관심에 개의치 않고 안문은 말을 계속 이어 나갔다.

"하여 말씀을 드려 보는 것인데, 혹시 공자께서도 저와 같은 생각이시라면 지금이라도 다른 물건으로 예물을 대체하는 것은 어떻겠습니까? 만약 그리하실 의향이 있으시다면 저희 대인께서도 흔쾌히 따르실 것 같습니다만……."

그러면서 안문은 다시 한 번 눈치라도 살피는 듯 힐끗 소치 쪽을 바라보았다.

그때 소치는 담담한 기색일 뿐, 딱히 안문을 제지하거나 나무랄 의중은 없어 보였다.

그에 안문이 얼른 손에 쥐고 있던 단검을 소산에게로 내밀었다.

"이것은 어장검입니다."

순간 흥미롭게 안문이 하는 모양을 지켜보고 있던 예령과 소소가 동시에 흠칫 놀라는 기색이 되었다.

안문은 소산의 반응을 살피면서 천천히 말을 이었다.

"물론 틀림없는 진품이니, 재화로서의 가치만 하더라도 공자께서 가지고 계신 그 검과는 비교할 수 없을 정도일 것입니다. 어떻습니까, 소 공자? 그 검 대신에 이 어장검을 취하실 의향은 없으신지⋯⋯?"

소산을 바라보는 소치의 눈빛에는 한 가닥 이채가 떠올라 있었다.

안문의 그 같은 주제넘음이 바로 제황지검에 대한 미련에서 나오는 것일진대, 노엽기보다는 오히려 소산이 어떻게 나올지에 대해 흥미를 느끼고 있는 것이었다.

그때 내내 검을 만지작거리는 데만 집중하고 있던 소산이 문득 고개를 들고 안문을 보더니 불쑥 대답을 내놓았다.

"나는 이 검이 마음에 들었습니다."

뜻밖의 대답이었다.

그리고 이해타산이 분명함에도 단지 마음에 든다고 하였으니, 좀 전까지 그가 조목조목 들먹이던 상인의 도리와도 별로 어울리지는 않는 대답이었다.

그때 소치가 자못 통쾌하다는 듯 크게 소리내어 웃으며 말했다.

"으하하하하, 천하의 안문도 설득하지 못하는 사람이 있었구나!"

그때 안문은 설핏 미간을 찌푸리고 있었다.

소산이 옆구리에 끼고 있던 검집이 바닥으로 떨어지는 것을 본 때문이었다.

그런데도 소산이 바닥에 떨어진 검집을 주울 생각은 하지 않고 여전히 검을 만지작거리는 데만 관심을 쏟고 있는 것을 보고, 이윽고 안문의 표정에는 엷은 분노가 서렸다.

소산이 부주의로 검집을 흘린 것이 아니라, 다분히 의도적으로 검집을 버렸음이 분명해 보이는 때문이었다.

소치가 또한 설핏 표정을 찌푸리고 있었기에 안문이 이윽고는 참지 못하고서 소산을 향해 말했다.

"제황지검의 검집은 그 자체만으로도 만금의 가치가 있을 뿐 아니라, 더욱이 저희 주군께서 마음을 담아 예물로 공자께 드린 것인데, 공자는 어찌하여 소중히 다루지 않으시오?"

다분히 질책을 가하는 어조였다.

그런데 안문의 그 말에 대해 소산은 다시 한 번 뜻밖의 대답을 내놓았다.

"저 검집과 이 검은 서로 맞지 않습니다."

그러자 듣고 있던 소치가 가볍게 얼굴을 찌푸린 채로 물었다.

"무엇이 맞지 않는다는 것인가?"

소산이 조금의 주저함도 없이 곧바로 대답했다.

"조화가 되지 않습니다."

소치가 고개를 갸웃거리며 다시 물었다.

"조화라? 모호한 말이로군! 한데 자네는 그것을 어찌 아는가?"

이번에도 소산은 대답에는 조금의 망설임도 없었다.

"모르겠습니다, 그냥 알아지는 것뿐입니다."

순간 소치는 더욱 깊게 미간을 찌푸렸다.

그러나 그는 이내 가볍게 실소를 흘리고 말았다.

한편 그때 예령은 하나의 기억을 떠올리고 있었다.

이전에도 소산은 방금 말한 바로 그 '조화'에 관해 말했던 적이 있었던 것이다.

신기한 것은 그때 했던 소산의 말이 그 진지했던 표정까지 더불어서 너무도 또렷하게 떠오른다는 것이었다.

'저는 무공을 익히지 않았지만, 기의 교류와 조화에 관한 문제에 대해서라면, 이미 십여 년 이상이나 전심전력으로 매달려 오고 있는 중입니다. 사실 그것은 제가 가지고 있는 하나의 개인적인 문제를 해결하기 위해 절대적으로 필요한 일이고, 또한 소저도 알고 있듯이 제가 외우고 있는 악보(樂譜) 하나를 해석하기 위해서도 그러한 부분이 필요했기 때문입니다. 하여 지금에 이르러서는, 다른 것은 몰라도 기의 교류와 조화에 관한 이해에 대해서만큼은, 천하의 그 어떤 이와 비교해도 결코 뒤지지 않는다고 자신하는 바입니다.'

이어 예령은 그때 소산이 말했던 조화결(造化訣)이란 것에 대해서 생생히 떠올리며 마치 주문처럼 입 속으로 중얼거렸다.

"무위이화(無爲而化)! 어떻게 해서 그렇게 이루어지는 것인지는 알 수 없지만, 신통하게도 저절로 그렇게 되도록 만들어 주는 비결!"

소산은 제황지검의 검신을 나검(裸劍)인 채로 자신의 왼손 팔목에다 감고 있었다.

그런데 신기하게도 검은 어렵지 않게 그의 팔목에 감겨들었고, 이윽고 다 감기고 난 뒤에는 어떻게 한 것인지 '찰칵!' 하는 경쾌한 소리가 나면서 검의 양끝이 서로 맞물려 버리는 것이었다.

그럼으로써 제황지검이 마치 하나의 묵환(墨環)인 양 소산의 왼 팔목에 채워지게 되었고, 그 기이한 광경을 보고서 예령과 소소는 물론이고 소치와 안문이 다같이 놀라고 신기해했다.

　그러고 보면 제황지검에 그런 묘용이 있었다는 것에 대해서는 안문과 소치 또한 전혀 모르고 있었던 모양이었다.

　그런 중에도 정작으로 소산은 별로 놀라는 기색도 없이 두어 번 왼 팔목을 쓰다듬고 나서 사람들을 향해 조금은 들뜬 목소리로 말했다.

　"이제부터 이놈의 이름은 묵아(墨兒)라 하겠습니다!"

　소산은 아주 만족스러워하는 기색이 뚜렷하였는데, 그런 모습에서 예령은 문득 그의 순수하고도 천진한 일면을 볼 수 있었다.

　소치는 자신도 모르게 피식 실소하고 말았다.

　제황의 이름을 달고 있던 무상권위의 절세명검이 졸지에 아이[兒]로 격하되는 순간이 아닌가.

　소소는 자신의 봇짐에서 옷 한 벌을 꺼냈다.

　그 옷은 새 문사복이었는데, 당연히 소산을 위해 준비된 여벌의 옷이었다.

　그런 것이 소소와 소산의 거래 내용에 넓은 의미로 포함이 되어 있다고 해야 할지는 애매하였지만, 어쨌든 소소는 어느 결에 소산을 챙기는 역할을 자연스럽게 하고 있는 것일 터였다.

　그런 생각을 하는 중에 예령은 문득 묘한 기분이 되었다.

　그리고 연이어 자신이 왜 그런 기분으로 되는지 이해할 수 없다는 점에서, 그녀는 다시금 묘한 기분이 되고 말았다.

그때 자못 근엄하게 들리는 소치의 목소리가 있었다.

"소 낭자, 나는 이제 그대의 오라버니에게서 대형 소리를 듣는 입장이 되었으니 당연히 낭자는 내게도 오라버니 소리를 하는 것이 옳지 않겠는가?"

농담처럼 소소에게 하는 말이었다.

소소는 특유의 고운 미소를 지으며 나직이 대답했다.

"저는 감히 감당할 수 없습니다, 소 대인!"

그 차분한 대답에 대해 소치는 설핏 미간을 좁혔다.

그녀의 부드러운 대답 속에서 언뜻 그의 말을 따를 수 없다는 강한 의중을 느꼈기 때문이었다.

그러나 그는 곧 가벼운 농담을 해보았다는 듯이 껄껄 웃어넘기고 말았다.

예령이 소소에 대해서는, 누구나 조금의 거부감이나 경계심도 들지 않을 정도로 호감을 갖게 되는 성격과 인상을 가졌다고 지금까지 평가하고 있었다.

특히 그녀에 대한 호감은 이유도 없이 그냥 저절로 생겨나는 일종의 무작정의 호감이라고 해도 좋을 정도였다.

그런데 소소가 방금과 같이 그처럼 뚜렷한 의지로 자신의 주장을 세우는 모습은 예령에게 작은 놀라움을 주기에 충분했다.

어쩌면 소소는 늘 부드럽고 다소곳한 중에, 막상 그녀 자신에 대해서는 철저하게 어떤 원칙 같은 것을 지키고 있었던 것일까?

이를테면 방금의 경우처럼 소산과 그녀의 의남매 관계는 오로지 그들 두 사람만의 것이어야지, 결코 다른 사람은 결코 끼어들 수 없다는 식의 원칙 같은 것 말이다.

순간 예령은 퍼뜩 스치는 생각을 자신도 모르게 마음속으로 중얼거리고 말았다.

'아! 소 매는 소 공자에 대해 나름의 의리를 지키려고 한 것이로구나.'

이어 예령은 약간의 부러움 같은 감정을 느꼈다. 의리를 지키고 싶은 누군가가 생긴 소소에 대해, 같은 여자로서.

그리고 그때 그녀의 마음속에는 잇달아서 뭔가 또 다른 감정 하나가 생기는 듯했는데, 그것의 실체는 너무도 희미하고 불분명하여서 예령은 그저 가볍게 흘려 버리고 말았다.

第二章
일준(一俊)

지존
석산 평전

그는 짙은 검미와 우뚝하니 곧게 뻗어 내린 콧날의 준수한 용모에다 훤칠하게 큰 키와 탄탄한 어깨를 지닌 금년 나이 서른의 청년이다.

또한 그는 무당파 전대 장문인인 천우 진인(天憂眞人)의 제자로서 당금 무당의 후기지수이며, 타고난 재능과 호협하는 성품으로 비슷한 또래의 강호 젊은이들 사이에서는 벌써부터 두각을 나타내 일준(一俊)이라는 명예로운 별호로 불리고 있다.

바로 그 일준 능운상(陵雲祥)은 지금 사문의 밀명을 수행하여 막 무당산을 내려오는 길이었다.

밀명이란 것은 지금 동행하고 있는 정 대인(鄭大人)이란 조정의 관료를 인근의 화산파까지 호위하고, 이후 다시 소림사로 가서 장문인의 서한을 전달하는 일이었다.

그 명령이 얼마나 중차대하다는 것은 그의 늙은 세 사형들인 무당삼현(武當三賢) 중둘째이며 무림에서의 활동을 끊은 지 이미 이십여 년이나 되는 현성 도장이 또한 지금 그와 동행하고 있다는 사실만으로도 알 수 있는 일이었다.

더욱이 호북의 경계까지는 무당의 영향력이 그대로 미치는 지역이며, 또한 섬서로 넘어가서는 당금 구파일방 연합의 맹주 역할을 하는 화산의 영향력이 곧바로 작용하는 지역임에도 불구하고 말이다.

정 대인이란 조정 관료는 오십 대의 전형적인 문관이었다. 적당히 오만하고 적당히 대접을 받으려고 하는.

지금도 그랬다.

무당산을 내려와서 이제 겨우 오십 리도 채 가지 못했는데, 그리고 아직 해가 떨어지려면 한참이나 남았는데도, 그는 벌써부터 피곤에 지쳤다며 쉬어가겠다고 불쑥 객잔으로 들어와 버린 것이다.

그런데 제법 거창하니 술과 요리를 시키는 품이 잠시 쉬며 목이나 축이고 가는 정도가 아니라 아예 자리를 잡고 하룻밤 진탕 퍼 마실 요량임이 분명했다.

지엄한 사명은 촌각을 다투라는 것이었다. 그런데 정작 촌각을 다투어야 할 대상이 그 지경으로 여유를 부리고 있으니, 능운상으로서는 치미는 울화를 겨우 참아내고 있는 중이었다.

물론 능운상은 잘 알고 있었다. 정 대인이란 자의 불평 한마디가 사문의 살림에 크게 영향을 미칠 수도 있기에, 감히 함부로 무례를 범해서는 안 된다는 사실을.

당금 황조가 설 때부터 무당과는 가볍지 않은 인연이 있었던 터라 이후로 황실과 무당이 비교적 친밀한 관계를 유지해 왔었다. 그럼으로써 황실 내의 무관들 중에는 무당의 속가제자출신들이 제법 진출해 있기도 했다. 또한 별다른 재원이 없는 무당은 황실로부터 음으로 양으로 상당한 재정적 지원을 받아오고 있었던 것이다.

그러나 그럼에도 불구하고, 만약 매사에 느긋한 사형 현성 도장이 곁에서 다독이지 않았다면, 능운상은 벌써 그 오만하고도 태만하기 짝이 없는 정 대인에게 한마디 입 바른 소리를 하고야 말았을 것이다.

대의가 아니고 명분이 아니라면 일개 조정 관료 따위가 아니라, 황제 앞에서도 할말은 하겠다는 젊은 기개가 그에게는 있는 것이다.

"허허허, 소 사제! 그리 불편한 기색할 것 없네!"

현성 도장이 특유의 사람 좋은 웃음을 싱긋이 떠올리며 능운상에게 말했다.

능운상이 평소 겸손하며 진중한 성품이나 늙은 사형들을 대할 때만은 굳이 감정을 가다듬지 않았다.

그가 불퉁한 채로 하소연하듯이 말했다.

"하지만 사형, 화산이 수백 리 길도 아니고 바로 지척이니

길을 재촉한다면 오늘 밤 안으로는 넉넉히 당도할 수 있는 거리가 아닙니까?"

그 화나는 심정을 이해하고도 남음이 있다는 듯, 그리고 그의 어린 막내 사제가 그처럼 화내는 것이 지극히 당연하여 오히려 보기에 좋다는 듯이 현성 도장은 기꺼운 너털웃음을 흘렸다.

"허허허, 바로 그래서 정 대인이 지금 저처럼 여유를 부리는 게지!"

"예?"

"생각해 보게, 그는 은밀을 기하기 위해 연경에서부터 우리 무당까지 호위도 없이 줄곧 길을 재촉했으니, 무관도 아닌 문관의 몸으로 얼마나 노심초사했을 것이며, 또한 피로가 쌓였겠는가? 그런데 이제 화산으로 가서 임무를 마친다면 곧장 다시 황도로 돌아가야 할 터인데, 지금이 아니면 그에게 언제 또 잠시나마 여유를 부려 볼 기회가 있겠나? 더욱이 든든한 호위까지 따라붙었으니 그로서는 더 바랄 나위가 없는 게지."

"하지만 장문 사형께서는 촌각을 다투라고 하지 않으셨습니까?"

"허허허, 그랬지. 그러나 정 대인을 잘 모시라는 말씀 또한 하지 않으셨던가?"

"음!"

"허허허!"

그렇게 현성 도장이 사뭇 노회한 체 정 대인의 심중을 짐작

하여 설명했으나, 능운상은 찌푸린 인상을 완전히는 풀지 못
했다.

*   *   *

자시 말(子時末:약 새벽 1시) 무렵.

능운상은 객잔 별채의 후원으로 나왔다.

별채 뒤편의 정 대인이 들어 있는 방의 이상 유무를 확인하
려던 생각이었으나, 방 가까이로 다가가서 살필 엄두는 내지
못하고 그저 멀찍이 주변만 한번 돌아보고 오는 길이었다. 밤
늦게까지 술을 마신 정 대인이 만취하여 유곽의 여자를 방으
로 끌어들였다는 것을 알고 있었기 때문이다.

짐짓 세상 물정에 환한 듯 행세하던 사형 현성 도장 역시도
질색을 하긴 마찬가지였다. 능운상과 현성 도장은 본래 정 대
인의 바로 옆방을 잡았었는데, 정 대인이 여자를 끌어들이는
것을 보고는 질색하고서 객잔의 점소이에게 돈까지 쥐어주며
한참이나 떨어진 건너편의 방을 새로 잡은 것이다.

그런 것을 보면 현성 도장이 이순의 나이와 세상 경험을 내
세워 아무리 달관하고 노회한 척을 하여도, 역시 그는 평생을
오로지 도의 추구와 무공 연마에만 바쳐 온 천생 도사일 수 밖
에 없었다.

달빛은 은은했으나 작은 연못의 잔잔한 수면 위로 부서지는
그 빛은 가끔씩 일렁거려서 눈을 부시게 했다.

왠지 답답하고 착잡해지는 마음에 능운상은 가만히 한숨을 토해냈다.

그러나 바로 그 순간 그는 토해내던 한숨을 급하게 다시 삼키며 흠칫 두 눈을 크게 떴다. 연못의 건너편에는 사람 키 높이를 훌쩍 넘는 두 개의 커다란 정원석(庭園石)이 있었는데, 지금 그 사이로 언뜻 사람의 그림자가 비치고 있었던 것이다.

그리고 마침 두 바위 사이로 온전히 모습을 드러내는 한 사람을 보고서 능운상은 저도 모르게 새어 나오는 억눌린 탄식을 삼켜야만 했다.

'아!'

묘령의 여인이었다.

무언가 깊은 생각에 잠겨 있는 듯 여인은 아주 느리게 한 걸음을 걷고는 다시 멈추어 그린 듯이 서 있었다.

아마도 그녀는 처음에 정원석 뒤편에서 지금처럼 가만히 서 있었기에 능운상이 곧바로 그녀의 존재를 알아채지 못했던 것이리라.

그런데 교교한 달빛 아래로 비치는 그녀의 자태는 너무도 아름다워서 능운상으로 하여금 부지불식간에 탄식을 흘리도록 만들었던 것이다.

능운상은 일순간 머리가 하얗게 빈 듯하여 무엇을 어찌해야 할지 정하지 못하고 있었는데, 그런 중에 능운상은 문득 다시금 내심의 탄식을 흘리지 않을 수 없었다.

'아아!'

여인이 다시 움직이고 있었다.

그런데 이번에 그녀는 정원석 부근을 벗어나 좁은 산책로를 따라 천천히 거니는 것이었다.

그런가 했더니 그녀는 사뿐사뿐 걸음의 속도를 점점 빠르게 하였고, 이윽고는 마치 하늘하늘 춤을 추는 듯한 모습이 되었다.

'아아! 검무(劍舞)다!'

능운상은 감히 숨도 크게 쉬지 못한 채 내심 부르짖었다.

여인은 지금 검을 들고 있지 않았지만, 가만히 뻗어낸 우수(右手)는 살포시 뭔가를 잡은 듯한 모양이었다. 능운상은 알 수 있었다. 그것이 바로 한 자루 검을 잡은 형상이란 것을. 여인은 지금 한 자루 상상의 검을 잡고 있었던 것이다.

시종 정면의 허공 한 점에다 고정시켜 놓은 그녀의 시선과 또한 몸의 중심을 평온하게 하면서 신속하고도 영활하게 움직이는 모습은, 바로 검법의 오법(五法) 중 안법(眼法)과 신법(身法)의 요체에서 조금도 어긋남이 없었다.

'그녀는 지금 극히 절제되고 또한 축약된 움직임으로 검법을 연마하고 있다.'

능운상은 그렇게 단정할 수 있었다.

그러나 그때 능운상은 자신이 평상시의 냉철함을 잠시 잃어버리고 있다는 것을 미처 깨닫지 못하고 있었다. 그것이 여인의 환상적인 자태 때문이었는지, 혹은 그녀가 펼치고 있는 공수(空手)의 검법 때문이었는지는 확연치 않았지만.

그러던 어느 순간 능운상은 다시금 탄식을 흘리고 있었다.

'아아! 완전하게 펼치지도 않은 초식 속에 무한의 변화가 층층이 내재되어 있다. 만약 저것이 실제의 검으로 펼쳐지는 것이라면, 그리고 완전하게 펼쳐질 수 있는 것이라면 가히 변검의 극치라고 할 수 있을 것이다.'

한순간 사뿐사뿐 하늘하늘 춤추던 여인의 움직임이 별안간 우뚝 멈추었다.

그에 따라 능운상 또한 흠칫하며 숨을 멈추고 말았다.

그때 등을 보이고 선 여인의 뒷모습에서 돌연 차가운 기색이 풍기는 것을 보고 능운상은 비로소 당혹스럽기 이를 데 없는 심정이 되고 말았다.

그제야 자신이 엄청난 무례를 범했다는 사실을 퍼뜩 깨닫게 된 것이다.

과정이야 어찌 되었든 그는 지금 숨어서 외간 여인의 모습을 훔쳐보는 입장이 되어 있었다. 비록 의도했던 바는 전혀 아니었지만, 그가 좀 더 현명하게 대처했더라면 그는 자리를 피하거나 혹은 기척을 내어 여인에게 자신의 존재를 미리 알렸을 수도 있는 일이었다. 그런데 그러기는커녕 오히려 숨소리조차 죽이고 지켜보았지 않았던가.

능운상은 스스로를 자책하지 않을 수 없었다. 야밤중에 낯모르는 여인의 자태를 몰래 훔쳐본 것만으로도 이미 장부로서 행할 바가 아닌데, 더욱이 남의 비전검법을 훔쳐보는 결과까지 되어버렸으니 대무당파의 제자로서 결코 해서는 안 될 일을 저지른 것이다.

여인이 천천히 능운상을 향해 몸을 돌렸다.

와중에도 능운상은 자신에게로 향하는 여인의 눈빛이 별빛처럼 빛난다고 느꼈다. 그러나 그 눈빛은 겨울 별빛과도 같이 차갑기 이를 데 없는 것이었다.

다음 순간 능운상은 급히 여인에게로 다가가며 정중하게 포권했다.

"저의 결례를 용서하십시오! 산책을 나왔다가 우연히 소저께서 연검(練劍)하시는 광경을 보게 되었는데, 그만 저도 모르게 잠시 빠져들고 말았습니다."

능운상은 스스로의 말에 대해 궁색하기 짝이 없다는 생각을 하면서 조심스럽게 여인의 눈치를 살폈다. 그런데 그때 차갑기만 하던 여인의 눈빛에 문득 한가닥의 이채가 피어오르는 것이었다. 그리고 여인의 붉은 입술이 살짝 열리며 맑은 옥음이 흘러나왔다.

"그렇군요. 이곳은 객잔의 후원이니만큼 손님이라면 누구나 산책을 할 수 있는 장소이지요."

여인의 입가로 문득 엷은 미소가 피어올랐다. 그런데 그 작은 미소 하나로 여인의 자태가 갑자기 아찔할 정도로 화사하게 변하는 것이었다.

능운상은 스스로의 의지와는 상관없이 빨라지고 있는 심장의 박동에 당황하고 말았다. 문득 얼굴이 화끈거리는 것이, 혹시 붉게 변한 것은 아닐까 하는 걱정마저 하게 되었다.

올해로 서른의 나이가 되도록 그가 이런 적은 한번도 없었다.

명문 무당파의 후기지수로 지금까지 만나본 당대의 기녀(奇女)와 재녀(才女)들이 어찌 없었겠는가. 그러나 그 여인들의 아름다움과 빼어난 자질과 재주에 감탄을 한 바는 여러 번 있었으되, 지금과 같이 스스로를 제어하기 어려울 만큼 마음이 동요되어 보기는 처음이었다.

능운상은 그를 아는 사람들로부터 온화하면서도 진중하다는 평가를 받고 있거니와, 그 스스로도 흔들리지 않는 정심을 자부하며 또한 목표로 하고 있는 터였다. 그렇기에 태극혜검(太極慧劍)의 당대 전인으로 선택이 된 것이기도 했다. 무당의 진산절학(眞山絶學)인 그것은 품성을 엄격히 따져서 전인을 정하는 것이지, 다만 자질이 뛰어나다거나 혹은 후기지수라고 해서 당연적으로 그 전인으로 정해지는 것은 결코 아닌 것이다.

"늦은 시각이라 아무도 없을 것이라 생각하고 잠시 흥취에 젖어본 것인데, 어쨌든 저의 괜한 짓이 공자의 눈을 어지럽게 만들었나 보군요."

여인의 어조는 조금 겸연쩍은 듯이, 그리고 한결 가벼워져 있었다.

여인의 옥음이 전하는 그 뜻밖의 관용에 대해 능운상은 일시 어리둥절해하다가 이내 급하게 손을 내저었다.

"아! 천만에… 천만에 말씀입니다. 소저의 검은 참으로 훌륭한 다변(多變)의 이치를 담고 있어서 덕분에 소생은 오늘 크게 눈을 넓힐 수 있었습니다."

그러다 능운상은 순간적으로 '아차!' 하고 스스로의 경솔함을 자책하고 말았다.

여인은 지금 그의 무례에 대해 가벼이 넘어가려 관용을 베푸는 중인데, 그는 그만 스스로의 무례를 보다 심각한 것으로 상기시키는 격이 되고 말았기 때문이었다.

과연 여인의 눈이 살짝 커지고 있었다.

그녀가 새삼스럽게 능운상의 모습을 유심히 살피면서 물었다.

"실례가 안 된다면 공자의 고명(高名)을 물어봐도 될까요?"

그에 능운상이 흠칫 당혹스러운 기색이 되고 마는데, 그녀가 곧바로 말을 덧붙였다.

"저는 검가의 예령이라고 해요."

*   *   *

무흥(武興).

섬서(陝西)와 호북(湖北)의 경계선상에 놓여 있으나, 행정구역은 호북에 속해 있는 소도(小都)이다.

무흥에 이르러 예령 일행이 객잔에 들게 된 것은 순전히 소치 때문이었다. 소치가 마치 그 혼자만이 험한 여정의 고초를 겪은 듯이, 노숙으로 쌓인 피로를 하루쯤이라도 편히 풀어야 할 것 아니냐, 소소의 음식 솜씨가 훌륭하기는 하지만 그래도 이것저것 제대로 된 요리 맛도 봐야 할 것 아니냐, 술맛 못 본 지도 오래되었다는 등등의 애로와 불만들을 한꺼번에 쏟아냈기 때문이었다.

소치의 그런 불만들은 일행들의 동감을 이끌어내는 데가 다분히 있었다.

우선 요리를 언급한 데 대해서는 쌍맹이 있는 대로 입을 벌리고서 활짝 웃는 것으로 대환영을 표시했다. 쌍맹은 이제 음식에 대한 거부 증상이 처음보다는 많이 완화되어서, 소소가 해주는 여러 종류의 음식에 대해 특별한 거부감없이 골고루 식탐을 내고 있는 중이었다.

그러니 그들이 이제 또 다른 별세계의 요리에 대해 맛보고자 하는 갈구가 얼마나 클 것인가? 특히 동생 맹호는 술이라는 말을 듣자마자 조건반사적인 것처럼 입가로 한가닥의 홍건한 침을 흘리고 말았다.

소산은 별다른 반응을 보이지는 않았다. 그러나 안 그래도 그는 요즘 들어 제법 부드러워진 표정이 된 그가 입가에다 엷은 미소를 떠올려 놓는 것을 보면, 그 또한 굳이 반대할 생각은 없는 것 같았다.

신기한 것은 소치의 입에서 술에 대한 애기가 나왔을 때, 우연인 듯 당고가 가볍게 입맛을 다셨다는 점이었다. 하긴 일전

에 소산이 그녀를 위해 준비했던 술이 떨어진 지 벌써 한참이
되긴 하였다.

소소가 곱게 웃으며 슬쩍 분위기를 거들었다.

"그래요! 그렇지 않아도 음식 재료들이며 양념들이며, 그 외
여러 가지 보충해야 될 물건들이 많기는 해요."

그러면서도 소소는 슬쩍 예령의 눈치를 보았다. 그들이 객
잔에 들지 말지 하는 것은 바로 그들 일행의 안전에 관계되기
때문에 실질적으로 그것을 결정할 사람은 바로 예령이라는 생
각에서였을 것이다.

그런데 예령은 뜻밖이다 싶을 정도로 순순히 고개를 끄덕였
다.

사실 조금만 생각해 봐도 이곳 무흥은 일단 안전 지역이라
고 할 만하였다.

섬서의 화산파(華山派)와 종남파(綜南派), 그리고 호북의 무
당파(武當派)가 지척이니, 각기 구파일방에 속하는 그들 삼 개
명문대파의 영향력이 공존하는 지역이었고, 특히 화산파와
무당파의 영향력은 직접적으로 중첩이 되는 지역인 까닭이
다.

그리고 비록 화산과 무당이 정파(正派)의 전통적인 맹방(盟
邦)이기는 하지만 그래도 미묘한 상호 견제와 균형이 없을 수
는 없었다. 그러니 무흥과 같은 지역이야말로 도막을 위시한
강호의 그 어떤 세력이라도 최소한 사전에 무당과 화산 양파
에 공히 정중한 양해를 구하지 않고는 감히 함부로 시비를 일

으키지는 못할 것이었다.

소치는 자신이 크게 한턱을 쓰겠다고 했다.

그리고는 정말로 쌍맹의 두 눈이 휘둥그레질 정도로 각종의 고급 요리와 술을 시켰고, 그 덕분으로 일행은 푸지게 먹고 마실 수 있었다.

더하여 소치는 통 크게도 별채를 통째로 빌리려 하였다. 그러나 먼저 든 객들이 있었기에 남은 방 네 개를 빌리는 데 만족할 수밖에 없었다.

그런데 당연한 듯이 소치가 방 하나를 차지해서 들어가 버리고 나자 남은 사람들의 방 배정이 다소 애매해지게 되었다.

소소가 먼저 예령과 함께하면 좋겠다고 애교스러운 해결책 하나를 제시했고, 그에 대해 예령이 스스럼없는 미소로 응했다. 그럼으로써 예령과 소소, 그리고 당연한 듯이 소소의 곁을 따라붙는 당고까지 세 여인이 한방을 쓰는 것으로 결정이 되었다.

나머지 두 개의 방을 놓고 먼저 의견을 낸 것은 뜻밖에도 맹룡이었다. 맹룡은 마치 방금 소소가 예령에게 애교스럽게 말하던 것을 그대로 따라 하기라도 하듯이 짐짓 쑥스러운 기색으로 자신들 형제가 소산과 함께 방을 썼으면 좋겠다고 불쑥 말을 꺼낸 것이다. 맹룡이 지극히 단순한 사람인만큼 그의 쑥스러움에서는 그의 감정이 선명히 엿보였다. 그것은 바로 그가 소산에 대해 느끼는 호감이었다.

그때 소산의 표정으로 언뜻 한가닥의 당혹감이 떠오르는 것을 예령은 보았다. 그것에서 그녀는 그녀가 익히 알고 있는 대로 소산의 독특한 성격으로는 분명 다른 사람과 한방을 쓰는 것에는 익숙하지 않을 것이라는 사실을 능히 짐작해 볼 수 있었다.

그러나 그녀의 그런 짐작은 소산이 이내 덤덤한 표정으로 고개를 끄덕이는 것으로 간단히 부정되고 말았다.

사실은 소산의 그런 모습이 예령에게 아주 낯선 것은 아니었다. 바로 그것이 요즘 들어 소산이 변하고 있는 모습들 중의 하나였기 때문이다.

예령이 처음 소산을 만났을 때만 해도 그는 비정상적으로 보일 만큼 지나치게 자기 중심적인 면모를 보였었다. 다만 그녀를 대하는 데 있어서 유독 예외적인 측면을 제외하고 말이다.

그러나 요즘 들어 소산은 사뭇 빠르게 변화하고 있었다.

방금도 소산은 자신이 분명 싫어하는 일일 것임에도 아주 잠깐의 갈등을 비쳤을 뿐 곧바로 고개를 끄덕여 수용을 한 것이었다.

그것은 분명 그가 호감을 거절당했을 때의 맹룡의 쑥스러운 입장이나 혹은 전체적인 상황을 생각했기 때문일 것이다. 곧 다른 사람에 대한 배려의 마음이라고 할 것인데, 얼마 전까지의 소산에게서는 결코 기대해 볼 수 없었던 점이었다.

그때 안문은 문득 빙그레한 미소를 떠올렸다.

그것은 어부지리로 독방을 하나 차지하게 된 데 대한 소회
인 것 같기도 했고, 혹은 다른 어떤 의미가 있어 보이기도 했
다.

그러나 안문의 내심을 쉽게 짐작해 볼 수 있는 사람은 아무
도 없었다.

*　　　　*　　　　*

쌍맹과 소산은 모두 지극히 독특한 개성과 성격들을 지닌
인물들이었다. 더욱이 다른 사람들과의 감정적인 교류에 대해
서는 지극히 서툴러서 무지하다고까지 해야 할 정도였다.

그런데 쌍맹은 언제부터인지 소산에 대해 일종의 묘한 호감
을 느끼게 되었다. 그럴 만한 특별한 계기도 없이 말이다.

사실 그런 데에는 절대삼음(絶對三音)의 영향이 있었다. 바
로 대성(大成)할 시 능히 만물의 희로애락을 지배할 수 있다는
절대삼음의 제일음(第一音) 춘추화음(春秋和音)의 조화인 것이
다.

일찍이 소산이 예령에게 절대삼음에 대해 말하기를, 제이음
인 파천무음(破天無音)을 얻을 시에는 유(有), 무성(無聲) 소리
하나로 무엇이든 파괴해 버릴 수 있으며, 마침내 제삼음인 조
화음(造化音)을 얻는다면 마음의 소리인 심음(心音)으로 만물
의 생사를 지배할 수 있다는 절대의 음공(音功)이자 무형공(無
形功)이라고 했었다.

절대삼음이 이제까지 세상에 알려진 바가 없었기에 과연 그 것에 실제로 그 같은 절대의 위력이 있는지는 알 수 없는 일이 되, 비록 아직까지는 시작에 불과하지만 이즈음에 이르러 소 산의 목소리에서 이따금씩 발현되곤 하는 춘추화음이 이미 조 금씩 그 공능을 발현하고 있다는 것은 분명한 사실이었다.

다만 소산은 춘추화음의 성취에 대해 그렇게 큰 욕심을 두 지는 않았으므로 자신의 성취가 얼마나 되는지 알지 못하고 있었다.

그러나 절대삼음만으로 쌍맹의 소산에 대한 호감의 이유를 설명하기에는 아무래도 충분치 못한 데가 있었다. 만약 그런 것이라면 다른 일행들 모두가 또한 쌍맹과 마찬가지여야 하지 않겠는가.

물론 다른 일행들 또한 각기 소산에 대해 나름대로의 호감 을 가지고는 있을 것이다. 그러나 그들의 호감은 분명 쌍맹이 가지는 것과 같은 종류의 호감은 아니었다.

쌍맹이 소산에 대해 가지는 호감은 일종의 감정적인 동조 내지는 나아가 은근히 종속되려고 하는 욕구로까지 봐야 하는 데, 그런 것은 일전 두어 차례의 전투 상황에서 소산이 위기 상 황에 몰렸을 때 그들 쌍맹이 앞뒤 가리지 않고 싸움판으로 뛰 어든 예에서도 짐작해 볼 수 있을 것이다.

전에 소소가 쌍맹의 병증에 대해 진단하기를, 단적으로 공 허(空虛)라고 하며, 다시 육체적 공허와 정신적 공허가 동시에 와 있다고 했다.

즉, 그들 형제가 한 뿌리의 괴이한 특이하게 생긴 교등(交藤)을 나누어 먹고 생긴 허기증이 육체적 공허라고 한다면, 그 이전에 스스로 부족하다는 열등감과 그로 인해 오랜 세월을 세상과 격리되어 대파산중에서만 살아온 데서 생긴 일종의 사회 부적응증 등이 바로 정신적인 공허라고 할 수 있다는 것이었다.

그런데 그들의 육체적 공허에 대해서는 소소가 의약적 처방을 하여 이미 상당한 완화의 진전을 보여가고 있는 중이지만, 정신적 공허에 대해서는 그녀로서도 달리 처방을 내릴 방도가 없다고 말했었다.

그렇다면 쌍맹이 소산에게 보이는 그 특이한 감정적 동조 현상과 은근히 종속되려고 하는 욕구야말로 바로 그들이 가진 정신적 공허를 채우기 위한 본능적인 행위가 아니겠는가. 곧 그들은 소산을 자신들의 정신적 기둥으로 세움으로써, 자신들이 태생적으로 지닌 정신적인 공복감을 메우려고 하는 것일 터였다.

그리고 그런 현상들의 바탕에는 소산이 부려내는 춘추화음의 조화와 더불어서 그의 조화결이 은연중에 부려내는 상생상극의 조화가 또한 작용하였던 것이리라.

그러나 소산과 쌍맹 사이에 이루어지고 있는 그런 기이한 현상들은 다분히 그들 당사자들 간의 미묘한 내면적인 측면에서 이루어지고 있는 것이어서 다른 사람들로서는 이해하지 못할 일이었다.

하긴 그들 당사자들 스스로도 잘 알지 못하는 것을 다른 사
람들이 어찌 이해할 수 있겠는가? 사람들은 기껏해야 쌍맹이
그 미욱하고도 충직한 성정에 소산과 맺은 거래에 대해 너무
지나치게 충실하고자 하는 정도로나 여길 일이었다.

*　　　　*　　　　*

소소는 조금 전까지도 계속 참새처럼 재잘거리더니 어느새
쌔근거리며 잠이 들어버렸다.
그녀의 곁에는 당고가 모로 몸을 눕힌 채 미동도 하지 않고
있었다.
소소의 잠든 얼굴을 보면서 예령은 가만한 미소를 떠올렸
다.
이처럼 낯선 곳에서도 아무 걱정도 없이 참으로 쉽게도 잠
에 빠져들 수 있는 그녀가 차라리 부럽다는 생각도 드는 것이
었다.
예령은 가만히 소소의 곁으로 몸을 뉘었다.
그러나 복잡하게 뒤엉키는 이런저런 생각들로 인해 좀체 잠
을 이룰 수가 없었다.
그러다 예령은 문득 소소와 당고, 그리고 소산까지를 포함
한 그들 세 남녀 간의 사뭇 미묘하기만 한 관계에 대해서 언뜻
생각을 해보게 되었다.
그들 간에는 어떤 운명적 고리 같은 게 존재하고 있는 것

일까?

소산과 당고가 서로 간에 어떤 동류적(同類的)인 처지로써의 동지적 혹은 동병상련의 본능적이며 운명적인 교감 같은 것을 공유하고 있다는 데 대해서는 예령도 이제 어느 정도까지는 이해를 하고 있는 편이었다.

그런데 문득 생각해 보니 어쩌면 당고와 소소 또한 서로가 지닌 어떤 치명적인 종류의 장애 또는 약점의 극복을 위한 상극상생의 본능적이며 운명적인 교감을 공유하게 된 것은 아닐까 하는 느낌이 드는 것이었다.

그런 이유에서 소소는 처음부터 다분히 의도적으로 소산을 이용하고 있는 것은 아닐까?

그러다 예령은 가만히 고개를 저었다.

설혹 그런 것이 사실이라고 하더라도, 소소가 다만 자신의 필요를 충족시키기 위한 하나의 수단으로써만 소산을 끌어들인 것은 아닐 것이라는 점을 예령 또한 믿었다. 어떤 경우라고 해도 진정없이 다만 수단으로만 누군가를 이용하기에는 그녀가 보아왔던 바 소소의 심성은 너무도 맑았다.

비록 수단으로써의 필요성이 먼저고, 그것에 대한 미안함 내지는 보상으로써의 진정이 뒤늦게 따라왔다고 하더라도 소산을 대하는 소소의 모든 행위에서 예령은 그녀의 진정을 엿볼 수 있었고, 또한 믿을 수 있었다.

예령의 생각이 무상검결로 옮겨간 것은 그녀 스스로도 미처 인식하지 못하는 어느 한순간이었다.

사실 요즈음 그녀의 모든 생각은 무상검결로부터 비롯되고 또한 귀결된다고 할 지경이었다. 그러니 지금도 이런처런 잡념들 속에 빠져 있다가 어느 순간 저절로 무상검결에 대한 쪽으로 생각이 옮겨가 버린 것이었다.

예령의 무공은 근래에 한 차원 상승의 단계로 진입하고 있는 중이었다. 그것은 무상검결의 제일초 뇌전결에 대한 깨달음과 그 깨달음으로 인해 부가적으로 그녀의 무공의 근간이 되는 검본이십사세(劍本二十四勢)를 새로운 차원에서 깊이 이해하게 된 덕분이었다.

오늘 아침 그녀는 소산에게서 무상검결의 제이초 유운결(流雲訣)과 제삼초 천지결(天地訣)의 해독 내용을 건네받고 가슴 떨리는 감회에 젖었었다. 그런데 그녀의 가슴을 떨리게 한 이유는 당장의 유운결과 천지결에 대한 기대 때문이라기보다는 오히려 나중의 일에 대한 기대 때문이었다. 바로 무상검결의 마지막 사초와 오초인 파천황결(破天荒訣)과 무상결(無上訣)에 대한 기대이다.

예령의 증조부인 검왕이 창안한 검본이십사세는 기실 무상검결 오초 중 전(前)삼초까지의 도해를 모태로 한 것이고, 후(後)이초에 대해서는 검왕은 물론 검가의 역사상 누구도 그것에서 어떤 작은 단초조차 얻지 못했었다.

그것은 파천황결과 무상결이 전삼초와는 달리 어떠한 도해도 없이 오로지 해독 불가의 구결로만 이루어져 있기 때문이다. 다만 검왕이 '후세에 누군가 있어 파천황결과 무상결을 펼칠 수 있게 된다면 그 위력은 아마도 전인미답의 경지가 될 것이다! 라고 예언처럼 말한 바가 있긴 하였다.

그런데 이제 예령은 마침내 그 전인미답의 영역에 대한 가능성에 가까이 접하고 있는 것이다. 무상검결에 대한 소산의 해석이 거의 정확하다는 것은 이미 뇌전결의 경우에서 입증이 된바 있었다. 그러니 그녀가 이제 조부 예둔을 만나 그 두 개 초식의 구결을 전해받고, 전삼초와 마찬가지로 소산이 능히 해석을 해낸다면… 그야말로 생각만으로 가슴이 벅차오르지 않을 수 없는 일이었다.

예령은 초연하고자 애써 마음을 가라앉혔다.

이미 낮 동안에 되씹고 또 되씹은 까닭에 유운결과 천지결의 자자구구(字字句句)에 대해서는 새기듯이 머리 속에 집어넣은 터였다.

그러나 막상 그 안의 깊은 이치를 깨닫기 위해서는 앞으로 또 얼마간의 시간이 소요될지 지금으로서는 짐작도 할 수 없는 일이다. 어쩌면 그녀의 남은 평생을 다 바치고도 결국은 깨달음에 이르지 못할지도 몰랐다.

그러나 뇌전결을 얻게 되기까지의 우여곡절을 되새겨 볼 때, 이제 다시 유운결과 천지결에 대해서도 그러한 기연에 가까운 계기들이 그녀에게 와 준다면 또 어쩌면 그 깨달음은 한 순간에 올 수도 있을 것이었다. 그런 중에 그녀가 굳게 믿는바 한 가지는 바로 그녀가 이미 이십 여 년 가까이나 매진하고 있는 검본이십사세의 모태가 바로 무상검결이라는 것이었다.

어쨌든 예령은 지금 유운결과 천지결의 비결을 그 의미가 살아 있는 채로 자신의 머리 속에 담아두고 있다는 자체만으로도 터질 듯한 희열과 기대, 그리고 한편으로는 조급함과 답답함이 심중에서 무수히 일어났다가 다시 지곤 하는 것이었다.

머리 속에는 온통 검결들과 또한 온갖 생각들이 제멋대로 뒤엉켜 일렁이는 중에 예령은 잠시 막연히 마음을 풀어버렸다.

그러던 어느 순간 예령은 나직하게 탄식을 토해내고 말았다.

"아아!"

아주 짧은 순간 그녀는 전혀 예기치도 못하게 무아지경으로 빠져들었던 모양이었다. 그리고 그런 중에 그녀는 언뜻 간절히 바라 마지않던 어떤 영감들에 접하게 되었는데, 그러자마자 곧바로 무아의 상태에서 깨어나고 말았던 것이다.

통탄할 아쉬움과 급속히 흩어져 사라지고 있는 영감의 조각들에 대해, 다만 한 오라기만이라도 붙잡고 싶다는 다급함에 예령은 떨치듯이 자리에서 일어나 급히 바깥으로 나섰다.

예령은 한달음에 별채의 마당을 가로질러 후원으로 나갔다.

후원 안쪽에는 작은 연못이 하나 있고, 그 건너편에는 사람 키보다 큰 두 개의 정원석이 놓여 있었다.

예령은 천천히 연못 주변을 거닐며 머리 속에 억지로 잡아

놓은 한가닥 영감의 끄트머리를 다시금 떠올리려 애를 썼다.

그러나 그것이 도무지 쉽지 않자 예령은 그 끄트머리들을 직접 움직임으로 재현해 볼 생각을 하게 되었다.

물론 자시가 넘은 늦은 시간이라고는 하지만 그래도 객잔의 후원에서 그같은 행위를 한다는 것은 경솔하기 짝이 없는 짓일 터였다.

하지만 어찌하겠는가? 지금 예령의 욕구는 그렇게라도 하지 않으면 도저히 견디지 못할 만큼 강렬한 것을.

예령은 곧바로 연못 건너편에 있는 커다란 정원석의 뒷쪽으로 돌아갔다.

이어 예령은 가만히 기수식을 취했는데, 막상 그녀의 손에는 검이 없었다. 그녀는 한 자루 상상의 검을 잡은 것이다.

무상검결 제이초 유운결(流雲訣).

뇌전결이 극쾌의 검이었다면, 그것은 다변(多變)의 검이었다.

예령의 상상의 검은 아주 가볍게, 그리고 최대한의 축약된 궤적을 허공에다 그려냈다. 검결의 구할은 그녀의 머리 속에서 이루어지고, 다만 일할만이 동작으로 구현되는 것이었다.

그러니 만약 누군가의 눈에 띤다 하더라도 뉘라서 그녀의 미미하고도 의미없는 동작이 곧 검법의 이치를 풀어내는 것임을 알아볼 것인가? 다만 월광이 워낙 교교하니, 흥취를 이기지 못한 여인네 하나가 그저 조금 과장된 몸짓으로 후원을 이리저리 거니는 것쯤으로 볼 일이었다.

어느 순간.

무한한 변화의 세계에서 하나의 끈을 잡고 간신히 헤엄치는 심정으로 검결에 취해 있던 예령은 문득 하나의 시선을 느꼈다.

그리고 그것으로 그녀는 곧장 변화의 바다에서 밀려 나오고 말았다. 간신히 이어가고 있던 몰입이 단박에 깨져 버린 것이다.

지극한 아쉬움은 곧 분노로 변했다. 예령이 차갑게 돌아보니, 연못 건너편에서 누군가가 그녀를 지켜보고 있었다.

*　　　*　　　*

그녀가 연검하고 있었다는 사실을 알아챘다는 사실만으로도 예령은 청년이 범상치 않은 인물이라는 것을 인정하지 않을 수 없었다.

그리고 그녀가 청년의 내력을 알아보고자 먼저 자신의 이름부터 밝힌 것이 그대로 주효한 듯, 청년은 사뭇 당황한 기색으로 자신에 대해 말했다.

"소생은 무당 문하의 능운상이라고 합니다."

굵고 묵직하여 힘이 느껴지는 목소리였는데, 예령이 그 이름을 한 번 되새겨 보다가는 문득 놀라는 기색이 되며 반문했다.

"무당의 능운상이라면, 혹시 그 일준(一俊)이라고 불리는……?”

그러자 청년은 금방 쑥스러운 기색이 되어 대답했다.

“강호의 친구들이 과분하게 붙여준 별호일 뿐입니다.”

시간은 저 홀로 새벽을 향해가고 있었다.

그런 시간, 한적한 후원에 그것도 커다란 정원석으로 가려진 공간에 이제 처음으로 만난 사이의 청춘남녀가 함께 있다는 상황은 충분히 어색하고도 남음이 있다고 해야 할 것이었다.

그러나 예령과 능운상은 금방 서로에게 공감하지 않을 수 없는 공통점이 있다는 것을 알게 되었으므로, 곧 진지한 대화에 빠져들었다.

그것은 바로 검에 관한 얘기였는데, 그것이야말로 두 사람이 공히 인생의 최대 목표와 가치를 두는 부분이었다.

그리하여 두 사람은 동도(同道)를 걷는 입장으로써 쉽사리 서로에게 호감을 가질 수 있었고, 그러한 공감대와 호감은 그들 두 남녀가 일반적인 제약과 선입감에 구속받지 않고 순수한 마음으로 검에 관한 각자의 생각을 주고받도록 만들었던 것이다.

그러나 한편으로 만약 두 사람 사이에 오늘 밤 이 늦은 시각의 기묘한 우연이 주는 특별함이 없었더라면, 지금처럼 서로의 가치관을 쉽게 확인하고 더욱이 호감까지를 가지는 데는 많은 시간이 걸렸을 것이다. 혹은 둘의 관계는 그러한 단계로 접어들기도 전에 서로 엇갈려 버렸을지도 모를 일이다.

예령과 능운상의 대화는 온전한 교류였다.

서로에 대해 아는 것은 거의 없었지만, 오로지 검에 대해 있는 그대로의 자신의 생각을 말하고 나와는 다른 상대의 생각에 허심탄회하게 귀를 기울였다. 그럼으로써 비록 그것이 해답을 찾는 직접적인 기회가 될 수는 없을지라도 자신이 걷고 있는 방향에 대해 가늠해 볼 수 있는 계기는 충분히 되었다.

무엇보다도 그들 두 사람은 각자 누군가의 도움을 기대하기 어려운 길에 서 있던 처지로써 서로에게서 따뜻한 위로를 느낄 수 있었다.

그것은 다른 사람들로서는 이해할 수 없는, 그들 둘만의 어떤 신뢰가 시작되는 것이기도 했다.

그때 소산은 후원으로 들어서는 별채의 모퉁이에 서 있었다.

연못 건너편 두 개의 정원석 사이로 언뜻언뜻 보이는 두 선남선녀의 모습을 그는 한동안이나 조용히 지켜보았다.

그리고 이윽고 소산은 조용히 뒤돌아섰다. 그것은 그들 선남선녀들과 함께 공감할 수 없음에 대한 인정(認定)과 수긍(首肯)이었다. 그러나 또한 어쩔 수 없는 소외감과 절망감이었다.

조용히 걸어가는 그의 뒷어깨가 많이 처져 보였다.

＊　　　　＊　　　　＊

이른 아침.

머리를 무겁게 짓누르는 막연한 불안감 때문에 능운상은 퍼뜩 선잠에서 깨어났다.

지난 새벽 방으로 돌아왔을 때까지도 방 한구석에서 가부좌를 튼 채 운공 삼매경에 들어가 있던 사형 현성 도장은 방 안에 없었다.

순간 능운상은 새삼 솟구치는 불길한 예감에 화급히 자리를 떨치고 일어나 바깥으로 나섰다.

정 대인의 방문 앞 댓돌 위에는 두 켤레의 신발이 있었다. 그중 한 켤레가 바로 늙은 사형의 것이란 걸 능운상은 바로 알아볼 수 있었다.

'사단이 생겼다!'

능운상은 대뜸 그렇게 단정할 수 있었다. 그렇지 않다면 현성 도장이 굳이 방 안까지 들어가 정 대인과 둘만의 자리를 하고 있을 리가 없었다.

비록 얼렁뚱땅 능글맞은 체하기를 즐기지만, 사실은 누구보다 고고하여 결벽하기까지 한 천생 도사인 현성 도장이었다. 만약 정 대인과 마주할 일이 있었다면 능운상을 통했을 일이지, 본인이 직접 나섰을 리가 없는 것이다.

벌컥 방문을 열고 들어간 능운상의 눈에 깊게 잠든 듯이 이불을 덮은 채로 반듯이 누워 있는 정 대인의 모습이 먼저 보였다.

그 곁에서 현성 도장이 무겁게 가라앉은 기색으로 정 대인의 얼굴이며 목 부위를 살펴보고 있는 중이었다. 그런데 이불 바깥으로 드러난 정 대인의 어깨는 맨살이어서 이불 속에 감추어진 모습 또한 나신일 것을 쉽게 짐작할 수가 있었다.

"어떻게 된 것입니까, 사형!"

잔뜩 굳은 목소리로 묻는 능운상에게 현성 도장은 하던 일을 멈추지 않은 채 나직하게 대답했다.

"죽었네!"

"예?"

이미 눈으로 확인하고 있는 사태였으나, 막상 현성 도장의 입을 통해 듣고 나자 능운상은 새삼 놀라는 모습이 되고 말았다.

능운상이 퍼뜩 방 안의 정황을 일별하며 급하게 다시 물었다.

"동침했던 여인은 어디에 있습니까?"

"축시(丑時) 말(末)경(대략 새벽 3시경)에 여인이 방을 나가는 기척을 노부가 들었는데, 그 이후에도 정 대인이 잔기침하는 소리를 들었었네. 그러니 그녀에게는 혐의가 없다는 것이지."

"하지만 사형……!"

흥분한 마음에 능운상의 목소리가 높아지자 현성 도장이 그제야 고개를 들어 능운상을 향하며 가만히 고개를 저었다.

"침착하게, 소 사제!"

그리고 현성 도장은 차분하게 말을 이었다.

"노부는 지난밤 내내 이쪽의 동향에 주의하고 있었으나 별다른 조짐을 발견하지는 못했네! 다만 아침이 되어 무언지 모르게 불안한 느낌이 들기에 와봤더니, 이미 일이 이 지경이 되어 있었네. 허! 무당산 바로 아래에서 이같은 일이 생길 줄이야! 이 모든 것이 다 알량하기 짝이 없는 재주만 믿고서 편하게 앉아서만 일을 처리하려고 했던 노부의 방심이 불러 온 사단일세."

늙은 사형의 자책에 대해 능운상이 뒤따라 자책의 긴 탄식을 토했다.

"아아!"

현성 도장의 곁에 쪼그리고 앉아서 시신의 얼굴과 목 등을 곁눈질로 살펴보던 능운상이 문득 당혹스러운 기색이 되어 물었다.

"도대체 사인이 무엇입니까?"

현성 도장이 침중한 목소리로 대답했다.

"노부가 이미 그의 전신을 세밀히 살폈으나 어떤 작은 상처도 발견하지 못했네!"

"음!"

능운상이 침음성을 흘릴 때 현성 도장의 말이 이어졌다.

"다만 한가닥의 진기를 내부로 흘려 세세히 살펴본 결과, 폐부의 대맥 한 군데가 손상되었음을 발견했네. 결국 정 대인은 타살당한 것인데… 음! 외부로는 전혀 드러나지 않게 철저히 내부적으로만 대맥을 손상시켜 죽음에까지 이르게 한 흉수의 무공은 실로 가공스럽다 하지 않을 수 없는 것일세.”

능운상이 무겁게 표정을 굳히다가 퍼뜩 생각이 난 듯 급하게 물었다.

“첩지는 어떻게 되었습니까?”

그러자 현성 도장이 차분히 자신의 왼 소매를 눈짓하며 말했다.

“다행히 벗어놓은 정대인의 옷 속에 그대로 있어서 노부가 챙겨두었네.”

이어 현성 도장은 빠르게 사태를 정리했다.

“소 사제는 지금 바로 소림을 향해 가도록 하게. 노부는 일단 정 대인의 시신을 수습하고 난 이후에 본산으로 돌아가 장문 사형을 뵙도록 하겠네.”

“하면 첩지는 어떻게 할 것입니까?”

“정 대인이 당금 구파일방의 맹주 격인 화산파 장문인에게 가는 첩지를 지니고서 무당산으로 먼저 온 까닭은, 본 파로 하여금 구파일방 간의 알력을 조정하여 긴밀한 협조를 이루도록 하라는 황실의 뜻을 긴밀히 전달하고자 함이었네. 하니 이제 정 대인이 아니더라도 다만 이 첩지가 화산파로 전달만 된다면 황실의 원래 취지에 큰 차질은 생기지 않는다고 해도 될 터. 그러나 노부가 보기에 장문 사형의 서한을 소림으로 전달하는 일은 오히려 더욱 시급하게 된 것 같네. 하여 소 사제더러 지금 바로 소림을 향해 가라고 하는 것일세.”

“하지만……..”

　능운상이 그래도 망설이는 기색을 보이자 현성 도장은 다소 간 근엄한 얼굴이 되었다.

　"화산은 가깝고 소림은 멀어. 그리고 장문 사형께서는 분명 촌각을 다투라 하셨으니, 소 사제에게는 그렇게 망설일 여가 가 조금도 없음이야. 더욱이 정 대인의 피살로 이 일에 암중의 위협이 존재한다는 것이 분명해졌는데, 어쩌면 장문 사형은 이런 의외의 사태가 있을 수도 있다는 것을 미리 예견하시고 그런 언질을 하셨을 수도 있는 일이 아닌가?"

　늙은 사형의 서슬에 능운상이 감히 더는 지체하지 못하고 급히 일어섰다.

第三章

동행(同行)

지존
석산평전

　능운상은 당하(唐河)를 막 지나서 대별산(大別山)의 낮은 산자락을 따라 달리고 있었다.

　사람들이 지나다니는 관도나 대로에서는 신법 펼치기를 자제하였지만, 지금처럼 인적이 드문 곳에서는 최대한 속도를 내는 중이었다.

　그런데 바람처럼 달리던 능운상의 신형이 한순간 멈칫하며 속도를 줄였다. 앞쪽에 사람의 모습이 보였기 때문이다.

　이쪽을 향하고 서 있는 그 사람은 옷이며, 신발, 그리고 머리에 눌러쓴 커다란 방립(方笠)에 이르기까지 온통 흑색 일색인 노인이었다.

　능운상이 대뜸 그 사람에 대해 노인이라고 여긴 것은, 방립 아래로 보이는 짧은 수염과 아무렇게나 어깨 위로 늘어뜨린 머리가 모두 백발인 때문이다.

이윽고 노인과의 거리가 일 장여로 좁혀졌을 때 능운상은 곤혹스러운 얼굴이 되고 말았다.

길은 장정 세 명 정도가 겨우 어깨를 맞대고 지날 정도의 협로(狹路)인데, 노인이 하필이면 길의 한 가운데에 떡하니 서 있었던 것이다. 하니 노인이 한 쪽으로 비켜주지 않는 한 아무래도 어깨를 스쳐야만 하니 서로 알지 못하는 처지에 거북스러울 수 밖에 없었다.

그리고 꼭 그런 때문이 아니더라도 능운상은 지금 노인에 대해 경계를 높여가고 있는 중이었다. 길을 가로막고 선 것이 의도적인지 아닌지를 따지기 이전에 바로 눈앞에 노인을 마주하면서도 막상 그에 대해 어떤 평가도 내릴 수가 없었기 때문이다.

색으로 말하자면 노인에게서 풍겨지는 느낌은 그 어떤 색이라고도 할 수 없는 무색(無色)이었다.

"엇?"

한순간 능운상은 깜짝 놀라며 펄쩍 한 걸음을 뒤로 물러서고 말았다.

갑자기 그를 엄습해 온 한가닥 무형의 예기에 대한 본능적인 반응이었다.

그러나 그가 어떤 후속적인 대응을 취하기도 전에 그 무형의 기운은 흔적도 없이 사라지고 말았다.

딱딱하게 굳은 얼굴로 천천히 물러섰던 만큼의 거리를 다시 좁히며 능운상이 노인을 향해 조심스럽게 물었다.

"노인장께선 혹시 소생에게 무슨 용무(用務)가 있으십니까?"

방립 아래에서 노인의 입이 가만한 웃음기를 띠며 대답했다.

"노부의 용무는 자네로 하여금 지금 바로 그 자리에 얌전히 있도록 하는 것이지."

능운상은 천천히 어깨를 폈다. 그리고 당당한 어조로 물었다.

"어떤 연유로 소생의 길을 막으려는 것입니까?"

그러자 노인은 나직이 소리 내어 웃었다.

"후후후!"

그리고 이어지는 노인의 어조는 약간의 꾸짖는 듯한 것이었다.

"어린 친구가 말귀가 어둡군. 길을 막는 것이 아니라, 그 자리에 얌전히 있도록 하겠다고 말했거늘!"

능운상은 가만히 검의 손잡이를 잡아갔다.

노인과 더 이상 말을 섞을 필요는 없었다. 어떻게 알았는지 모르겠으나, 노인은 그가 소림으로 가는 것을 막으려 함이 분명했다.

바로 그때 노인이 다소간 의외라는 듯한 어조로 나직이 말했다.

"호오, 상청검(上淸劍)인가? 하면 네가 바로 태극혜검의 당대 전수자이더냐?"

순간 능운상의 눈빛이 미미하게 흔들렸다. 내심으로 크게 놀란 것이다.

노인이 그의 앞을 막은 이상 당연히 그가 무당의 제자라는 사실을 알고 있을 것이었다. 그러나 그렇다고 하더라도 뽑지도 않은 상청검을 단번에 알아본다는 것은 확연히 다른 얘기였다.

상청검이 무당의 사대보검(四大寶劍)에 속하는 명검이기는 하지만, 장문지검인 태청보검(太淸寶劍) 등과는 달리 무림에는 거의 알려진 바가 없는 검이다. 더욱이 그 검이 태극혜검의 당대 전수자에게만 전해진다는 사실은 무당 내에서도 장문인과 몇몇 중요 직책의 요인들 정도나 알고 있는 지비(至秘)의 사실이기 때문이다.

그때 노인은 능운상으로 하여금 다시금 움찔 놀라지 않을 수 없는 얘기를 이어내고 있었다.

"너는 아마도 천우(天憂)의 제자인 모양이로구나. 허허허! 예전 천우의 태극혜검은 그 길을 잘못 들었었거늘, 너의 태극혜검은 과연 제대로 된 길에 들어섰느냐?"

순간 능운상의 안색은 확연히 굳어지고 말았다.

스르릉!

상청검이 천천히 검집을 빠져나오면서 내는 맑은 소리였다.

지긋한 눈길로 지켜보고 있던 노인이 나직이 소리 내어 웃으며 말했다.

"하하하! 좋다. 좋아! 너의 그런 기세는 제법 훌륭하구나!"

그런데 자못 흔쾌하다는 듯이 웃는 얼굴 표정과는 달리, 노인의 전신에서는 불현듯 한 무리의 은은한 무형의 예기가 뿜어져 나오고 있었다. 그리고 그 무형의 예기는 삽시간에 주변의 공간을 점유해 버렸다.

능운상이 그 끝을 짐작하기 어려운 거대한 장막과도 같은 무형의 예기 속에 온전히 갇혀 버리고 만 것은, 미처 어떻게 해야겠다는 생각을 해보기도 전이었다.

그리고 어느 순간 그 무형의 장막은 더 이상 무형이 아닌 실재하는 물리력으로 화하여 능운상의 전신을 옥죄어들고 있었다.

츠츠츠츳!

능운상이 다급하게 내력을 끌어올리자 능운상의 주변으로는 두 종류의 힘이 격렬하게 부딪치며 보이지 않는 소용돌이를 일으켰다.

그리고 곧바로 능운상은 절망적인 심정으로 탄식하지 않을 수 없었다.

'아아! 가히 절대력이다!'

또한 단정하지 않을 수 없었다.

'이 노인은 지금 나로 하여금 태극혜검을 펼칠 것을 강요하고 있는 것이다.'

사실이었다.

무당의 무공은 심오박대(深奧博大)하지만, 그가 익힌 그 어떤 무공으로도 지금 그를 옥죄고 있는 거대한 무형의 압력을 단숨에 파괴시킬 수는 없었다. 다만 한 가지, 힘의 무공을 초월하고 공간의 제약을 뛰어넘을 수 있는 태극혜검만이 지금의 이 절대적인 힘의 열세를 극복하고 단숨에 상황을 반전시킬 수 있을 것이었다.

그러나 능운상은 다시 절망의 탄식을 떠올리지 않을 수 없었다.

'아아!'

비록 스승으로부터 그 검리(劍理)에 대한 이해와 깨달음에 있어서는 능히 청출어람이라는 칭찬을 들은 바도 있었지만, 부족한 내공과 일천한 경험 탓으로 태극혜검을 실제로 펼치는 것은 감히 엄두조차 내어보지 못했던 것이다.

그러나 지금 능운상에게는 다른 선택의 여지가 조금도 없었다. 오로지 전심전력을 다해보는 수밖에는.

일순 능운상의 손에서 상청검의 검신이 가늘게 진동했다.

웅!

그리고 그 진동은 점차로 그 세기를 더해갔다.

우우웅!

그리고 능운상은 필사의 각오로 그의 모든 힘을, 아니, 단순한 내공력을 초월하여 그의 모든 의지까지를 검으로 불어넣었다.

그러던 한순간.

우우우웅!

상청검의 검극에 한 무더기 엷은 자광(紫光)의 빛무리가 생겨났다. 이어 그 빛무리는 더할 수 없이 빠른 속도로 쏘아나가며 노인이 펼쳐 놓은 무형의 장막을 거침없이 찢어버리는 것이었다.

파아아앗!

그의 모든 의지가 한 자루 검과 연결되어 있는 상태에서 능운상은 완전한 몰아지경에 빠져 있었다.

지금 그의 의지는 오로지 검과 일체가 되어 있을 뿐, 그 외의 어떤 것과도 연관됨이 없었다. 그가 처해 있는 상황도, 노인도, 그리고 그 자신이 태극혜검을 펼쳐 내고 있다는 현실조차도.

한순간 그의 귓전을 칼칼하게 울리는 목소리가 있었다.

"아주 좋다. 무당이 당세에 이르러 드디어 한 마리의 용을 얻었구나. 그러나 아직은 어린 용일 뿐이니, 언젠가 다시 노부와 만날 때는 부디 창룡이 되어 있기를 바라노라!"

그 순간 능운상은 스스로의 의지가 거칠게 검으로부터 분리됨을 느꼈다. 그리고 단전 어림을 파고드는 찌릿한 충격. 이어 복부에서부터 목으로 곧장 솟구쳐 오르는 역혈(逆血)의 화끈한 느낌이 있었다.

"와아악!"

거세게 한줄기의 검붉은 선혈을 토해내며 능운상은 아득해지는 의식의 끝 자락을 놓쳐 버리고 말았다.

그리고 능운상의 신형은 그대로 바닥으로 무너져 내렸다.

*　　　*　　　*

소산 일행은 대별산 자락에서부터 완만하게 뻗어 내린 낮은 구릉 지대를 지나고 있었는데, 그들의 행보는 아무래도 느긋해 보였다.

사실 일행들이 지금 연경으로 가고 있는 목적은 다분히 애매한 데가 있다고 해야 했다.

우선은 소산이 연경으로 가겠다는 것 자체가 특별히 뚜렷한 목적이 있어서인 것 같지 않았으니, 그와의 거래를 이유 내지는 명분으로 삼아서 동행이 된 나머지 일행들의 경우 또한 별다를 것이 없어 보이는 것이다.

물론 그들 각자에게는 말하지 않은 나름대로의 어떤 목적들이 있을 터였다. 그러나 어쨌든 그 목적들이 적어도 촌각을 다투어서 시급히 연경에 도착하여야 할 필요를 가진 것이 아님은 분명해 보였다. 그러니 지금 일행들 중 누구도 행보를 서두르지 않는 것이 아니겠는가.

더욱이 소치와 안문, 그리고 예령 등의 경우에는 도막이라는 여전히 현실적인 위협으로부터 안전 지대라고 할 수 있는 이곳 호북의 경계 지역을 완전히 벗어나기 전에 조금이라도 더 느긋함을 누리려 하는 기색도 언뜻언뜻 엿보이는 것이었다.

그런 일행들의 느긋함에 퍼뜩 일말의 긴장감을 감돌게 한 것은 그들이 막 하나의 완만한 산모퉁이를 돌아 나올 때였다.

십여 장 앞쪽에 한 사람이 쓰러져 있었다.

일행들이 걸음을 빨리하여 다가갔으나, 막상 쓰러진 사람의 근처에 이르러서는 선뜻 접근하지 못하고 조심스럽게 상황을 살폈다.

그 사람은 얼굴을 이쪽으로 향하고 모로 쓰러져 있었는데, 입가를 타고 흐르던 핏자국이 그대로 말라붙어 있었다. 그리고 그의 얼굴이 닿은 땅바닥이 아직도 축축하게 젖어 있는 것으로 보아 아마도 그는 상당한 양의 피를 토해낸 모양이었다.

그때 쓰러진 사람의 얼굴을 살피던 예령이 놀란 목소리를 토해냈다.

"아니! 이 사람은?"

곁에 섰던 소치가 덩달아 놀란 기색으로 물었다.

"아는 사람인가?"

예령은 놀라움을 다 추스르기도 전에 이내 당혹스러운 심정이 되고 말았다.

그는 바로 일준 능운상이었다.

그날 밤 객잔 후원에서의 그 우연한 만남은 비록 짧았지만 그녀에게는 많은 의미를 부여해 볼 수 있는 시간이었다. 그런데 바로 다음날 아침 능운상은 온다 간다는 한마디의 말도 없이 사라져 버렸으니, 예령의 입장에서는 참으로 덧없고도 황망한 이별이었다. 그리고 지금 이런 장소에서 생사가 불분명한 지경의 그를 다시 보게 되었으니 이 또한 황망한 재회라고 해야만 할 일이었다. 그러니 그녀가 다른 일행들에게 능운상에 대해 설명한다는 것은 참으로 당혹스럽고도 애매한 일이 되는 것이었다.

그때 불쑥 내뱉어진 소산의 말은 예령으로 하여금 당혹감에서 벗어날 수 있는 약간의 여유를 주었다.

"소 매! 한번 살펴봐 주시오!"

소산이 바닥에 쓰러진 사람을 가리키며 소소를 향해 하는 말이었다.

소산의 그 말에 대해 안문이 언뜻 의아하다는 표정을 지었다.

이제까지 그가 파악한 소산의 특성상 소산이 자신과 무관한 누군가를 위해 선뜻 소소에게 그런 일을 부탁 내지는 지시를 하리라고는 미처 생각지 못한 탓이었다.

또한 한 점 생기를 찾아보기 어려워 이미 죽었거나 혹은 살아 있다 해도 빈사지경(瀕死之境)에 처해 있을 것이니, 괜히 섣부르게 손을 썼다가는 득(得)보다는 실(失)과 원망 들을 일이 더 많을 터이고, 나아가 그 전후의 사정에 잘못 얽히기라도 한다면 엉뚱한 오해에 휘말리는 경우도 당할 수 있겠다는 계산이 빠르게 서기도 해서였다.

그러나 안문의 그런 소회와는 달리 소소는 소산의 말이 떨어지는 즉시 쓰러진 사람의 머리 곁으로 다가앉았다.

코 끝에 손을 대 호흡을 확인하고, 또 눈을 열어 동공의 상

태를 확인하고, 마지막으로 손목의 맥을 짚어본 다음에 소소
가 가볍게 안색을 굳히며 말했다.

"엄중한 내상을 입었는데… 그 증상이 또한 특이해요."

일단 그렇게 운을 떼고 난 다음에 소소가 다시 말을 이었다.

"외상은 특별히 없는 듯하고, 외부로부터의 어떤 종류의
기(氣) 충격(衝擊)이 있었던 것 같지도 않아요. 순수하게 내상
을 입은 것인데, 있는 그대로의 내상의 양상만 놓고 보자면
내력을 최고조로 끌어올린 상태에서 외부의 충격이 아닌 스
스로의 내부로부터 갑작스러운 기혈의 봉쇄가 있었던 것 같
아요. 그리고 그로 인해 임독양맥을 따라 대소 혈맥들이 전반
적으로 심한 손상을 입었어요."

소소를 보고 있던 안문의 눈빛에 엷은 이채가 서렸다. 소소
의 진단이 잠시 동안의 간단한 진맥을 한 결과라고는 믿기 어
려울 정도로 상세하고도 명료하였던 때문이다.

그때 소산이 가볍게 미간을 좁히며 물었다.

"치료는 가능할 것 같소?"

그 투박한 어조로 보아 그는 아마도 소소가 말한 진단 내용
에 대해 사뭇 복잡하다고 느낀 듯하였다.

그러나 소소의 대답은 여전히 막힘이 없었다.

"심후한 내력을 지닌 내가(內家)고수에게 운기요상(運氣療
傷)을 받고 동시에 약물 치료를 병행한다면 단기간에 치료가
가능할 수도 있겠지만, 만약 약물 치료만 한다면 장기간의 요
양으로도 완전한 회복을 장담하기는 어렵다고 해야겠네요."

"어떻게 하는 것이 좋겠습니까?"

그것은 소산이 불쑥 예령을 향해 던지는 다소 투박한 투의 물음이었다.

그에 대해 예령은 곧바로 얼떨떨한 표정이 되며 무의미한 반문을 뱉고 말았다.

"예?"

소산이 왜, 어떤 의미로 그녀에게 그 말을 묻는 것인지 예령은 도무지 짐작하기가 어려웠다.

그리고 그에 앞서, 소산이 자신에게 그런 투의 질문을 던진다는 자체가 그녀로서는 전혀 생각지도 못한 일이었다.

그녀에게 있어 지금까지의 소산은 성심으로 무엇을 해주거나 혹은 그녀의 어떤 말에 대해서도 조금도 싫은 기색을 보이거나 거절하는 법 없이 오로지 들어주기만 하는 그런 일방적인 의미의 존재였다고 해도 지나치지는 않는 것이다.

적어도 예령의 관점에서는 그런 것이었다.

그리고 보니 자신은 언제부터인가 소산에 대해 너무 격의없이 대해온 게 아닌가 하는 생각을 예령은 문득 했다. 그녀 자신도 모르게 소산에 대해 그녀를 잘 따르는 동생이거니 하고 여겨왔는지도 몰랐다.

아마도 맞을 것이었다. 그녀가 지금 갑자기 소산에게서 이토록이나 낯선 느낌을 받게 되는 걸 보면 말이다.

"이 사람은 무당의 능운상 공자예요. 강호에서는 일준이라는 별호로 불리고 있죠."

뜬금없이 꺼낸 예령의 그 말은 사실 한참이나 전에 '아는 사람인가?' 하고 물었던 소치의 물음에 대한 답변이었으면 좋았을 말이었다.

그러나 지금 예령의 얼굴은 사뭇 진지한 표정으로 소산을 향해 있었다.

그것을 보고 소치는 미묘한 기분이 되지 않을 수 없었다.

그것은 뭐랄까? 슬며시 불쾌하지는 기분이랄까?

그는 예령이 지금 소산에 대해 일종의 변명을 하고 있다는 느낌을 문득 가져 보게 되는 것이었다. 비록 그녀가 소산에 대해 과연 그럴 만한 이유가 있는지에 대해 그가 알고 있는 것은 없었으나, 예령의 지금 모습에서는 어쩐지 그런 느낌을 받게 되는 것이었다. 그것이 그를 불쾌하게 만드는 이유였다.

소산이 묵묵히 있자 예령이 다시 말을 잇고 있었다.

"이분 능 공자가 어떤 연유로 이런 지경에 처해 있는지는 알 수 없는 일이나, 일단 우리가 발견한 이상은 마땅히 그의 위급함을 도울 방도를 강구해야만 한다고 생각해요."

그때 예령의 목소리는 마치 호소를 하는 듯이 들리는 데가 있었다.

소산의 안색에 언뜻 미미한 홍조가 떠오르는 것 같았다.

동시에 소치의 얼굴에 서려 있던 불쾌감은 조금 더 짙어졌다.

"우리가 왜 그래야만 하는 겁니까?"

다시 얼마간을 묵묵히 있다가 불쑥 내뱉은 소산의 그 한마디에 예령은 일시 할 말을 잃은 채 멍한 기색이 되고 말았다.

그리고 소산의 표정으로도 이내 한가닥 후회의 빛이 빠르게 스쳤는데, 그는 곧바로 딱딱하게 얼굴을 굳히고 말았다.

보고 있던 소치가 나무라듯이 소산에게 말했다.

"이보게, 소 제! 자네는 어찌 그리 매정하게 말을 하는가? 길을 가다 위급한 처지에 놓인 병자를 만났으면 도와주는 것이 인지상정일 텐데, 더욱이 이 청년이 무당파 소속이라면 협의지사임에 분명할 터, 우리가 그를 도울 방도를 강구해 보아야 하는 것은 지극히 당연한 일이 아니겠는가?"

소치의 그 나무람은 멍한 기색에서 벗어나지 못하고 있는 예령을 감싸고 편드는 것처럼 들리기도 했다.

그때 소산이 몸을 돌려 사람들을 외면하여 서면서 낮고 고저없는 목소리로 말했다.

"소 매! 그를 위해 할 수 있는 조치들을 취해주시오!"

순간 소산의 등을 향해 있던 소소의 눈빛에 한가닥 짙은 안타까움의 빛이 스쳤다. 그러나 그녀는 곧 특유의 밝은 목소리로 대답했다.

"예! 오라버니!"

이어 그녀는 쌍맹을 향해 짐짓 서두르는 목소리를 발했다.

"쌍맹 아저씨들은 저를 좀 도와주세요!"

그러자 쌍맹은 벌써부터 대기하고 있었다는 한걸음에 소소의 곁으로 다가섰다.

　　　　　*　　　　　*　　　　　*

　"으음!"

　그 희미한 신음 소리는 분명 자신에게서 나오는 것이었지만, 능운상에게는 왠지 모르는 남의 것처럼 낯설고도 어색하기만 했다. 거기에 수반되는 고통마저도.

　그렇게 능운상은 의식을 되찾았다.

　"됐어요! 이제 고비는 넘긴 셈이에요!"

　여인의 목소리는 처음 듣는 것이었으나, 왠지 친숙하다는 느낌이 들었다. 어떤 저의(底意)도 없는 맑고 순수한 느낌이었다.

　갑자기 쏟아져 들어오는 눈부심 때문에 능운상은 눈을 감았다가 다시 떴다.

　천천히 눈에 들어오는 첫 광경은 앳된 모습의 소녀였다. 조금도 특별할 것이 없는 평범하고도 수수한, 그러나 좀 전의 그 눈부심이 바로 소녀 때문이었나 하는 착각이 들 정도로 연유를 알 수 없도록 해맑은 얼굴이었다.

　소녀는 바로 소소였다.

　"소저는 뉘십니까? 그리고 이곳은……?"

　힘겹게 목소리를 짜내다가 능운상은 문득 놀라고 말았다. 소소의 뒤쪽으로 다가서는 한 여인, 그녀가 바로 예령이라는 것을 알아보았기 때문이다.

　예령이 담담하게 웃으며 말했다.

“공자가 쓰러져 있는 것을 우리 일행이 발견했어요. 그리고 이곳은 공자가 쓰러져 있던 바로 그 장소예요.”

능운상이 갑자기 떠오르는 기억에 침중히 탄식했다.

“아!”

그리고 그가 이어서 급한 기색으로 말을 하려는데, 예령이 가만히 고개를 가로저었다.

“공자의 내상은 아주 심각한 정도여서 함부로 격동해서도, 그리고 아직까지는 말을 많이 해서도 안 돼요. 그러니 우선은 마음부터 차분히 가라앉히고 난 다음에 천천히 말하도록 하세요.”

그러자 곁에서 소소가 밝게 웃으며 말을 거들었다.

“호호호! 영 언니의 말씀 그대로예요. 공자의 내상은 정말로 가볍지 않아서, 우리는 겨우 심각한 상황을 넘겨놓을 수 있었어요. 그런데 만약 공자께서 자중하지 않아 내상이 다시 악화되기라도 한다면, 그때는 정말로 손쓸 방도가 없게 될지도 몰라요.”

분명 심각한 경고였다.

그러나 그것은 소소가 말했다는 이유만으로도 그다지 심각하지 않은 얘기가 되어버리는 듯했다. 그런 것이야말로 소소만이 줄 수 있는 기이한 종류의 안도와 신뢰 같은 느낌이라고 할 것이었다.

잠시 후.

능운상은 한결 차분해진 기색이 되어 예령을 향해 물었다.

"소저 일행은 어디로 가시는 길입니까?"

그러자 예령은 무의식적인 듯 힐끗 소산 쪽을 돌아보고 나서 대답을 했다.

"연경으로 갑니다."

순간 능운상은 가벼운 탄성을 흘렸다.

"아!"

그것은 예령의 대답에 그가 미처 기대하지 못했던 의미가 들어 있었기 때문인데, 능운상의 눈빛은 대번에 한가닥 기대의 빛을 떠올리고 있었다.

"연경으로 가신다면, 이곳 하남 땅을 가로질러 하북으로 가는 행로일 텐데, 혹시……."

그 대목에서 능운상은 잠시 말끝을 흐리며 머뭇거렸다.

지금 그가 가지고 있는 기대는 예령과 그 일행에게서 또 하나의 도움을 받을 수 있겠다는 것이었다. 그런데 이미 큰 도움을 받았고, 또 받고 있는 처지에서 또다시 도와달라는 부탁을 하려니 너무 염치없다는 생각이 든 때문이다.

그러나 능운상은 이내 진중한 기색이 되었다.

"혹시 가시는 길에 숭산(嵩山) 근처를 지나지는 않는지요?"

그때 능운상의 표정과 목소리에는 이미 어떤 간절함이 비치고 있었다.

예령의 표정이 당혹스럽게 변했다. 그리고 그녀는 다시금 힐끗 소산 쪽을 돌아보았다.

"숭산에는 무슨 볼일이 있나?"

묵직하고도 굵은 저음의 목소리로 불쑥 물어온 것은 소치였다.

순간 능운상의 표정이 설핏 굳어졌다.

느닷없는 하대도 하대였지만, 그보다는 왠지 캐묻는 듯한 소치의 말투와 내용에서 반사적인 경계와 일말의 반발을 느꼈기 때문이다.

그때 소치가 호탕하게 웃으며 다시 말을 보태고 있었다.

"하하하! 기왕에 서로 가볍지 않은 인연을 쌓은 터이고, 또한 예 소저와도 안면이 있는 사이인데, 젊은이에게 정히 급한 사정이 있다면 우리가 조금 길을 돌아서 가지 못할 것도 없겠지. 크게 보면 그런 것이 다 공덕을 쌓는 일이 아니겠나."

그리고서 소치는 저쪽의 소산에게로 눈길을 돌리며 물었다.

"안 그런가, 소 제?"

능운상은 그제야 그 젊은 서생에 대해 새삼스레 시선을 주었다.

사실 능운상은 진작에 그를 보았었다.

다른 사람들에게서 조금 떨어져서 홀로 서 있는 그는 너무도 평범한 인상이었다. 그저 평범한 용모에 어떤 개성이라든지 특별하다 싶은 기질은 그다지 느껴지지 않았던 것이다.

그런데 지금 덤덤한 얼굴로 묵묵히 시선을 마주쳐 오는 서생에 대해 능운상은 그가 비록 특별하기까지는 않을지 몰라도 최소한 좀 전까지의 느낌과 같이 아무 색깔 없이 그저 평범하기만 한 것은 아닐 것이란 생각을 갑자기 해보게 되었다.

어쩌면 그런 것은 자신의 기대에 대해 어쨌든 최종의 결정을 내릴 사람이 바로 그라는 사실을 능운상이 불현듯 깨닫게 되었기 때문인지도 몰랐다.

"부탁 드리겠습니다. 제게 긴박하게 수행해야 할 중요한 사명(師命)이 있어서 그러니, 부디 저를 좀 도와주십시오."

능운상은 움직이지 못하는 몸을 대신하여 눈빛과 목소리에다 진정으로 간절한 염을 담았다.

그때 서생의 얼굴로 한가닥의 싱긋한 웃음이 떠올랐다. 그러나 그 웃음은 아주 잠깐 떠올랐다가는 금방 다시 사라져 버렸다.

그 서생은 말할 것도 없이 바로 소산이었다.

"그렇게 하지요!"

무덤덤하게 뱉는 소산의 그 짧은 한마디에 몇몇 사람의 표정으로 언뜻 미묘한 변화가 스쳤다.

그저 쉽게 내뱉는 말이었다.

그러나 그 한마디에는 지금의 상황을 간단하고도 확실하게 마무리 짓는 단호함이 들어 있었던 것이다.

그리고 그런 소산에게서 예령은 그녀만이 느낄 수 있었을 한 가지의 의미를 더 짐작해 볼 수 있었다.

그것은 역시 변화였다. 그가 이윽고 자신만의 세계가 아닌 주변까지를 돌아보고, 반응하고, 그리고 놀랍게도 포용해 내기까지 하는, 다른 사람에게는 특별히 의미를 둘 것이 없겠지만 그 자신에게는 너무도 큰 의미일 새로운 변화인 것이다.

그때 잠시 어디론가 사라졌던 쌍맹이 다시 돌아왔다.

그들은 하나의 물건을 들고 있었다. 나뭇가지와 칡넝쿨로 만든 급조해 만든, 그러나 튼실해 보이기는 하는 들것이었다. 아마도 소소가 만들어오라고 주문을 했던 모양이었다.

그렇게 능운상은 그들 특별한 일행의 동행이 되었다.

第四章

소림사(小林寺)

소소가 처방을 하고 쌍맹이 주변에서 쉽게 쉽게 채집을 해 오는 것으로 보아 분명 평범한 것들일 그 약초들을 짜서 만든 즙은, 지독히도 쓴데다 비리기까지 했다. 그것을 매 두 시진마다 꼬박꼬박 한 대접씩 받아 마셔야 하는 일은 능운상에게 큰 고역이 아닐 수 없었다.

그러나 스스로 진단하기에도 심각한 지경이었던 그의 내상은, 다만 그 평범한 약초의 즙을 마시는 것 외엔 달리 아무런 치료도 받을 수 없는 처지임에도 불구하고 이제 조금씩이나마 호전되는 기미를 보이고 있었다. 그럼으로써 소소의 처방에 사실은 어떤 놀라운 효과가 있다는 점에 대해 능운상은 인정해 가지 않을 수 없었다.

그렇더라도 운기(運氣)를 한다는 것은 아직까지 요원한 일이었다. 운기를 위해서는 적어도 일 갑자 이상의 내공을 지니고 또한 내가무학(內家武學) 방면으로 깊은 이해를 지닌 절정 고수의 도움을 받아 전신의 막힌 기혈과 단전에 갇혀 단단하게 응축되어 버린 진기를 풀어내고 도인해 내야만 했다.

일행의 이동 속도는 느긋하다고 해야 할 정도로 느렸기에 능운상으로서는 마음이 조급해질 수밖에 없었다.

그러나 능운상은 조금만 서두르면 안 되겠느냐 정도의 가벼운 읍소(泣訴)조차도 감히 엄두를 내지 못하였다.

그것은 일행 중에서 예령을 제외하고 나면 나머지 사람들은 무공을 지니지 않은 것으로 보였기 때문이다. 더욱이 꼼짝없이 들것에 실려가며 폐(弊)를 끼치고 있는 처지에서 그가 무슨 염치로 할 말이 있겠는가. 그나마 일행들 모두가 꾸준히 걸어 주는 것만으로도 감지덕지할 따름이었다.

예령은 이따금씩 그에게로 다가와 상태를 살펴보곤 했다.

그러나 딱히 말을 건네지는 않았다. 그날 밤 월하(月下)의 객잔 후원에서 서로의 검학(劍學)에 대해 이야기할 때는 그야말로 흉금을 털어놓았다 할 만큼 마음을 열었었건만, 막상 이렇게 동행이 되고 난 이후에는 두 사람은 거의 말을 주고받지 않고 있었다.

사실 그들 두 사람의 사이는 다분히 애매한 데가 있다고 해야만 했다.

그날 밤 두 사람 사이에 있었던 일(?)에 대해서는 누구에게 말을 할 사항도 아니었고, 또 말을 한다고 해도 둘 간의 그 미묘했던 교감에 대해서는 다른 사람들이 쉽게 이해할 수 있는 일도 아니었다. 물론 굳이 이해를 시켜야 할 사항도 아니었지만.

그러나 두 사람이 검에 관한 것이 아닌 일상의 일을 가지고 무슨 얘기를 한다면, 왠지 모르게 어색할 것 같은 느낌이 자꾸만 드는 것이었다.

비록 들것에 누워 있는 처지였지만, 그래도 능운상은 기회가 될 때마다 일행들의 면면에 대해 살펴보았다.

무공을 익히지 않았다는 점을 감안할 때 쌍맹의 힘은 참으로 놀라울 정도였다. 능운상이 결코 작은 체구가 아닌데 그를 실은 들것을 들고 두어 시진쯤은 휴식없이도 가볍게 걷는 것만으로도 그랬다.

특히 능운상이 그들이 든 들것에 실려서 가는 처지가 아니었더라면 느끼지 못했을 점이 있었다. 평지를 가든 험한 산길을 가든 조금의 기울어짐이나 충격이 전해지지 않는다는 점이었다. 그런 점에서 그들 쌍맹은 놀라운 힘을 지녔을 뿐만 아니라, 그 힘을 씀에 있어서도 상당히 안정적이고 효율적인 감각과 능력을 지녔다는 점을 또한 평가하지 않을 수 없는 것이다.

소치와 안문에 대해서는 처음에 가졌던 선입감 때문인지 능운상은 여전히 친근감을 느끼기가 어려웠다.

소치에게는 무언가 사람을 위축되게 만드는 기이한 위엄 같은 것이 있었다. 기이하다는 것은 그런 위엄이 결코 일부러 꾸며내는 종류의 것이 아니라는 의미이다.

안문과는 몇 마디 나눠보지는 않았지만, 간단한 한두 마디의 대화 중에서도 물씬 풍겨 나오는 그의 박학다식함과 깊은 경륜을 짐작해 보는 일은 그리 어렵지가 않았다.

누구보다 애매한 사람은 바로 소산이었다.

그는 일견 평범했다. 그러나 보다 보면 그에게는 평범한 중에도 뭔가 모르게 다른 점이 있었다.

그런데 그의 다른 점은 그 스스로 드러내기보다는 특별한 사람들 사이에 있음으로써 은근히 드러나는 그런 것이었다.

조금 지나치게 과묵해 보인다는 점을 제외하고 나면 그는 그저 평범한 문사로 보일 뿐이었다. 그런데도 어떨 때 가만히 생각해 보면 다들 특별하다고 해야 할 주변 사람들 속에 있어도 그가 그들과 조금도 차이가 져 보이지 않는다는 것을 문득 알게 되는 것이다.

그것은 결국, 소산 또한 겉으로는 보이지 않는 어떤 특별한 점을 가지고 있기 때문이 아닐까?

*   *   *

사흘 후.

일행이 드디어 숭산(嵩山)의 완만한 산자락으로 접어든 것은 정오 즈음이었다.

숭산! 오악(五岳) 중의 하나이며, 하늘과 땅의 중간인 곳이라

하여 중악(中岳)으로 칭해지는 산이다. 높음이 오악 중 제일이
며, 험준함이 하늘을 찌를 듯하다라는 말도 있듯이, 동(東)의
태실산(太室山)과 서(西)의 소실산(少室山)은 각각 서른여섯 개
씩의 봉우리를 잇달아 거느리고 있어 그 기세가 거룡(巨龍)의
위용과도 같이 웅대하다. 그러나 그 무엇보다도 숭산을 유명
하게 만든 것은 바로 무림의 태산북두, 소림사가 그곳에 있기
때문이다.

소림사(少林寺)! 북위(北魏)의 효문제(孝文帝) 때 인도에서
온 발타 선사(跋陀禪師)가 창건하였고, 이후 보리달마(菩提達
摩)가 선종을 창시하고 소림 무공을 창안한 이래로 소림은 언
제나 무림의 태산북두였다. 성세와 영광을 누릴 때에도, 그리
고 오욕을 격을 때에도.

그것은 소림이 시대적 상황에 따라 성쇠를 겪는 것에 상관
없이, 무림인들의 정신 속에 소림이 언제나 살아 있기 때문이
었다. 당금의 무림에서도 그 성쇠의 판도에 따라 구파일방의
맹주는 화산파로 공인받고 있지만, 여전히 소림은 소림일 뿐
이었다. 소림이라는 그 이름만으로도 소림은 영원한 무림의
태산북두인 것이다. 소실산 깊은 곳 우거진 숲 속마다 어느 구
석진 곳에, 어떤 잠룡이 몸을 감추고 있는지 알 수 없는 복호잠
룡의 대지. 그곳이 바로 소림사였다.

방장실(方丈室).
늘 닫혀 있던 문이 활짝 열려서 전청(前廳)까지가 확 틔어져

있는 그곳에는, 평상시의 적막함과는 다르게 지금 여러 인물들이 모여 있었다.

그런데 그들의 면면이야말로 평상시에는 그중 하나도 보기 힘들며, 무림에 나간다면 그 하나하나가 고승거물(高僧巨物)로 일컬어지는 인물들이었다. 바로 계율원주(戒律院主) 정진(靜眞), 달마원주(達磨院主) 정오(靜悟), 나한전주(羅漢殿主) 정현(靜玄), 장경각주(藏經閣主) 정보(靜普), 지객당주(知客堂主) 정해(靜海) 등이었다.

그리고 방장실의 안쪽 정면에는 방장인 무혜 대사가 좌정해 있고, 그 바로 앞쪽 좌우로는 계지원주(戒持院主) 무계(無戒)와 그의 사형제들인 무광(無光), 무공(無空)이 근엄한 얼굴로 앉아 있었다. 유난히 숫자가 적어 방장 무혜와 그들 셋이 전부인 무자(無字) 배분(輩分)의 일대(一代)제자였으니, 그들이야말로 당금의 소림을 대표한다 할 수 있는 인물들이었다.

아마도 이미 한 차례의 심각한 의논들이 있었던 듯, 좌중의 분위기는 지극히 무거웠고 모두의 안색은 굳어 있었다.

더욱이 지금 방장실을 중심으로 하여 사방 십여 장 공간을 둘러싸고 흐르는 무형의 삼엄한 기운은 그 같은 무거운 분위기에 중압감을 더하는 데가 있었다. 바로 팔대호원(八大護院)의 보이지 않는 엄밀한 경계가 만들어내는 기운이었다.

논점(論點)은 능운상으로부터 전달받은 황실의 첩지 때문이었다.

황상(皇上)의 병환이 심상치 않은 지경에 이른 지금, 천하 도처에서는 불측한 무리들이 속속 창궐할 조짐을 보이고 있다. 하여 이번에 천하의 뜻있는 의인협사(義人俠士)들을 모아 장차 국본을 굳건히 옹립하기 위한 결사(結社)를 결성하고자 하니, 무림 정도의 근간인 구파일방에서는 다음 달 보름까지 각파의 대표와 정예무인들을 황도(皇都)로 파견하여 천하 대의를 엄히 세우라!

계지원주 무계의 근엄한 목소리가 딱딱하던 침묵을 깼다.

"사안이 사안인만큼, 명분으로 보나 그 상징성으로 보나 최소한 사대금강(四大金剛)과 십팔나한(十八羅漢)은 파견해야 할 것입니다."

그러자 곧바로 반론이 제기됐다.

"그것은 불가합니다."

조심스러우나 선명한 의지가 실린 목소리였다.

무계의 목소리가 노기 서린 불쾌감을 담으며 은연중에 높아졌다.

"불가라? 하면 계율원주는 지금 황명(皇命)을 거역하기라도 하자는 말인가?"

계율원주 정진이 잠시 마음을 추스르려는 듯 무혜 대사 쪽을 바라보았다.

같은 원주 급이라고 해도 계지원주는 성격이 달랐다. 실권이 없다고는 하나 장로원 격으로 일선에서 물러난 노승들이 보다 높은 불법을 수도하기 위해 모인 곳이니만큼, 한편으로 보자면 계지원이야말로 방장의 권위마저도 능가하는 소림 내 최고의 영향력을 지닌 곳이라고 할 수 있다. 더욱이 무계는 정진에게 사숙이 되는 항렬이었다.

그러나 무혜 대사는 다만 지그시 눈을 감고 있을 뿐이었다.

정진이 가만히 숨을 들이켠 다음에 무계를 향하며 신중한 어조로 대답을 내놓았다.

"비록 어인(御印)이 찍혀 있으나, 첩지는 어디까지나 황후가 보낸 것인만큼 황명이라고 할 수는 없습니다."

그러자 무계의 이마에 굵은 힘줄 하나가 불끈 드러났다.

그런데 그가 막 다시금 노기를 터뜨려 내려는데, 이제까지 신중하게 좌중의 얘기들을 듣고만 있던 무광이 무겁게 입을 열었다.

"어허! 상황을 신중하게 판단해야 할 것이야. 황제의 병이 깊다면 곧 태자가 황위를 계승할 것은 불문가지의 사실! 그렇다면 설사 첩지의 형식이 황명이냐 아니냐를 따지는 것은 작은 논쟁거리에 불과할 뿐인 게지. 문제는 어떻게 대응을 하는 것이 장차 본 소림의 입장과 입지를 위해 유리할 것이냐를 현실적으로 따져 보아야만 한다는 것이야. 그리고 그런 전제에서는 무계 사제가 이미 제안한 바 있듯이 사대금강과 십팔나한을 파견하는 것이 최소한의 선인 것 같고."

무광은 소림삼신승(少林三神僧)이라 불리는 전대의 굉 자 배분인 굉조(宏祖), 굉법(宏法), 굉요(宏耀) 중 굉요 선사의 세 제자 중 맏이로, 이 자리에 있는 무계와 무공과는 같은 스승을 모신 직계의 사형제 간이었다.

　소림삼신승의 맏이인 굉조 선사는 대략 일 갑자 전 자신에게 돌아온 방장 직을 '나는 방장의 그릇이 아니다'며 팽개치듯 방장 직을 막내 사제인 굉요 선사에게 떠맡겨 버린 괴승이다. 그러니 그 후대의 방장이 누가 되든, 더욱이 요직을 누가 맡든 전혀 신경을 쓸 인물이 아니었다. 원래부터 그런 데에는 조금도 구애받지 않고 홀로 자유를 추구하는 인물이었고, 한편으로는 그 어떤 법과 계율과 권위로도 어찌할 수 없는 감당 불가의 인물이기도 했다. 한편 굉조 선사는 무치(武痴)라 불릴 정도로 불법에 대한 공부는 도외시하고, 오로지 칠십이종절기의 연구와 연마에만 평생을 심취한 인물이었다. 하여 실제로 그의 무공 경지가 어느 정도에까지 이르렀는지 아는 사람이 정작 없음에도 불구하고, 그가 소림제일의 무승이라는 점에 대해서는 누구도 이의를 달지 않았다. 굉조 선사의 행적이 묘연해진 지는 이미 오래되었다. 그러나 소림의 누구도 최고의 존장인 그의 행적에 대해 크게 신경을 쓰지 않았다. 그는 언제 어느 때인가 불쑥 공양간의 불목하니로 화해 있을 수도 있고, 또는 똥 지게를 지고 달마원 뒤의 채마밭 고랑에 거름을 주는 모습으로 나타날 수도 있는, 그리고 대뜸 누군가의 뒤통수를 후려치며 불호령을 내릴 수도, 혹은 어느 사미승과 조손처럼 도란도란 정담을 나눌 수도 있는, 그런 예측불가의 존재이기 때문이었다. 그렇게 그는 뚜렷이 존재감이 없는 중에도 또한 언제 어느 때라도 소림에 존재하는 인물이기도 한 것이었다.

전대 방장 굉요 선사는 십여 년 전 제자인 무혜 대사에게 방장 직을 물려주면서, 역대로 전례가 없이 이대제자들인 정자(靜字) 배분(輩分)을 주요 중추 요직에 전격 기용하도록 적극 추진하였다. 그것은 당금에 이르러 침체일로의 길을 걷고 있는 소림에 혁신적인 변화를 꾀해야만 한다는 명분을 내세운 것이었지만, 그 이면에는 역시 같은 맥락으로 무혜 대사에게 힘을 실어주겠다는 강력한 의지이기도 했다. 그리고 얼마 지나지 않아 굉요 선사가 입적을 하였기에 그 전격적인 이대제자들의 요직 기용에 관한 사항은 그의 유지쯤으로 간주되었다. 또한 그 덕분으로 막 표면으로 돌출되려던 내부 불만들은 유야무야 수면 아래로 가라앉고 말았다.

굉법 선사는 무공과 법에서 두루 뛰어난 성취를 이루어서 소림의 제자들 중 그에게 존경을 표하지 않는 이가 없었다. 그러나 그런 굉법 선사도 다만 대사형인 굉조 선사에게만큼은 고개를 숙였다. 다른 점들을 차치하고라도 그에게 있어 굉조 선사는 대사형일 뿐만 아니라 어릴 적 스승과도 같은 존재였던 까닭에, 굉조 선사에 관한 것이라면 그의 사소한 언행에 대해서조차 감히 함부로 토를 달지 않았던 것이다. 그러니 굉요 선사가 입적한 후 다만 굉조 선사가 소림의 내부 사정에 대해 아무런 개입을 하지 않는다는 이유만으로도, 그 또한 스스로 몸을 낮추어 제자인 무계가 원주로 있는 계지원으로 칩거하였던 것이다.

그러나 그렇다 하더라도 소림 최고의 권위는 여전히 굉요 선사로부터 나오고 있었다. 비록 그 자신은 일선에서 완전히 물러나는 형식을 취하고 있다고는 하나, 그의 세 제자인 무광, 무계, 무공의 대내외적인 입지는 오히려 무던히 방장으로서의 직무만을 수행하고 있는 무혜 대사를 능가하는 것이라고 해야 했다. 더욱이 그들 셋이 의욕적으로 키워낸 제자들은 어느새 사대금강과 십팔나한, 그리고 십계십승 등등의 굵직굵직한 직책에서 중요한 임무들을 맡고 있었다. 그럼으로써 당금 소림의 실질적인 무게중심은 굉요 선사를 정점으로 하고 있다고도 할 수 있는 것이다.

차분한 어조의 정진이 다시금 반론을 펼치고 있었다.
"당금의 황실 정세는 참으로 간단치 않아서 장차 누가 황위를 계승할지는 가히 안개 속이라고 해야 할 것입니다. 이번의 첩지 또한 태자 측에서 정도무림이 자신들을 절대적으로 지원한다는 민심과 명분을 얻으려는 시도일 뿐입니다. 그러나 황권이란 것은 마지막에 황위에 오른 자가 결과적으로 천하의 대의명분을 독식하게 되어 있으니, 지금 누구의 명분이 옳고, 또한 누구의 명분이 틀렸다고 할 수 있겠습니까? 어쨌든 그런 모든 사정들은 다만 세속의 번뇌일 뿐이고, 더욱이 무림의 일도 아닌 황실의 권력 다툼에 본 소림이 조금이라도 상관할 이유는 조금도 없을 것입니다. 그러니 우리는 섣불리 누구의 편에도 서지 말고 굳건히 중립을 지키면서 다만 관망하는 것이 좋겠다는 생각입니다.”

듣고 있던 무계의 얼굴이 점차로 붉어졌다. 그러더니 정진의 말이 끝나기를 기다려서는 이윽고 은은한 호통을 쳐내는 것이었다.

“어허! 참으로 답답한 소리로다! 소림이 세속과 아주 담을 쌓고서 오로지 불법만을 추구하는 곳은 아닐진대, 어찌 이같은 중대사를 상관할 바가 아니라고 하는가? 하면 정진 사질은 이 일로 인해 본 소림이 장차 그 어떤 곤란과 우환에 직면해도, 그 또한 상관할 바가 아니라고 할 것인가? 나아가 그런 식으로 안으로 움츠리고만 있는다면, 장차 어떻게 땅에 떨어진 소림의 위상을 끌어올려 다시 무림의 태산북두로 우뚝 설 수 있을 것인가?”

사숙의 호통에 정진은 감히 곧바로는 말을 받지 못하였다.

그런데 그때, 내내 눈을 감고 있던 무혜 대사가 문득 눈을 뜨며 천천히 입을 열었다.

“계지원주의 말이 옳다.”

순간 의외라는 듯 무계의 눈이 슬며시 커졌고, 반대로 정진은 가만히 고개를 숙였다.

그런 모습들을 보면서 무혜 대사는 담담히 미소를 떠올리며 덧붙였다.

“그러나 계율원주의 말 또한 옳다.”

그러자 무광이 약간은 답답하다는 듯한 어조로 무혜 대사를 향해 물었다.

"방장께서는 도대체 어찌하시려는 것입니까?"

무혜 대사가 여전히 빙그레 웃는 얼굴로 천천히 좌중을 한 바퀴 돌아보고 나서야 다시 입을 열었다.

"황명이든 아니든 어쨌든 황실에서 내려 보낸 첩지인 이상, 뚜렷한 명분도 없이 무시할 수는 없는 일이지. 그러나 또한 자칫 향후의 정쟁에 휩쓸려 소림의 근간이 흔들릴 수도 있는 사안인만큼 어느 정도의 추이를 보지도 않고 처음부터 가벼이 대응할 수는 더더욱 없는 일이야."

무광이 가라앉은 목소리로 말을 받았다.

"방장 사형의 말씀이 지극히 옳습니다. 그러하기에 사대금강과 십팔나한을 보내자는 말씀을 드렸던 것인데, 지금 말씀하시는 것으로 보아서 아마도 사형께서는 달리 의중을 가지고 계신 모양입니다만?"

무혜 대사가 가볍게 고개를 끄덕이며 대답했다.

"일단은 한 사람을 파견하여 황실의 뜻에 부응한다는 형식을 갖추고 나서, 이후의 정황 변화에 따라 다시 적절한 대처를 해나가자는 게 내 생각일세."

좌중의 모두가 놀라는 가운데 무광이 따지듯이 다시 물었다.

"고작 한 사람을 파견한다는 말씀입니까?"

"그렇네. 물론 그 한 사람은 능히 소림을 대표할 수 있는 사람이어야겠지."

"허! 능히 소림을 대표한다? 그래, 사형께서 생각하고 계시는 그 한 사람은 대체 누구입니까? 설마 사형께서 직접 나서실 것은 아니겠고?"

"이런 일에 있어서 소림을 대표하려면 남들이 인정할 만한 신분은 물론, 무공과 지혜를 두루 갖추고 있는 인물이어야만 할 것일세. 그러니 다만 방장의 직위로만 감당할 수 있는 소임은 아니지 싶네."

그 대목에서 무혜 대사는 잠시 뜸을 들였다.

잠시 후. 무혜 대사가 빙그레 웃으며 다시 말을 이었다.

"내가 생각하고 있는 그 한 사람은 바로 무무(無無) 소사제일세!"

순간 무광은 아주 기가 찬다는 표정으로 되었다.

"허허! 무무, 그 아이란 말입니까? 지금 그 아이를 두고 능히 소림을 대표할 수 있다고 말씀을 하신 것입니까?"

무혜 대사는 가만히 고개를 끄덕이는 것으로 대답을 대신했다.

그러나 그의 온화한 미소는 그가 이미 자신의 생각을 굳히고 있음을 말해주고 있었다.

무광이 무계와 무공 쪽을 눈짓으로 돌아보더니 문득 단호한 어조로 입을 열었다.

"사형께서는 미리 그같은 생각을 정해놓으셨던 것으로 보이니, 지금까지 우리가 벌였던 토론들은 사실상 아무런 의미도 없었던 것이로군요."

무혜 대사가 정색으로 나무랐다.

"어허! 사제는 무슨 말을 그리하나?"

그러나 무광은 더욱 얼굴을 굳히며 자신의 말을 이었다.

"이 한 말씀만 더 드리겠습니다. 이번 일에 사대금강과 십팔나한을 파견해야 된다는 것은 기실 사부께서 깊이 고심하신 연후에 내리신 대안입니다."

그 말에 무혜 대사는 금방 곤혹스러운 기색이 되고 말았다.

좌중의 공간을 은은히 울리는 기이한 목소리가 전해진 것은 바로 그때였다.

"노납이 늘그막에 소일거리 삼아 들인 제자 놈인데, 이놈이 뭐 하나 똑 부러지는 것없이 마냥 물렁하기만 하더라. 그러더니 이제는 눈앞에 일렁이는 것만으로도 귀찮고 성가시기 이를 데 없더라. 그런데 오늘 노납이 간만에 늘어지게 낮잠을 즐기고 있는데, 어디선가 들리기를 황실의 첩지가 어쩌고 하는 중에 문득 귀가 번쩍 띄는 소리가 있더라. 해서 노납이 방장 사질의 옆구리를 슬쩍 찔렀느니. 방장께서 부처님이 되신 듯 이 늙은 중을 괴롭히는 성가심 하나를 제발 좀 치워 달라고."

그 목소리는 처음에 마치 좌중 각자의 바로 곁에서 속삭이는 듯하였다. 그러더니 어느 순간 갑자기 커지면서 모두의 귓속을 왕왕 울려대는 것이었다.

"굉법이 무어라 똑똑한 소리를 했나 본데, 그가 말했다면 필시는 옳은 소리일 것이다. 그러나 오늘은 이 늙은 중의 코가 석 자이니라. 내 나중에 굉법을 만나서 떼라도 써볼 작정이니, 부디 방장은 이미 한번 꺼낸 말에 대해 되담을 생각일랑 아예

하지 마시게. 헐헐! 그런 것이 아니더라도 대소림의 방장된 신분으로, 한 번 뱉은 말은 중천금을 넘어 중만금쯤은 되어야 하지를 않겠는가? 그리고 무광, 무계, 무공, 이 어린 땡중 놈들아! 너희들도 그런 줄 알렸다?"

목소리의 주인공이 도대체 어디에 있는지 혹은 그가 지금 말을 보내는 수법이 전설의 혜광심어(慧光心語)인지 아닌지 하는 등등은 나중의 문제였다.

우선은 목소리의 주인공이 바로 소림삼신승의 수좌인 광조 선사라는 점에서 좌중의 모두는 황급히 머리부터 조아리지 않을 수 없었다.

그런 와중에 무광이 당혹을 감추지 못하면서도 중얼거리듯이 말을 뱉었다.

"하오나 사부께서 이르시기를……!"

그러나 무광은 곧바로 움찔 어깨를 움츠리고 말았다. 그 순간 그의 귓속에서 광조 선사의 웃음소리가 벼락을 치는 듯이 울렸기 때문이다.

"헐헐헐! 무광아! 너 어린 땡중 놈이 그새 볼기짝이 많이 여문 모양이구나? 감히 이 부처님의 말에 토를 다 달려는 것을 보니 말이다?"

그러자 무광은 정말로 겁에 질리기라도 한 것처럼 얼떨결에 말까지 더듬고 마는 것이었다.

"사, 사백! 그런 것이 아니오라……."

그때 광조의 목소리는 다시 좌중의 머리 위에서 울리고 있었다.

"방장! 그럼 얘기는 다 끝난 것일세. 내 이미 무무, 그 덜 떨어진 놈에게노 얘기를 끝내놓은바, 곧 놈을 방장께 보냄세. 그러니 나중에 괜히 말을 바꾸어 안 그래도 별볼일없는 이 늙은 중을 더욱 실없이 만들면 아니 되네?"

무혜가 빙그레 미소를 떠올리며 허공을 향해 입을 열었다.

"사백께서 이미 하명을 하셨는데, 소승이 무무 사제에게 따로 할 말이 무에 있겠습니까? 다만 사제에게 몇 마디 전하였으면 하는 말이 있고, 또한 사백께도 한 가지의 청이 있습니다."

"전언과 청이라? 그래, 무엇인가?"

"먼저 사제에게는 늦지 않게 황도에 당도하라 하십시오. 그러나 또한 너무 이르게 당도하지도 말라고 하십시오."

잠시의 틈을 두고 나서 굉조의 목소리는 가벼운 탄성과 함께 다시 들려 왔다.

"흠! 흠! 알겠네. 내 틀림없이 그리 전하겠네. 하면 청이란 것은?"

"첩지를 가져온 사람은 상청검(上淸劍)의 주인입니다. 무당 장문인이 소승에게 따로 서찰을 보내었는데, 무당 또한 그 청년을 자파의 대표로 삼는다 하였고, 본사의 파견 인원과 같이 움직일 수 있도록 해달라는 부탁을 해왔습니다. 그런데 그 청년의 내상이 가볍지 않으니 사백께서 잠깐 돌보아주시기를 청하는 것입니다."

"음! 상청검의 주인이란 말인가?"

굉조의 목소리는 잠시 멈추었다가 다시 이어졌다.

"허허허! 방장의 뜻인즉, 결국은 이 늙은 중더러 성가심을 떨쳐 내는 값을 하라는 것이로군. 알겠네, 알겠어. 내 적당히 셈을 하도록 함세. 헐헐헐헐!"

특유의 바람 새는 듯한 웃음소리가 잦아지는 것으로 굉조의 목소리는 더 이상 들려오지 않았다.

아마도 그는 어디론가 훌쩍 가버린 것일 터였다.

활짝 열린 방장실의 문밖 먼 하늘로 시선을 둔 무혜 대사의 얼굴에 가만한 미소가 머물렀다.

第五章
일권(一拳)

지존

석산 평전

소산 일행은 지객당(知客堂)에 머물고 있었다.

그들이 그곳에 안내된 뒤로 한동안이나 소림사의 인물들을 구경할 수 없었다.

그런데 지금 막 허리가 구부정한 늙은 중 하나가 찻잔 몇 개가 담긴 대바구니와 차 주전자를 들고서 들어오는 중이었다.

노승은 작은 몸집이었는데, 여기저기 기운 자국이 보이는 낡은 가사가 자그마한 체구를 감싸듯 하고 있었다. 그런 모습에서 그가 절간에서 허드렛일을 하는 처지라는 것을 쉽게 짐작할 수 있었다.

깡마른 얼굴에 급격하게 휘어진 콧등의 매부리코는 노승의 인상을 괴팍하게 보이도록 하는 데가 있었다. 대신 맑은 눈빛이 선해 보였고 얼굴 전체적으로는 보기 좋을 만큼의 혈색이 돌았다. 또한 습관적인 듯이 그려져 있는 입가의 희미한 웃음기에서는 어린아이 같은 장난기마저 엿보였다. 그러나 검은 털 하나 없이 온전히 하얗게 세어버린 눈썹은 그가 생각보다 늙었음을 말해주고 있었다.

소산의 앞에다 찻잔 하나를 꺼내놓고 주전자를 기울여 차를 따르면서 노승이 잇달아 탄식하며 짐짓 혼잣말처럼 중얼거렸다.

"호? 호오! 묘하구나! 참으로 묘해!"

바로 면전에서 빤히 쳐다보며 하는 뜻 모를 소리라 불쾌할 수도 있는 일이었다. 그러나 소산은 그저 엷은 미소를 떠올렸을 뿐이다.

그런 소산을 보면서 예령은 그에게 요즘 점점 더 웃음이 늘어나고 있다는 생각을 했다. 비록 늘 밝은 웃음인 것은 아니지만, 소산은 요즘 자신의 감정을 웃음으로 표현하는 방법을 배워가는 것 같았다.

"시주의 속이 차 있는지 비어 있는지 도무지 알 수가 없으니, 그것이 참으로 묘한 일이 아니고 무엇이겠나?"

다시 이어지는 노승의 알 수 없는 말에 대해 소산은 딱히 대답할 말이 없는지 여전히 웃고만 있었다.

바로 그 순간 노승의 눈에서 한줄기의 강렬한 빛이 솟더니 곧바로 소산을 향해 번쩍하고 쏘아졌다.

그러나 그 빛은 다만 맑을 뿐 빛나지 않았고, 또 그야말로 찰나지간에 소산의 눈 속으로 흡수되듯이 사라져 버렸으므로, 그때 노승과 소산을 보고 있던 일행들 중의 누구도 노승의 그 눈빛에 대해 유의하지는 못했다. 오히려 계속하여 묘하다는 소리를 중얼거리는 노승의 모습에 대해 약간의 흥미를 보이고 있을 뿐이었다.

"묘하다, 묘해! 참으로 묘한 시주로다!"
작은 두 눈을 동그랗게 치켜 뜬 노승의 모습은 다분히 익살스러운 데가 있어서 마침 가까이 다가서던 소소가 소리 내어 웃으며 노승에게 물었다.
"호호호! 스님은 저희 오라버니의 무엇이 계속 묘하다는 것입니까?"
그런 덕에 노승의 시선은 소산에게서 소소에게로 옮겨졌다.
노승은 와중에도 자신의 할 일을 해야겠다는 듯이 우선 대바구니에서 다시 하나의 찻잔을 꺼내 소소 앞에 놓았다. 그리고 주전자를 기울여 차를 따르며 유심히 소소의 얼굴을 살피더니 문득 탄식하듯이 불호를 외우는 것이었다.
"아미타불!"
이어 노승은 음미하듯 지그시 눈까지 감고서 중얼거렸다.
"이 늙은 중이 오늘 팔자에 없는 호사를 누리는구나!"
소소가 어리둥절해하는 중에도 호기심 가득한 빛으로 노승이 하는 양을 지켜보고 있었다.
그런데 노승은 다시 냄새를 맡듯이 코를 킁킁거리며 짐짓 감탄하며 말하는 것이었다.

"흠! 흠! 오호라! 가히 천상의 향기로다!"

이번에 소소의 얼굴은 대번에 확 붉어지고 말았다.

노승의 감탄이 자칫 그녀에게서 나는 방향(芳香)에 대한 것으로 들릴 수 있었으니, 그렇다면 상대가 아무리 늙은 중이라고 할지라도 여인으로서 수치와 모욕을 느낄 만한 일이었다.

그러나 그때 노승은 가만히 두 눈을 뜨더니 빤히 소소를 바라보며 빙긋이 미소를 짓는 것이었다.

그 바람에 소소는 그만 맑은 웃음을 얼굴 가득 피워 올리고 말았다. 노승의 티없이 맑은 눈빛과 미소는 그녀를 저절로 그렇게 만들어 버리는 데가 있었던 것이다.

그런데 그때 만약 누군가 두 사람의 웃음을 유심히 관찰했다면, 두 사람의 웃음이 특히 그 티없이 맑은 기질에서 너무도 닮아 있다는 것을 발견할 수 있었을지도 몰랐다.

노승이 흔쾌한 표정으로 말했다.

"어린 여시주는 참으로 좋은 상을 지녔군. 일평생 홍복(洪福)이 따라다닐 상이야."

소소가 방그레 웃으며 답례했다.

"감사합니다, 노스님!"

노승이 이번에는 예령의 앞에다 찻잔 하나를 놓고 차를 따르면서 다시금 예의 그 탄식 내지는 감탄조의 중얼거림을 뱉었다.

"선재(善哉)! 선재(善哉)! 재기(才氣)가 차고 넘치는도다!"

이어 노승은 문득 근엄한 표정이 되더니, 찬찬히 예령의 눈을 응시하며 말을 이었다.

"이루고자 하는 욕심에 앞서 우선 스스로의 마음과 친해야 하느니라."

예령이 이미 노승에 대해 예사로운 인물은 아닐 것이라 어렴풋이 짐작하는 바가 있었으므로 조심스레 반문했다.

"무슨 뜻이신지……?"

그러나 노승은 슬쩍 미간을 찌푸리며 다분히 성가시다는 투로 말을 뱉었다.

"염원하는 것만 조급히 쫓아다니다가 정작으로 소중한 것을 잃어버리는 게 우매한 중생이니, 늘 마음의 소리에 귀 기울이는 데 힘써야 한다는 이치니라!"

그러한 노승의 말은 마치 무슨 경전을 강독하는 듯도 했고, 또한 뜬금없이 훈계를 늘어놓는 듯도 했다.

예령의 안색이 미묘하게 변했다. 그러나 노승은 그녀의 그런 변화가 자신과는 전혀 무관하다는 듯이 곧바로 그녀에게서 몸을 돌려 버렸다.

노승이 다음으로 찻잔을 놓은 곳은 소치의 앞이었다.

"참으로 귀한 상을 가지셨소."

노승의 말에 소치는 그저 덤덤하게 웃었다.

그때 노승이 안색을 가만히 가라앉히더니 다소 무거운 어조로 다시 말했다.

"업과(業果)를 쌓는다면 아무리 귀히 된다 한들 그게 다 무슨 소용일 것이오? 모든 것은 내 안의 내가 쌓는 것이지, 내 바깥의 사정들에 의해 쌓여지는 것은 결코 아닌 것이니, 부디 덕업(德業)을 쌓으시오!"

노승의 어조가 별안간 약간의 질타같이 되자 곁에 있던 안문이 곧바로 얼굴을 굳히고서 나직이 호통을 쳤다.

"무례하다! 감히 뉘 안전이라고 어쭙잖은 소리를 함부로 지껄여대는가?"

노승이 힐끗 안문을 돌아보면서 잠시 물끄러미 눈을 마주쳤다.

노승의 그 눈빛이 한없이 깊고 맑았으므로, 안문이 원래는 좀 더 신랄하게 노승을 꾸짖을 참이었으나 그만 흠칫하며 입을 닫고 말았다.

안문은 이미 노승에게서 예사롭지 않은 면모들을 느끼고 있던 터였다. 그런데 지금 노승에게서 우러나오는 비범한 기품을 보고는 문득 어떤 한 인물을 떠올리게 된 것이다.

그때 노승이 잔잔히 미소 지으며 입을 열고 있었다.

"시주는 참 지혜가 무엇이라고 생각하는가?"

노승이 느닷없이 던진 선문답과도 같은 물음에 안문은 자신도 모르게 흠칫 긴장하는 기색이 되고 말았다.

그러나 노승은 안문의 대답을 기다리지 않고 곧바로 사뭇 의뭉스러운 웃음소리를 흘렸다.

"헐헐헐! 시주는 괘념치 마시오. 늙은 중이 괜히 한번 해본 소리일 뿐이오."

그리고 노승은 휙 하니 몸을 돌려 버렸다.

미련없이 휘적휘적 걸음을 옮겨가는 노승의 왜소한 등을 보면서 안문의 얼굴은 차분하게 가라앉고 있었다.

맹호와 맹룡 앞으로 각각 하나씩의 찻잔을 내려놓던 노승의 얼굴에 한가닥 묘한 빛이 떠올랐다.

그리고 한순간 노승은 슬쩍 손을 뻗어서는 느닷없이 맹호의 손목을 잡아가는 것이었다.

흠칫 놀란 맹호가 얼른 손목을 뒤로 뺐다. 아니, 그는 분명 그리하려 했으나 막상 손목을 빼지는 못하고 다만 한마디 억눌린 놀람의 소리만을 뱉어냈을 뿐이다.

"어엇?"

그의 손목은 어느새 노승의 손아귀 안에 들어가 있었던 것이다.

노승이 손을 뻗는 것은 전혀 급하지 않고 느릿하였다. 더욱이 노승의 팔목과 손은 보기에 지독히도 깡말라 가냘프기만 한 것이었다. 그러기에 방금 일어난 그 일련의 상황은 마치 맹호가 노승이 무안해할까 봐 일부러 손목을 잡혀준 것같이도 보였다.

그때 노승이 놀랍다는 듯 중얼거렸다.

"몸에 활화산 하나를 넣어두고서도 멀쩡히 숨을 쉬고 있으니, 가히 기사(奇事)로세!"

그리고 바로 다음 순간 노승은 짤막한 경호성을 흘렸다.

"허?"

한순간 맹호가 거칠게 손목을 비틀면서 노승의 손아귀에서 빠져나갔기 때문이다.

그런 모습은 사람들이 보기에 거구의 맹호가 그깟 깡마른 늙은 중의 가냘픈 손아귀를 뿌리치는 데 필요 이상의 거친 몸짓을 해댔다고 여길 수도 있을 일이었다. 그러나 지금 노승은 오히려 맹호가 자신의 손아귀에서 빠져나간 것에 대해 놀랍기 짝이 없다는 듯한 표정을 짓고 있었다.

손목을 빼내고도 내쳐 서너 걸음이나 더 물러나 노승으로부터 멀찍이 떨어진 맹호 또한 아직도 놀람이 가시지 않은 듯이 상기된 표정이었다.

아쉬운 듯 맹호를 보던 노승이 이번에는 가까이에서 멀뚱한 표정으로 서 있는 맹룡에게로 슬쩍 관심을 돌리는 것 같았다.

노승이 자못 진지한 표정으로 되며 맹룡에게 말했다.

"이보게, 덩치 큰 시주! 잘만 하면 이 늙은 중이 시주들에게 큰 도움을 줄 수 있을 것도 같은데, 내 잠시 시주의 몸을 좀 자세히 살펴보면 안 되겠나?"

그러나 맹룡은 노승이 말을 마치자마자 사뭇 단호하게 대답을 냈다.

"안 되오!"

그러자 노승이 짐짓 당황스럽다는 듯 물었다.

"응? 시주들에게 큰 도움이 될 수도 있다는데, 어찌 생각도 안 해보고 단번에 안 된다고 하는가?"

맹룡이 조금도 흔들림없는 얼굴로 무뚝뚝하게 말을 뱉었다.

"우리 형제는 어떤 도움도 필요하지 않소. 만약 도움이 필요한 일이 있다고 하더라도, 우리 형제는 결코 함부로 남의 도움을 받지 않소."

맹룡의 표정과 어조는 상당히 완고하였기에 노승은 잠시 흠칫하는 기색을 보였다.

그러나 노승은 곧 안타깝다는 표정을 떠올리며 말했다.

"가히 금강(金剛)의 기질을 지녔으니, 굳이 서둘러서 몸 안의 화산을 끌 필요는 없겠구나! 헐헐헐! 하긴 뉘라서 그것이 독(毒)이 될지, 아니면 오히려 약(藥)이 될지를 미리 알겠는고? 잘 달구고 두드린다면 그 뜨거움의 정화를 고스란히 얻을 수도 있을 일이로다!"

그 말과 함께 노승은 가볍게 맹룡의 곁을 지나쳤다.

노승은 자연스럽게 능운상이 누워 있는 곳으로 다가섰다.

그리고 미리 작정이라도 하고 있었던 것처럼 불쑥 손을 뻗어 능운상의 가슴을 눌러가는 것이었다.

"무슨 짓?"

예령이 깜짝 놀라 외쳤다.

그러나 그녀의 반응은 노승의 손이 이미 능운상의 가슴을 눌러 버린 다음이었다.

그녀의 반응이 그처럼 늦은 것은 우선 이곳이 바로 소림사 경내이고, 노승 또한 당연히 소림사의 승려라는 무의식중의 믿음 때문일 것이다. 그러나 그보다는 노승이 가진, 대하는 사람으로 하여금 느끼지 못하는 사이에 경계심을 풀도록 만드는 어떤 기이한 면모 때문이라고 해야 할 것이었다.

어쨌든 예령이 바람처럼 신형을 미끄러뜨려 노승을 향해 다가선 것과 능운상이 길게 비명을 지르며 격렬하게 한 무더기의 검붉은 핏덩이를 토해낸 것은 거의 동시의 일이었다.

"와아악!"

예령이 한달음에 능운상의 곁에 당도했을 때, 노승은 어떤 수법을 썼는지도 모르게 이미 저 만치나 떨어진 곳에서 조용히 서 있었다.

노승을 노려보며 예령의 손이 반사적으로 검의 자루를 잡아갔다.

그때 노승이 나직하게 일갈했다.

"할! 무릇 검의 도를 추구하는 자는 검을 뽑는 데 있어 신중함부터 배워야 하는 법!"

그 목소리는 나직했으나, 기이하게도 예령에게는 귀가 아닌 그녀의 마음 한가운데서 천둥처럼 울리는 호통으로 들리고 있었다.

예령이 흠칫 놀라는 사이에 그녀의 마음속에서 맹렬히 솟구쳤던 분노와 경계심 또한 일순 가라앉아 버렸다.

또한 예령은 막 검자루를 잡고 있던 손의 힘을 자신도 모르게 스르르 힘을 풀어버리고 말았다.

그러나 짧은 순간 일어난 그 일련의 상황들에 대해 이상함을 되새겨 보기도 전에 예령은 이내 다시 어리둥절한 표정이 되고 말았다.

입가의 핏자국을 닦아내면서 능운상이 천천히 몸을 일으켜 세우고 있었다.

지난 사흘 내내, 그리고 방금 전까지도 꼼짝도 못하고 누워 있던 그였다. 그런데 지금 누구의 부축을 받은 것도 아니고, 오로지 그 스스로의 힘으로 일어서고 있는 것이었다.

바닥에 내려서면서 능운상은 잠시 신형을 휘청거렸다. 그러나 이내 자신의 두 발로 버티고 선 능운상은 멀찍이 선 노승을 향해 공손히 읍부터 했다.

이어 능운상은 조금 떨리는 목소리로 노승을 향해 정중히 감사를 표했다.

"대사께서 베풀어주신 한량없이 큰 은혜에 무당 말학 능운상이 깊이 감사 드립니다."

예령은 그제야 방금 전 노승이 기실은 능운상에게 어떤 커다란 도움을 주었다는 것을 알게 되었다.

그때 노승이 능운상을 향해 다가왔다. 그런데 슬금슬금 걸어오는 그 모습이 꼭 장난스럽게 예령의 눈치를 보는 듯하였다.

그에 민망함을 느낀 예령이 슬며시 뒷걸음질을 치며 소소의 곁으로 물러섰다.

"흠! 시주가 바로 무당의 말코도사가 말년에 들였다는 제자인가?"

밑도 끝도 없는 소리였다.

그러나 노승의 그 한마디로, 그리고 노승의 시선이 지금 자신의 허리에 걸려 있는 상청검(上淸劍)을 유심히 훑고 있다는 사실만으로도, 능운상은 노승의 정체에 대해 홀연히 짐작되는 것이 있었다.

다음 순간 능운상의 허리가 다시금 깊숙이 숙여졌다.

장읍(長揖)으로 최대한의 경의를 담으며 능운상이 공손히 노승에게 물었다.

"혹시 굉조 대선사(宏祖大禪師)이십니까?"

그러자 노승은 얼굴에 기꺼운 미소를 드리우며 허물허물 웃었다.

"헐헐! 대선사는 무슨. 그 소리를 들으니 갑자기 콧구멍이 벌렁거리는구먼. 그래, 시주의 그 말코 사부는 별래무양(別來無恙)하신가?"

노승이 말하는 말코도사는 바로 무당의 전대 장문인인 천우(天憂) 도장이었다.

그리고 무당제일기인인 천우 도장을 말코라 부를 수 있는 사람은 천하에 유일했다.

그가 바로 소림의 굉조 선사인 것이다.

능운상이 스승께 듣기로, 굉조 선사와 스승은 나이와 예법을 초월하고, 또한 서로가 추구하는 도의 상이함마저 초월한 도반(道伴)과 같은 관계라고 했다.

능운상이 감격에 겨운 심정으로 스승의 말씀을 떠올리고 있을 때, 노승, 굉조 선사가 불쑥 물었다.

"그래, 시주의 검은 이제 혜(慧)를 좀 담아가고 있는가?"

그 한마디 물음에 능운상은 그만 멍한 얼굴이 되고 말았다.

무엇에 대해 묻는 것인지는 대강 짐작이 되었다. 그러나 갑작스럽게 그러한 질문을 대하고 보니, 일순 머리 속이 하얗게 비는 듯이 아무런 생각도 떠오르지를 않는 것이었다.

그때 굉조 선사가 바람 새는 웃음소리를 흘리며 다시 말했다.

"헐헐헐! 그놈, 맹한 모습이 꼭 제 사부를 그대로 뺐구나. 하긴 다 큰 놈이 제 발로 서지도 못하는 처지나 당하고 있으니, 검에 무엇을 담기는커녕 오히려 그것에 묶이지나 않으면 다행일 게야. 헐헐헐!"

무당의 일대제자이자 후기지수로 선망받는 일준 능운상이 졸지에 사문의 존장에게서도 아닌 타 문파의 사람에게 이놈, 저놈 소리까지 듣는 봉변을 당하는 순간이었다. 그러나 능운상은 여전히 멍한 가운데 꿀 먹은 벙어리 모양이 되어 있었다.

하긴 그가 무엇을 어찌하랴? 상대는 그에게 하늘같은 스승조차도 선각(先覺)으로 존경해 마지않는 굉조 선사인 것을. 그저 머리를 조아릴 수밖에 없는 일이었다.

더욱이 방금 굉조 선사가 던진 그 한마디의 물음은 그야말로 능운상의 정곡을 찌르는 데가 있었다. 하여 능운상은 정수

리를 관통당한 듯한 통렬한 충격에서 좀체 헤어나지 못하고
있는 중이었던 것이다.

그때 돌연 굉조 선사가 전각의 바깥을 향해 냅다 호통을 쳤
다.

"이놈! 무무(無無)야! 냉큼 들어오지 않고서 무얼 그리 미련
을 떨고 서 있는 게냐?"

청년 하나가 조금 주춤거리는 듯한 걸음으로 들어서고 있었
다.

그런데 굉조 선사에게서 그 같은 호통을 듣는 입장이라면
필시 승려일 것이란 사람들의 예상을 보기 좋게 깨고, 비록 승
복을 입었을 망정 청년은 긴 흑발을 가지런히 묶어 등 뒤로 넘
겨놓은 모습이었다.

긴 흑발에 뚜렷한 오관이 시원한 느낌을 주는 미남형의 얼
굴인데도, 이상하게도 그에게 승복은 그다지 어색해 보이지가
않았다. 오히려 잘 어울린다는 생각이 드는 것이었다. 그런 것
은 아마도 해맑은 가운데 온화하고도 순한 느낌이 드는 청년
의 인상 때문인 것 같았다.

그러나 막상 청년 자신은 지금의 상황에 대해 상당히 어색
해하고, 또한 얼마간의 부끄러움과 수줍음까지를 느끼고 있는
것 같았다.

그때 굉조 선사가 다시금 청년을 향해 호통을 쳤다.

"아, 이놈아! 들어왔으면 손님들께 인사를 드려야지 뭘 그리

멀뚱거리기만 하고 있는 게야?"

도무지 사정이라곤 보아주지 않는 선사의 질책에 청년의 얼굴에는 이윽고 한가닥의 은은한 홍조가 떠올랐다.

그러나 그런 중에도 청년은 결코 얼굴을 찡그리거나 원망의 기색 같은 것을 보이지는 않았다. 다만 미미하게 수줍은 듯한 미소를 떠올리며 좌중을 향해 포권을 하는 것이었다.

"소승은……."

그러나 청년의 말은 거기까지였다. 다시금 굉조 선사의 호통이 터져 나오며 청년의 말을 여지없이 끊어버렸기 때문이다.

"어허! 이놈이 아직까지 그 버릇을 고치지 못하였구나! 승려도 아닌 주제에 네놈이 어찌 소승 운운을 한단 말이냐? 썩 바로 말하지 못할까?"

그러자 청년의 얼굴에는 잠시 곤혹스러워하는 빛이 서렸다. 그러나 여전히 처음보다 더 당황하거나 곤란해지는 기색은 아니었다. 그는 다만 여전히 처음과 같은 정도로만 어색해하고, 또 수줍어하는 듯한 모습일 뿐이었다.

청년이 새삼 입가에다 어색한 미소를 떠올리며 입을 열었다.

"소생은 무무라고 합니다."

그때 능운상이 문득 나지막하게 놀란 탄성을 뱉어냈다.

"아!"

능운상은 그제야 청년이 누구인지 알게 되었던 것이다. 사실 그의 스승인 천우 도장과 굉조 선사의 친분으로 보나, 혹은 무무라는 이름이 소림에서 차지하고 있는 비중으로 보았을 때, 그가 이제야 청년이 누구인지 알게 되었다는 것은 오히려 이상하다고 해야만 했다.

다만 능운상이 오늘 처음으로 무무를 보게 되었는데, 그가 지금까지 상상해 오던 무무와 실제의 무무가 너무도 달랐기 때문일 것이었다.

무무(無無)가 굉조 선사가 말년에 맞아들인 제자이며, 그로 인해 어린 나이임에도 불구하고 그 배분이 방장인 무혜 대사와 동배(同輩)라는 사실 외에는, 그에 대해 알려진 사실은 의외로 많지 않았다.

그 많지 않은 사실들 중의 한 가지는 그의 무공에 대한 소문이었다. 특이하게도 그는 권법만을 익히겠다고 고집을 한다고 했고, 그의 스승인 굉조 선사 역시 그 고집을 순순히 받아들여서 소림의 그 광고절금의 절학들 중에서 오로지 권법 분야만을 익히도록 안배했다는 것이다. 그리하여 강호의 몇몇 호사가들은 벌써부터 그에게 일권(一拳)이라는 별호를 붙여놓기도 했다.

어느 순간 능운상과 무무의 시선이 허공에서 얽혔다. 그리고 그 짧은 시선의 교환에서는 보이지 않게 잠깐의 격렬함이 생기는 듯했다.

사실 어찌 그렇지 않겠는가? 무림의 태산북두인 소림과 무당의 당금 후기지수가 처음으로 대면했으니, 어찌 쟁선(爭先)

의 의욕이 생기지 않겠는가?

"도형(道兄)의 풍모와 기상은 감히 소제(少弟)가 견줄 바가 아닌 것 같습니다."

그렇게 말함으로써 능운상은 먼저 호승심을 거두었다.

그들 두 사람이 스승들의 전례와 같이 서로 도반의 관계로 사귀었으면 좋겠다는 호감을 표시하는 동시에, 모든 점에서 무무를 자신에 비해 한발 앞선 선배로 인정하겠다는 의지를 보인 것이었다.

능운상의 겸양에 대해 무무는 일시 어떻게 말을 받아야 할지 몹시도 당혹스러웠는지 얼굴에 불그레한 홍조까지 드리우는 모습이었다.

사람들은 무무의 그런 모습만으로도 그가 강호의 예법에 익숙하지 않으며, 그 심성이 전혀 때묻은 바없이 맑고 순수하기 이를 데 없다는 것을 미루어 알 법하였다.

무무가 문득 빙그레한 미소를 떠올렸다. 그로서는 차라리 그렇게 하는 것이 자신의 마음을 보다 진솔하게 표시하는 것이라고 생각한 모양이었다.

그 맑은 웃음에 능운상이 마주 빙그레 미소를 지었다.

그렇게 가식없이 주고받는 두 청년의 미소에는 서로에 대한 진한 호감이 녹아 있었다.

*   *   *

“어느 시주께서 행수(行首)이신가?”

괭조가 묻기는 안문을 보고 물으면서 막상 시선은 소치를 힐끔거렸다.

안문의 표정에 약간의 당혹감이 스쳤다. 그가 본래 어떠한 일에서도 자신의 감정을 조금이라도 밖으로 비칠 사람이 아닌데, 지금 상대가 괭조 선사였고, 또 좀 전에 일행들 각자에 대해 아무래도 심상치 않은 몇 마디씩의 말을 던진바 있기에, 아무래도 조심스럽고 저어하는 바가 생기는 모양이었다.

그때 안문의 당혹을 구해주기라도 하듯 소소가 방긋 웃으며 끼어들었다.

“행수를 말하자면, 바로 우리 소 오라버니예요.”

자신의 정체를 알고 나서도 다른 사람들과는 달리 특별히 조심스러워하기보다는 여전히 친숙하게 대해주는 소소에 대해 괭조 선사는 빙그레 웃으며 그녀가 눈짓으로 가리키는 곳으로 시선을 돌렸다. 그리고 그의 시선이 이른 곳에 있는 사람이 바로 소산임을 보고는 곧 기이한 표정이 되고 말았다.

그러나 괭조 선사는 곧바로 소산을 향해 반장(半掌)의 예를 취하는 것이었다.

소림제일승의 그 같은 행동은 모두에게 참으로 갑작스럽고도 당황스러운 일이 아닐 수 없었다.

다만 소산은 약간 의아한 표정이 되기는 했어도 급히 자리를 비켜서는 등의 황망한 모습을 보이지는 않았다. 그런데 만약 소산이 무림의 사정을 조금이라도 아는 처지였다면, 감히 굉조 선사의 그 같은 예를 그토록 태연하게 받고 있지는 못했을 것이다.

그때 굉조 선사가 예를 거두며 잔잔한 어조로 입을 열었다.

"늙은 중이 시주께 부탁드릴 것이 하나 있네."

그리고 굉조 선사는 깊숙이 들여다보듯이 소산을 직시하였다. 자애롭고 온화한 듯도 하고, 혹은 강렬하게 쏘는 듯도 하고, 또 혹은 그러한 느낌들이 빠르게 교차하는 듯도 한 기이한 눈빛이었다.

그런데 소산은 그런 굉조 선사의 시선에 대해 그저 덤덤한 채로 받아들이고만 있는 모습이었다.

잠시 후.

이윽고 시선을 거두면서 굉조 선사는 탄식처럼 중얼거렸다.

"허허! 참으로 모를 일이로다."

가만히 고개를 가로젓다가 이번에는 평범한 시선으로 소산을 바라보며 굉조 선사가 다시 말했다.

"만약 빈승의 한 가지 부탁을 들어준다면, 빈승 또한 가능한 범주 내에서 시주의 부탁 한 가지를 들어주는 것으로 하면 어떻겠나?"

그 말에 옆에서 듣고 있던 능운상과 예령 등이 먼저 움찔하며 놀라고 말았다.

비록 '가능한 범주 내에서' 라는 단서를 달기는 했지만, 천하의 굉조 선사가 아닌가? 선사가 진정으로 성의를 다할 작정이라면, 소산으로서는 가히 절세의 기연을 취할 수 있는 기회를 잡은 것이나 마찬가지인 것이다.

그러나 정작으로 소산 본인은 굉조 선사의 그 말에서 능운상 등이 느끼는 정도의 의미까지를 찾지는 못한 모양이었다.

"먼저 그 부탁이라는 것을 말씀해 보십시오."

소산은 어디까지나 담담하기만 했다.

다시금 기이한 빛으로 잠시 소산을 바라보던 굉조 선사가 문득 소탈한 웃음을 흘리며 말했다.

"허허허! 시주의 일행은 연경까지 간다고 들었소. 하여 거두절미하고 부탁하건대, 여기 이 두 아이들을 연경까지 가는 동안 시주의 일행으로 거두어주었으면 하오."

굉조 선사가 가리키는 두 아이는 바로 능운상과 무무였다.

능운상이 자신으로서는 전혀 생각하지도 못한 얘기였던 듯이 퍼뜩 놀라며 급히 입을 열었다.

"선사님! 저는……."

그러나 굉조 선사는 다소간 단호한 어조로 능운상의 말을 잘라 버리는 것이었다.

"어린 말코는 딴말할 것 없다. 너와 무무를 함께 연경으로 보내고자 하는 것은 내 뜻일 뿐만 아니라 무당 장문인의 뜻이기도 하다. 그런데 무무로 말하자면, 철든 이래로 단 한 번도 절간 바깥으로 나가본 적이 없는 숙맥이고, 어린 말코 네놈 또한 잘났다는 소리를 제법 듣고 있는지는 모르겠으나, 제 한 몸조차 제대로 간수 못하는 놈이니 설익은 숙맥이기는 마찬가지이다. 그러니 노납이 어찌 네놈들 두 숙맥들끼리만으로 연경까지의 그 멀고도 험한 여정을 가라고 할 수 있겠느냐?"

괭조 선사의 이 몇 마디 말속에는 무당 장문의 중한 명령과 함께 능운상의 부족하고 모자람을 신랄하게 지적하는 꼬집음이 있었다. 그러기에 능운상이 이윽고는 얼굴을 벌겋게 물들인 채 정말로 숙맥이라도 된 양 아무런 대꾸도 하지 못하였다.

"저희들이야 어차피 가는 길이니, 그리 어려울 것도 없는 일입니다."

그렇게 선심 쓰듯이 간단히 수락을 하고 난 다음에 소산은 문득 진지한 낯빛이 되었다.

"이런 질문이 어떨 지는 모르겠습니다만……."

그리고 소산은 선사나 사람들이 의아해할 틈도 주지 않고 바로 이어서 질문을 꺼냈다.

"끝없이 채우면 마침내는 어떻게 되는 것입니까? 또한 기왕에 채워진 것을 어떻게 하면 적절히 꺼내어 쓸 수가 있겠습니까?"

괭조 선사는 곧바로 곤혹스러운 기색이 되고 말았다. 평생을 화두 속에서 살아온 선사였으나, 이처럼 앞과 뒤가 없는 화두는 또 처음이었다.

다만 소산의 차림이 의심할 바 없는 서생이었고, 비록 몇 가지의 묘한 구석을 발견하긴 하였으나 그것이 설마 선사 자신의 안목으로도 확신할 수 없는 무공상의 경지일 리는 없다는 생각이었으니, 선사로서는 소산의 지금 질문이 무공에 관련한 것일 리는 없다는 생각을 할 수밖에 없었다.

그렇다면 고금의 어떤 오묘한 사상이나 혹은 희귀한 경전의 한 구절을 말한 것일까?

어쨌든 질문의 내용이 무엇인지 요량조차 하지 못하였으니, 뾰족이 대답을 내놓을 수가 없는 일이었다.

그러나 소산의 그 질문이 바로 선사 자신이 언급했던바, 능운상과 무무를 일행으로 받아준 대가로써 소산이 하는 부탁의 형식을 띠고 있는 것이기에 어떤 내용이든 대답을 내놓지 않을 수도 없는 곤란한 입장인 것이다.

소산의 질문은 바로 굉조 선사가 그 해답의 방향에서 일단 제외시켜 놓은 무공에 관한 것이었다.

근래에 들어 소산은 자신의 내공에 대해 약간의 우려와 답답함을 가지게 되었다. 그것이 곧 그가 굉조 선사에게 물은 '끝없이 채우는' 문제와 '기왕에 채워진 것을 여하히 꺼내어 쓰는' 문제인 것이다.

기억하는가? 무림 사상 전무후무한 기상천외(奇想天外)의 무공 무한중첩삼재심법(無限重疊三才心法)을.

굳이 의도하지 않아도 심법이 저 홀로 무한히 중첩 운행을 계속하여, 시간이 갈수록 체내에 축적되는 진기의 양이 기하급수적으로 폭발적인 증가를 하게 된다는 공전절후의 심법. 그런데 절대로 가능하지 않을 것 같은 이 불가사의의 심법은 실제로 그동안 소산의 내부에서 한시도 멈추지 않고 맹렬히 운행되어 왔던 것이다. 소산이 깨어 있든 잠을 자고 있든 혹은 그 어떤 행위를 하든지 간에 그의 의식과는 전혀 별개이다시

피 심법의 운행은 계속되고 있었던 것이다.

그런 까닭에 지금에 이르러 동시에 운행되는 대주천의 횟수가 과연 몇십 번에 달하는지, 혹은 몇백 번, 몇천 번에 달하고 있는지는 소산자신조차도 알지 못했다.

그리하여 요즈음에 이르러 그의 내력은 그야말로 기하급수적으로 불어나고 있었는데, 문제는 그처럼 거의 무한대로 쌓여가는 내력들이 자신의 몸 어디에, 또한 어떻게 그처럼 끝도 없이 축적될 수 있는지에 대해 소산이 알지 못한다는 것이었다.

그것이 곧 '끝없이 채우는' 것에 관한 문제였다.

또 한 가지, '기왕에 채워진 것을 여하히 꺼내어 쓰는' 문제란, 말 그대로 어떤 형태인지는 모르겠으나 그의 내부에 분명히 존재하는 그 무한의 내력을 어떻게 하면 제대로 활용할 수 있는지에 관한 것이다.

그가 창안해 낸 무한중첩삼재심법의 공능은 다만 무한대의 내력을 만들어내는 데까지였지, 그것을 꺼내어서 사용하는 방법에 관한 것은 또 완전히 다른 차원의 얘기인 것이다.

그런데 사실은 사뭇 달라 보이는 그 두 가지의 문제는 결국 같은 맥락에서 비롯되는 문제라고 할 수 있었다.

예전에 예령이 처음 소산에게 삼재심법의 대(大), 소(小)주천의 순서를 체감시킬 요량으로 그의 대맥들에 차례대로 한가닥의 미약한 진기를 불어넣어 준 적이 있었는데, 어느 순간 뜻밖에도 그 진기들이 흔적도 없이 그의 몸속에서 사라져 버리

는 바람에 예령이 놀란 일이 있었다. 그런데 이후로도 소산에
게서는 그러한 현상들이 지속적으로 일어나고 있는 중이었다.

모든 문제는 바로 그런 현상으로부터 비롯되었다.

무한중첩삼재심법으로 생성되는 내공은 소산의 단전이 아
니라, 무수히 많은 미세 혈맥까지를 포함하여 그의 전신 대소
혈맥 전체적으로 축적이 되는 것이었다.

또한 그러다 보니 소산의 내공은 점차로 일종의 완전한 기
평형(氣平衡)을 이루어가게 되었는데, 그것은 곧 그가 지닌 내
공의 절대치는 차고 넘칠 지경이되, 막상 기의 변위(變位) 차이
가 없기 때문에 막상 내공을 움직이기는 어렵게 되었다는 의
미이다.

또한 그러기에 경지에 오른 내가고수들조차도 소산이 내공
을 가졌는지 여부에 대해 정확히 알아보지 못하는 기묘한 일
들이 벌어지곤 했던 것이다.

물론 소산이 자신의 그런 문제들에 대해 지금 굉조 선사에
게서 어떤 구체적이고도 시원한 답을 기대하고 있는 것은 아
니었다. 그가 근원적으로 무위이화(無爲而化)의 한마디로 대변
되는 조화결의 공능(功能)에 대해 절대적인 믿음을 가지고 있
기 때문이다.

다만 그렇다 하더라도 오늘 세상에 드문 기인의 풍모를 보
이는 굉조 선사를 만난데다 또한 일이 그럴 만하게 진전이 된
바 있기에, 자신이 평소 생각하고 있던 약간의 우려와 답답함
에 대해 가볍게 토로를 해보는 것일 뿐이었다.

굉조 선사는 심중의 난감함을 헤아리는 중에 문득 한 조각의 심사(深思)를 떠올렸다. 복잡하고 허탈하기까지 한 심정 중에서 마치 음지에 수줍게 볕이 들듯이 가만히 머금게 된 홀연한 생각들이었다.

'허허! 참으로 오랜만의 고민이 아닌가?'

그 심사들이 이내 스러져 갈 때, 선사의 심중으로는 다시 그가 근 백여 년의 세월을 고민해 오면서도 다 풀지 못하여 필생의 숙원으로 삼고 있던 화두들이 스쳐 가듯이 펼쳐지고 있었다.

일순 선사는 무심결에 그 화두들과 관련된 경전의 몇몇 구절들을 읊조리게 되었다.

"도가 없으면서도 아님이 없다[無道而無非道]! 머무름이 없으면서 머물지 아니함이 없다[無住而無不住]! 이른 바가 없는 고로 이르지 않는 바가 없다[無所到故無所不到]! 문이 아니면서 문 아님이 없다[非門而無不門]! 드는 바가 없는 고로 들지 아니한 바가 없다[無所入故無所不入]! 얻은 바가 없는 고로 얻지 아니한 바가 없다[無所得故無所不得]! 그러함이 없는 큰 그러함이다[不然之大然]! 실체가 있지 않는 고로 실체가 아니다[非有體故非實]! 실체가 없지 않는 고로 허가 아니다[非無體故非虛]! 보인 바가 없는 고로 보이지 않는 바가 없다[無所示故無所不示]!"

안문, 그리고 무무 또한 대부분 외우고 있는 불경 중의 구절들이었다. 또한 스승의 권유로 일찍이 몇 권의 불경을 읽은바 있는 능운상에게도 일부 익숙한 구절이 있었다. 그러나 그것이 소산이 했던 질문과 무슨 의미로 통하고 있는지는, 그들 중에서 그 누구도 짐작조차 할 수가 없었다.

하기야 그 구절들을 읊은 굉조 선사조차 다만 무심결에 인용하였을 뿐, 막상은 그 구절들 간의 인과조차 맺지 못하여 황망해하고 있는 중인데, 다른 뉘라서 그 안의 의미를 짐작할 수가 있단 말인가? 나아가 그 몇 마디 구절들에 과연 애초부터 어떤 의미가 있기라도 하단 말인가?

굉조 선사가 이윽고 허탈하게 웃으며 가만히 불호를 외웠다.

"허허허! 나무아미타불!"

소산은 굉조 선사의 읊조림에 대해 잠시 그 의미를 되새겨 보는 듯하더니, 이내 선사를 향해 가볍게 읍해 보이고는 눈길을 다른 곳으로 돌려 버렸다. 그것은 곧 굉조 선사의 그 몇 마디 읊조림에 대한 그의 관심이 금세 멀어졌음을 의미하는 것일 터였다.

第六章

암습(暗襲)

지존
석산평전

굉조 선사 덕에 능운상의 막혔던 기혈은 깨끗하게 타통이 되었지만, 그동안 소진되었던 기력을 보(補)할 시간이 필요했다. 그리하여 일행은 소림에서 다음날 하루를 더 머물기로 했다.

소림 약당(藥堂)에서는 능운상을 위해 귀하다는 불문비법의 대력원기탕(大力元氣湯)을 제공했다. 과연 그 약효가 좋았던지 하루를 푹 쉬며 종일 운공하고 난 능운상은 얼굴에 불그스레한 홍조가 돌 정도로 활기를 되찾았다.

그 이튿날 아침 일찍, 일행은 소림을 떠났다.

＊　　　＊　　　＊

무무는 무난하게 일행들과 어울렸다. 비록 그가 말을 많이 하거나 붙임성이 있는 성격은 아니었지만, 다만 그 온화한 표정과 맑은 눈빛만으로도 대하는 사람으로 하여금 친숙한 느낌이 들도록 만드는 데가 있었다.

무무가 가장 먼저 교분을 쌓은 것은 역시 소소와 쌍맹 형제였다. 그들은 우선 순진하고 맑다는 점만으로도 서로 비슷한 구석이 있었으므로, 어느 결에 눈빛과 미소만으로도 어느 정도 의사가 통하는 사이가 되어 있었던 것이다.

동행한 지 한나절이 채 지나지 않아서 소소는 무무를 위해 희성(稀姓) 하나를 만들어냈다. 바로 무씨(無氏)였다.

승려라고 칭하지 말라는 굉조 선사의 엄명 때문에 자신부터 호칭에 대해 애매한 처지가 되어버린 무무에 대해 소소가 '무 공자님!'이라고 부름으로써 그의 고민을 애교스럽게 해소시켜 준 것이다.

이후로 일행들은 각자의 입장에 맞게 '무 공자님!', '무 공자!' 혹은 '무 형!' 등으로 한결 편하게 무무를 부를 수 있게 되었다.

한동안 무무와 소산이 말을 섞을 일은 거의 없었다. 소산 또한 말수 작고 붙임성 없기로는 무무보다 더했으면 더했지, 결코 못하지는 않기 때문이었다.

그런데도 묘한 것은 그들 두 사람이 서로 간에 일종의 호감을 보이고 있는 듯하다는 점이었다.

그 호감이라는 것은 바로 미소였다.

사실 요즘 들어 소산이 미소를 짓는 경우가 많이 늘기는 했다. 그러나 그것이 사람들과 주고받는 미소라기보다는, 대부분의 경우 그저 그 혼자서 일방적으로 짓곤 하는 미소에 불과했다.

그런데 무무는 소산의 그런 일방적인 미소를 대할 때마다 늘 자신도 미소로써 답을 했고, 그런 것이 여러 번 쌓여서 결국은 서로 간의 호감으로 발전이 된 것 같았다.

먼저 말을 건넨 것 역시 무무였다. 자신이 능운상과는 이미 서로 간에 '무 형!', '능 형!' 하고 서로 편하게 부르니, 소산과도 서로 '무 형!' '소 형!' 하고 부르자고 한 것이다.

그런데 무무의 나이가 서른으로 소산보다는 열 살이나 많았으니, 소산이 선뜻 대답하기를 그냥 동생으로 부르라고 했다.

"산 아우!"

무무의 입에서는 그냥 쉽게 그 소리가 나왔다.

그때 옆에서 자못 호기심 어린 빛으로 지켜보고 있던 능운상이 넉살 좋게 끼어들었다.

"기왕에 그럴 거면 나와도 그렇게 합시다!"

사실은 능운상의 입장에서도 그동안 소산과의 관계가 이상하게도 껄끄러운 점이 없지 않았던 터였다. 그러니 이참에 자신도 소산과의 그런 껄끄러움을 없애보고자 하는 속셈이었다.

소산이 덤덤한 기색인 채로 순순히 고개를 끄덕였다.

“그렇게 하지요!”

그런 수월한 진전은 그간 소산의 독특한 성격을 보아왔던 다른 사람들에게는 별일이라고 할 일이었다.

그러나 어쨌든 그것으로 그들 세 사람의 사이는 급진전을 이루게 되었다.

한편으로 다른 사람들이 슬쩍 소치의 눈치를 살피게 된 것은 어쩌면 당연한 일이었다.

물론 같은 의미로 볼 사항이 아닐 수도 있겠지만, 어쨌든 이제 무무와 능운상은 소산과 호형호제하게 된 것이다.

그런데 이전에 소치가 소산과의 호형호제를 위해서 사뭇 까다로운 과정들과 더욱이 가히 무가지보(無價之寶)라고 해야 할 엄청난 영약들을 예물로써 치른(?) 바가 있었는데, 그에 비하면 지금 무무와 능운상의 경우는 아무런 조건이나 대가(?)도 없었으니 쉬워도 너무 쉽다고 해야 하는 것이었다.

그러나 정작 소치는 내내 무반응이었다. 마치 그러한 일들이 자신과는 전혀 무관하다는 듯 무심해 보이기까지 했다.

능운상과 무무의 입장에서는 아직까지 소치와 소산 간의 그런 사정에 대해 자세히 알지 못했으므로, 다른 사람들처럼 소치의 눈치를 살필 필요까지는 없는 일이었다.

다만 두 사람은 그런 것이 아니더라도 안문과 소치를 대함에 있어 사뭇 어려움을 느끼고 있는 중이었다. 특히 소치에게서 은연중에 풍겨 나오는 무형의 위엄은, 호기충천의 두 젊은

영웅들로서도 쉽게 극복하기 어려운 어떤 장벽같이 여겨지는
데가 있었다.

　시간이 지나면서 일행들 내에서도 보다 친하게 지내는 관계
들이 생겨나는 것은 당연했다. 이를 테면 안문과 소치가 그렇
고, 소소와 쌍맹 또한 이전부터 유달리 친하게 지내는 관계가
아닌가.
　그런데 이제 또 하나의 관계가 형성되고 있었다. 바로 무무
와 능운상, 그리고 예령까지를 합친 세 사람이었다.
　무무와 능운상의 관계는 두 사람의 스승들이 추구하는 도의
갈래를 초월한 도반의 관계인 것만으로도 이미 친하지 않을
수 없는 사이라고 할 것이었다.
　그런데 그들 두 사람의 공통 관심사가 아직까지는 아무래도
무공에 관한 것이다 보니 그들의 어울림에 예령이 또한 자연
스럽게 끼어들게 되었다. 소림과 무당의 역사는 곧 무림의 역
사라고 할 것이니, 그 박대심오한 무학의 이치를 어디에다 비
기겠는가? 예령에게는 다만 그들 두 사람의 무공에 관한 의견
교환을 옆에서 듣는 것만으로도 천금을 주고도 얻을 수 없는
소중한 가치가 있다고 할 일이었다.
　반면에 예령은 요즘 소산과는 더욱 소원해진 데가 있었다.
　그녀가 보기에 소산은 이전과는 확연히 달라진 데가 있었
다. 단순히 말수가 줄어들고, 자주 미소를 짓는데도 막상 감정
을 잘 내비치지 않아서 이전과는 달리 그 속을 짐작하기 힘들

어졌다는 점 이외에도, 그에게는 다른 묘한 느낌들이 있었다.

그 묘한 느낌들에 대해 단적으로 말하자면, 그녀 스스로 생각하기에 참으로 어이없게도 소산에게서 사내로서의 느낌이 나기 시작했다는 것이었다.

물론 그렇다고 해서 그녀가 갑자기 그에 대해 사내로서의 어떤 매력을 느끼게 되었다는 따위의 의미는 아니었다.

다만 굳이 말하자면, 이전까지는 한참 아래의 어린 동생으로서의 느낌을 가지고 있었던 것인데, 요즈음 들어서 소산은 갑자기 훌쩍 자라 한 사람의 장성한 장부가 된 것같이 여겨진다는 정도일 것이다.

어쨌든 그런 소산의 변화는 그녀에게 여러 가지의 복잡한 감정으로 다가오고 있었다.

착잡하기도 하고 섭섭하기도 하며, 한편으로 상당히 불편한 느낌이기도 했다. 그와 마주하면 이전처럼 편하지 않았고, 왠지 모르게 어색한 느낌이 되곤 하는 것이었다.

*　　　　*　　　　*

소림을 떠난 이후로 특기할 만한 일이 있었던 것은 아니지만, 일행은 늘 은연중의 경계를 늦추지는 않았다. 예령의 입장에서는 이전보다 그 위협의 정도가 한결 덜해진 것은 사실이지만, 그래도 도막에 대한 경계를 완전히 풀어버릴 상황은 아니었다. 또한 능운상이나 무무의 입장에서도 혹시 암중의 어떤 세력들이 그들의 행로를 방해할 수도 있을 것이라는 경계를 하지 않을 수 없기 때문이었다.

일행은 하북 땅의 경계 지점인 안양(安陽) 부근을 지나고 있었다.

길은 가까이 작은 마을 하나를 끼고 돌면서 완만하게 이어지고 있었다.

길 옆으로는 수백 년은 묵어 보이는 커다란 은행나무 한 그루가 서 있었는데, 나무 밑둥치의 둘레가 몇 아름은 족히 넘어보이고 나무의 끝을 보기 위해서는 한참이나 고개를 치켜들어야 할 정도였다.

샛노란 은행잎들은 이미 태반이 떨어져 길 위로도 수북이 쌓여 있어서 일행들로 하여금 늦가을의 정취를 한껏 만끽하게 해주는 데가 있었다.

소소가 그중 몇 개를 주워서는 당고와 예령에게 한 잎씩을 나누어 주며 다분히 소녀다운 감상을 표했다.

"너무 예쁘죠?"

예령이 얼떨결에 은행잎 하나를 받아 들고는 이내 어정쩡하고도 어색한 기색이 되고 말았다.

그러나 그런 중에도 예령은 소소에 대해 한가닥의 부러움을 느껴보는 것이었다. 이런 광경을 대하고 곧바로 소녀다운 감상에 젖어들 수 있는 그녀의 감성에 대해서 말이다.

그저 무표정하게 소소가 건네주는 은행잎을 건네받는 당고는 그저 당고다웠다. 그녀에게 무슨 감상 같은 것이 있을 리

없다는 것은 아주 당연한 일이었다. 당고는 그저 무의식적인 손장난으로 잎의 꼭지 부분을 손가락 사이에 놓고 비벼대고 있었다. 그리고 어느 순간 그녀의 손에서는 묘한 재주가 펼쳐졌다.

팽그르르!

빠르게 회전을 일으키던 은행잎이 한순간 휙 하니 허공으로 날아올랐다. 그리고는 묘한 소리를 내며 마치 팔랑개비처럼 길옆 벌판으로 쭉 날아가 버리는 것이었다.

휘류류류류!

파란 하늘과 회색의 벌판, 그리고 그 사이를 가르며 빙그르르 회전하며 날아가는 샛노란 은행잎 하나.

멋진 광경이었다. 굳이 소녀적인 감상이 아니더라도, 누구라도 잠시간 괜한 늦가을의 낭만에 젖어볼 만한.

일행들의 시선이 한결같이 그 샛노란 궤적을 쫓았다.

팟!

파아앗!

당고의 손에서 날아간 은행잎이 사라져 간 바로 그곳, 하나의 작은 언덕 아래서 십여 개의 인형이 솟구쳐 오른 것은 돌연스러운 일이었다.

들판의 색과 조화되는 회색 무복에 역시 같은 색의 복면으로 얼굴을 가린 자들이었다. 그들의 손에 들린 도검(刀劍)이 햇빛에 반사되며 번쩍거렸다.

"모두 뒤로 물러서!"

능운상이 외치면서 곧바로 복면인들을 맞아 앞으로 달려나
갔다.

무무가 바로 그 뒤를 좇아 신형을 날렸다.

안문은 소치에게로 바짝 붙어 서며 옷자락을 잡아 이끌어
은행나무 쪽으로 물러섰다.

그때 예령이 가볍게 소산의 어깨를 밀쳤으므로, 소산 또한
얼떨결에 은행나무 쪽으로 밀려났다. 소소가 얼른 당고의 소
매를 끌며 소산을 따랐다.

이어 예령이 이 장여를 앞으로 나가 우뚝 버티어 섰고, 그
뒤를 다시 쌍맹이 지켜 섰다.

챙!

채챙!

능운상은 앞으로 달려나가는 기세 그대로 복면인들과 격돌
하였다.

이어 그에게서는 무당의 절기들이 물 흐르듯이 쏟아져 나왔
다.

희끗희끗한 잔영을 남기며 순식간에 전후좌우로 옮겨 다니
는 절묘한 보법은 바로 칠성둔형(七星遁形)이었다. 육합의 공
간을 자유자재로 후리고 찌르고 베는 검은 유운검법(流雲劍法)
이었다가, 찰나지간에 양의검법(兩儀劍法)으로 바뀌었다. 그런
가 하면 그의 상청검은 어느새 태극검법(太極劍法)의 검결을
취하고 있었다.

검을 펼쳐 내면서 능운상은 문득 이전에는 경험해 보지 못했던 자유로움을 느끼고 있었다. 어느 순간부터 자신의 손에서 펼쳐지는 것이 유운검인지, 양의검인지, 태극검인지 혹은 현허칠성검법(玄虛七星)인지, 대라검(大羅劍)인지 스스로도 구분하기 어렵게 된 것이다. 지금 검을 펼치고 있는 주체가 바로 자기자신이며, 그러한 매 일초의 초식들이 어릴 때부터 근 이십여 년간을 수백, 수천 번 무수히 반복하여 연검하였던 것들임에도 불구하고 말이다.

아니, 보다 정확하게는 능운상은 지금 자신의 손에서 펼쳐지고 있는 검초들이 유운검법 중의 초식인지, 양의검법 중의 초식인지, 혹은 태극검법 중의 초식인지를 굳이 구분할 필요를 느끼지 못하고 있다고 해야만 했다. 그저 그가 필요하다고 판단한 시점에 가장 적절한 검초를 펼쳐 내면 족한 것인데, 그의 상청검은 지금 충실히 그의 그런 생각을 대변하고 있는 것이다.

한편 능운상은 그런 것들이 바로 그의 검의 경지가 지금 하나의 단계를 넘어서고 있음으로써 비롯된다는 것을 어떤 희열도 감격도 없이, 마치 남의 일처럼 그저 담담히 받아들이고 있었다. 다만 스스로의 그런 담담함이 오히려 놀라울 뿐이었다.

그러나 그에게도 감회가 아주 없을 수는 없었다. 바로 그가 그런 새로운 경지에 들어서게 된 단초가 무엇이었는지에 대해서 확연히 깨달아지는 바가 있었기 때문이다.

그 단초란 바로, 그로 하여금 최초의 패배와 함께 생사의 고

비를 겪게 만들었던 그 정체불명의 인물이었다. 그는 능운상으로 하여금 견디기 어려운 치욕과 절망, 그리고 허탈감을 겪도록 만들었다. 그러나 문득 생각해 보니 그러한 치열한 고통과 심적 갈등을 통해 능운상은 지금까지와는 전혀 다른 차원에서의 검에 대한 새로운 열정과 의지를 가질 수 있었던 것이다.

그러나 이제 능운상이 새로운 검의 경지에 발을 들여놓게 되었다고 해도 그것에 어떤 새로운 진전이나 뚜렷한 성취라고 할 만한 게 있는 것은 또 아니라고 해야 했다.

뭐랄까? 그가 이미 알고 있던 것들을 다시 알게 되었다고 할까? 이전에 그가 알고 있던 것은 다만 이해하고 있던 것이었다. 그러기에 그는 있는 그대로를 펼칠 수 있었다. 그러나 그는 이제 이해하고 있던 것을 다시 깨닫는 단계로 넘어와 있었다. 그러기에 이미 알고 있던 것을 이제 다시 알게 되었다고 하는 것이다. 그리고 그런 덕분으로 그가 알고 있다고 생각해 왔던 무당의 검들에 대해 같은 검이되 지금까지와는 전혀 다른 검으로 펼쳐 낼 수 있게 된 것이다.

지금 무무가 펼치는 권법이 다름 아닌 소림오권이라는 것은 무공에 대해 조금의 식견만 갖춘 사람이라면 금방 알아볼 수 있을 것이었다.

일찍이 달마 대사가 용(龍), 호(虎), 표(豹), 사(蛇), 학(鶴)의 다섯 가지 동물의 동작을 본떠서 만들었으며, 이후로 무림에 존재

하는 모든 권법들이 그로부터 파생되어 나왔다는 바로 그 권법
이다. 그러나 작금에 이르러서는 소림에서조차 실전에서의 쓰
임새보다는 이른바 용권연신(龍拳練神), 호권연골(虎拳練骨), 표
권연력(豹拳練力), 사권연기(蛇拳練氣), 학권연정(鶴拳練精)의 요
결로 대표되는 인체의 정(精), 력(力), 기(氣), 골(骨), 신(神)을 연
마하는 기초적인 연무의 용도로만 활용되고 있는 실정이었다.

그러나 지금 무무가 복면인들을 맞아 펼치고 있는 소림오권
은 무림에 널리 알려진 소림오권과는 달라 보였다.

무엇이 다르다고 꼬집어 말하기는 쉽지 않았다. 그러나 분
명 소림오권 본래의 단순하고도 분명한 권형(拳形)이었으나,
그럼에도 불구하고 도검을 가진 적들을 맞아 적재적소를 때리
고 후려치는 지극히 유연한 공수의 면모를 발휘하고 있는 것
이었다.

텅!

터엉!

마치 두터운 가죽으로 만든 북을 두드리는 듯한 소리들이
잇달아 울리고 있었다. 바로 무무의 권이 복면인들의 도검을
튕겨내며 나는 소리였다.

그러다 이윽고 소리는 보다 가벼워지고 있었다.

팡!

파팡!

그랬다. 지금 무무의 권은 상대에게 직접 닫지 않으면서, 다
만 권에서 뿜어져 나오는 일종의 기파(氣波)만으로 적의 도검

을 튕겨내는 동시에 묵직한 타격을 주고 있었다. 그것은 분명 무형의 권력(拳力)이라고 해야만 하는 것이었다.

그렇다면 무무의 권법은 이미 무형권(無形拳)의 경지에 접어든 것일까?

어쨌거나 무무는 지금 그가 왜 한 번도 나가보지 않은 강호에서 벌써부터 일권(一拳)으로 불리고 있는지에 대한 이유를 여실히 보여주고 있었다.

그러나 무무는 격전의 와중에도 차마 적들의 치명적 요혈을 노리지 못하는 모습이었다. 하긴 이번이 그의 생애 처음의 세상 나들이이며, 더욱이 삼십 평생을 오로지 불문에서만 살아온 그이니 피에 대한 본능적인 거부감과 두려움이 있을 법도 할 것이었다.

쌍맹은 잔뜩 긴장한 채로 몽둥이를 꽉 움켜잡고 있었다.

그러나 정작으로 긴장해야 할 안문과 소치, 그리고 소소 등의 얼굴에는 그다지 긴장한 기색이 없었다.

능운상과 무무는 그 눈부신 무위로 사뭇 여유있게 적들을 상대하고 있는데다, 만약의 경우가 생긴다 해도 그들의 앞에는 또 하나의 방어막이 있다는 생각에 별다른 위기감을 느끼지 못하고 있기 때문일 것이었다.

물론 그 방어막이란 쌍맹이기보다는 예령을 말하는 것일 터였다.

그때 돌연 먼 곳에서 한가닥의 날카로운 호각 소리가 울렸다.

삐익!

그리고 그것이 어떤 신호였던 듯, 복면인들이 갑자기 물러나기 시작하는 것이었다.

능운상과 무무는 굳이 그들을 쫓지 않았다.

복면인들의 모습이 완전히 사라지고 난 다음에, 두 사람은 은행나무 쪽을 향해 천천히 걸어왔다.

능운상과 무무는 이쪽을 향해 걸어오면서 무언가 열심히 얘기를 주고받는 모습이었다. 아마도 방금의 격전에 대한 소회들을 나누는 모양이었다.

예령은 서 있던 그 자리에서 가만한 눈길로 두 사람을 바라보고 있었다.

소소는 쌍맹에게로 다가가 수고했다 치하를 하고 있었고, 사실상 한 일이 없는 맹룡이 쑥스러워하는 중에 맹호는 얼굴 가득 헤벌쭉 미소를 떠올려 놓고 있었다. 소소의 곁에 따라붙어 있던 당고의 무심한 눈길이 그런 맹호의 얼굴에 머물러 있었다.

안문은 능운상과 무무 쪽을 보면서 무언가 혼자만의 생각에 잠긴 듯한 모습이었고, 소치는 땅 위로 돌출되어 나온 은행나무의 뿌리 위에 걸터앉아서 멀리 들판 쪽을 향해 무심한 시선을 던져 놓고 있었다.

복면인들의 공격을 격퇴한 후에 모두는 서로 얘기를 나누거나 혹은 느긋한 상념의 여유를 누리고 있었다.

그러나 유독 소산은 편한 마음으로 되지 못하고, 복잡하고도 착잡한 심정이 되어 있었다.

능운상과 무무는 가히 젊은 사람들 중의 인중용(人中龍)이라고 할 만했다. 방금 정체불명의 적들을 맞아 그들이 보인 호기로움과 또한 그 신묘한 무공 절기는 얼마나 굉장하였던가.

그러나 소산이 그들을 부러워하는 것은 아니었고, 언젠가 그들과 같이 되어보리라는 바람을 가져 보는 것은 더욱이 아니었다.

타고난 성품이 그들처럼 호기롭지 못하며, 자질과 역량 또한 그들의 발끝에도 미치지 못함을 그는 너무도 잘 알고 있었다.

그러나 그런 것이 단순한 자포자기이거나 체념인 것은 결코 아니었다.

다만 그는 자신과 그들의 차이에 대해 인정하고자 하는 것이었다.

그리고 비록 그들처럼 될 수는 없어도, 그에게는 늘 스스로의 위안으로 삼고 있는 것이 하나 있었다.

사실 그가 지금 현재의 이런 정도의 삶을 누리는 자체만도 이미 기적이라고 할 만하였다.

그런 것은 그 자신의 의지와 노력만으로는 도저히 불가능할 것들이었는데 그가 한 가지 기연을 만나면서 극적으로 가능해졌다.

그 기연이란 바로 조화결이었다. 소산이 지금 누리고 있는 기적들은 직접적이든 간접적이든 모두 조화결로부터 비롯되었다고 해야만 했다.

만약 조화결과의 인연이 없었다면 그는 오늘날 결코 이런 자리에서, 이런 사람들과 어울리는 그 자체가 불가능했을 것이며, 아마도 그는 지금도 그 스스로가 만든 상상 속의 무저(無底) 암흑 공간에 갇혀 있었을 것이다.

그런 만큼 그는 지금 현재 그가 가진 것만으로도, 그리고 이룬 것만으로도 더할 수 없이 만족해야만 하는 것이고, 또한 감사해야만 하는 것이었다.

그러나 그런 자위에도 불구하고 그의 기분은 좀처럼 나아지지가 않았다.

그것은 그가 지금까지 경험해 본 적이 없던, 참으로 낯설고도 불편한 기분이었다.

뭐랄까? 무언가 계속하여 마음에 거슬리는 것이 있어 괜스레 날카로워지고 마는 그런 기분이었다.

혹 질투일까? 열등감일까? 혹은 그런 스스로의 소심함에 대한 불쾌감 같은 것일까?

자꾸만 복잡해지는 감정에 대해 이윽고는 짙은 혼란을 느끼게 된 소산은, 차라리 스스로의 내부로 가만히 침잠해 들어가는 쪽을 택하였다.

잠시의 집중 끝에 이윽고 소산은 자신의 불편한 느낌의 진원지가 바로 은행나무의 안쪽이라는 것을 알 수 있었다.

어떻게 나무 속에서 그런 느낌이 흘러나오는지에 대해서는 알 수 없는 일이었지만, 그러나 소산은 자신의 느낌에 대해서 조금도 의심하지 않았다.

최근 들어 소산은 자신이 지닌 무진장의 내공을 활용하는 방법에 대해 조금씩 나름대로의 요령을 깨달아가고 있는 중이었는데, 그런 중에는 물리력으로써의 내공력의 발휘라는 측면 이외의 또 다른 묘용(妙用)들에 관한 것도 있었다.

일종의 육감이라고 할까? 언제부터인지 그는 오감이 아닌 또 다른 어떤 기이한 느낌 같은 것으로 자신의 주변 상황에 대해 제법 광범위하게 인지할 수 있게 되었다.

그러한 능력이 폭발적으로 늘어나고 있는 그의 내력 덕분에 가능하게 되었는지, 아니면 이때까지 알지 못했던 조화결의 어떤 새로운 공능인지는 그로서도 알 수 없는 일이었다.

그러나 그런 일들이 어떻게 가능하게 되었는지 따위는 그에게 조금도 중요하지 않았다. 다만 그저 그렇게 되었다는 자체가 중요할 뿐이었다.

그런 것이 바로 소산의 방식이었다.

은행나무로부터 한 자루의 검이 번개처럼 찔러 나온 것은 찰나의 순간이었다.

아무런 기척도 없었다. 검이 나무껍질을 뚫고 나오는 소리조차도.

뿐만 아니라 사람들이 느낄 만한 어떠한 살기도 없었다. 그 한 자루 검에는 분명 살기가 담겨 있었으되, 그것은 고도로 응축되어 있었기에 누구도 느끼지를 못했다. 검이 목표로 하고 있는 소치도, 그리고 안문도.

　더욱이 능운상과 무무, 그리고 예령 등 세 사람은 은행나무
로부터 이 장여 떨어진 곳에 서서 여전히 얘기를 나누는 데 열
중하고 있는 중이었다.

　그때 소산은 나무를 향해 등을 보이고 있었기에 눈으로는
그 검을 보지 못했다. 그러나 그의 느낌은 이미 확연해지고 난
다음이었다.

　누군가 거칠게 자신의 등을 밀어 버리는 바람에 한가로운
상념에 잠겨 있던 소치는 놀람의 짧은 외침을 토하며 그만 앉
아 있던 나무뿌리 위에서 아래로 굴러 떨어지고 말았다.

　"엇?"

　땅바닥에 뒹군 채로 소치는 소산을 향해 두 눈을 부릅떴다.

　그때 안문은 놀라며 급히 소치에게로 다가가려는 중이었는
데, 마침 방향을 바꾸어 소치의 등을 찔러가는 한 자루의 검과
그 검을 잡고 있는 자그마한 몸집의 인물을 발견하였다. 그런
데 그 인물의 몸집이 자그마하기도 했거니와, 전신의 옷과 피
부색이 또한 은행나무의 껍질과 너무도 흡사하여 안문이 눈으
로 보면서도 아주 잠깐 그것이 사람인지 혹은 은행나무의 일
부인지 혼란스러웠을 정도였다.

　"무슨 짓!"

　안문이 경악하여 크게 외치며 반사적으로 몸을 던졌다.

　살수의 검과 소치 사이에 자신의 몸을 던져 넣은 것이었다.

　그러나 그때 살수는 마치 뱀이 미끄러져 가듯이 가볍게 안
문을 비켜 나갔다.

그리고 살수의 검은 그 고도로 응축된 살기를 조금도 흩트리지 않은 채로 계속하여 소치의 목을 찔러갔다.

느린 듯하면서도 기실은 번개처럼 빠르게 찔러오는 검을 보면서 소치의 두 눈은 부릅떠져 있었다.

일초 반식의 무공도 없는 그의 처지로는 자신의 목숨을 노리는 살수의 검을 두 눈으로 빤히 보면서도 감히 어떻게 피해볼 엄두조차 내지 못하는 것이었다.

그러나 그 절체절명의 순간에도 소치의 눈에는 비록 놀람과 당황의 빛은 있었으되, 공포나 체념의 빛은 보이지 않았다.

막 소치의 목을 꿰뚫기 직전.

살수의 검이 찰나적인 멈칫거림을 보였다. 바로 그 순간, 소치의 어깨 너머에서 전혀 예기치 못한 한가닥의 뾰족한 살기가 일어나더니 곧바로 살수의 정면을 향해서 마주쳐 나왔기 때문이다.

그리고 그 찰나의 순간에 소산은 살수의 검을 움켜잡을 수 있었다.

그러나 소산의 그런 돌발적인 행위에 대해서 살수의 눈빛은 무심하기만 했다.

다만 살수는 방금 그를 본능적으로 멈칫거리게 만들었던 한가닥 살기의 정체를 파악하는 것에 우선순위를 두는 듯하였는데, 그러나 그 정체불명의 살기는 마치 환상이었든 듯 종적조차 없이 사라져 버리고 없었다.

다음 순간 살수는 다시 그의 오감이 느끼고 있는 현실로 돌아와 강하게 검을 비틀었다.

그러한 일련의 과정들은 그야말로 찰나지간에 동시다발로 벌어진 일이었다.

살수의 검이 강하게 비틀리자 맨손으로 그것을 움켜잡고 있던 소산의 손아귀는 곧바로 피로 물들었다.

그러나 그럼에도 소산이 검을 놓지 않자, 살수는 반대 방향으로 다시 한 번 검을 비틂과 동시에 그대로 앞으로 찔러내려 하였다.

소산에게 잡혀 있는 채로 소치의 목을 찌르려는 의도였다.

그러나 검은 비틀리지도 앞으로 나아가지도 못했다.

소산의 손아귀에서 흥건하게 흐르는 피로 붉게 물들 뿐, 막상 검은 꼼짝도 하지 않았던 것이다.

무심하던 살수의 눈빛에 처음으로 당황의 빛이 떠올랐다.

그때 살수의 머리 위에서 몽둥이 하나가 떨어져 내렸다.

그사이에 달려온 맹룡의 몽둥이였다.

퍽!

질퍽한 질감의 소리와 함께 희고 붉은색의 선명한 대비를 이루며 뇌수가 점점이 허공으로 튀었다.

즉사였다.

그때쯤 막 신형을 쏘아온 능운상과 무무, 그리고 예령 등이 모두 얼떨떨한 기색이 되고 말았다.

맹룡이 그 단순한 몽둥이 일격으로 그처럼 간단하게 살수를 즉사시켜 버렸다는 사실은 좀체 믿기 어려운 일이었다.

그러나 마지막 순간까지도 목표에 대한 집착을 놓지 않았던 듯, 머리가 박살이 난 상태에서도 살수의 손은 검자루를 놓지 않고 있었다.

그때 소산은 소치의 등 뒤 허공을 힐끗 보고 있었다. 이어 그의 눈은 마치 보이지 않는 어떤 종적을 쫓듯 들판 쪽으로 옮겨지다가는 이윽고 다시 바로 눈앞에 펼쳐져 있는 참상으로 돌아왔다.

소소는 그 참혹한 광경을 차마 보지 못하고 고개를 외면하였다. 그러나 그녀는 곧 급한 걸음으로 소산에게 달려갔다.

소산의 오른손은 피가 낭자했다. 소소가 급하게 면포 하나를 꺼내서 소산의 손바닥의 피를 훔쳐 내며 그 상처의 중한 정도를 살폈다. 그리고 이내 소소의 눈빛에 미미하게 한가닥의 이채가 떠올랐다.

비록 피가 낭자했지만 맨손으로 날선 검인(劍刃)을 움켜잡았던 좀 전의 상황에 비해서 상처는 의외로 중하지 않았다. 손바닥의 피부가 한 꺼풀 벗겨지듯이 엉망으로 베이기는 했으나 근육을 상할 정도는 아니었던 것이다. 그나마 그때쯤에는 출혈도 잦아들고 있는 중이었다.

그때 능운상과 무무, 그리고 예령 등이 소산에게로 다가왔는데, 그러자 소소는 얼른 새 면포로 소산의 손을 손바닥에서부터 팔목까지 감아버렸다.

그런 모습에서 소소는 소산의 상처 부위를 다른 사람들에게 보여주기를 꺼리는 것 같았다.

"왜 그렇게 무모한 짓을 했나?"

마치 나무라듯이 하는 말투였으나 소치의 표정에는 근엄한 중에도 고마움의 기색이 녹아 있었다.

소산이 엷게 웃으며 대답했다.

"소 대형께서 저의 일행이기 때문입니다."

그 대답에 소치가 빙그레 웃었다.

그러나 그의 웃음에는 어쩔 수 없이 한가닥의 섭섭함이 배어 있었다. '일행이기 때문' 이라는 말보다는 기왕이면 '형님이기 때문' 이라는 말을 듣고 싶은 것이 솔직한 그의 심정이었다. 일행으로서의 의무나 책임 때문이었다는 말보다는, 인간적인 정과 의리 때문이었다는 말을 듣고 싶었던 것이다.

그러나 소치는 곧 미미하게 실소하고 말았다.

사실 방금의 대답이야말로 지극히 소산답다고 해야 하는 것이 아니던가.

그리고 그러한 사소한 문제에까지 마음을 쓰고 있는 그 스스로가 문득 낯설고 어색하다는 생각이 들어서였다.

소치가 주위에 모여든 사람들을 향해 툭, 던지듯이 말을 뱉었다.

"그만들 가지! 피비린내는 오래 맡을 만한 것이 못 돼. 사람을 불쾌하게 만들거든!"

*　　　　*　　　　*

"호위들을 모두 멀찌감치 물러나도록 하게!"

소치의 나직한 명령에 안문은 곧바로 긴장한 기색이 되고 말았다.

소치의 그 명령에, 바로 방금 전에 위급한 상황을 겪은 터인데, 이제 모든 호위들을 멀리 물린다는 것은 결국 소치의 안전을 보장하지 못하는 경우가 생길 수 있다는 것을 의미하기 때문이다.

더욱이 소치의 나직한 목소리에 들어 있는 단호함에서 안문은 어떠한 순간에도 소치의 안위를 지켜줄 것이라 그가 절대적으로 믿고 있는 마지막 보루까지가 포함된다는 것을 직감할 수 있었다.

"주군!"

안문의 어조가 예외적으로 강경함을 띠었다.

그러나 소치의 태도는 더욱 단호했다.

"어허!"

나직한 호통에 이어 소치가 다시 말했다.

"건곤일척(乾坤一擲)의 결말을 도모하고자 함이 아닌가? 한데 기껏 한목숨 따위를 건사하고자 몸을 사려서야 어떻게 천의(天意)를 얻을 수 있겠는가? 나 스스로 위험의 한가운데에 서 있지 않는다면 풍운(風雲) 또한 일어나지 않을 것이고, 풍운이 일어나지 않는다면 우리는 기회조차 얻지 못할 것이야. 하면 어차피 죽음을 각오해야 할 것인데, 예까지 와서 이제 무엇을 또 두려워할 것인가?"

소치의 나지막한 목소리에는 감히 항거 못할 결연함이 서려 있었다.

그리고 상기된 표정으로 듣고 있던 안문의 고개가 이윽고 가만히 숙여졌다.

＊　　　＊　　　＊

능운상은 의문을 가지지 않을 수 없었다.

그들 일행이 정체불명의 복면인들의 공격과 살수의 암습을 잇따라 받은 이유가 무엇일까?

그의 입장에서 우선 짐작이 가는 것은 그와 무무가 연경으로 가는 것을 저지하기 위한 시도일 수 있다는 점이었다.

당금 황실의 권력 쟁투와 관련하여 태자 측에 반하는 세력의 입장에서는 이번에 연경에서 이루어질 태자 옹립을 위한 결사(結社) 대회를 그냥 보고만 있지는 않을 것이다. 그렇다면 무당과 소림의 대표인 그와 무무의 연경행을 방해함으로써 결사의 명분을 훼손시키고자 할 가능성이 없다고는 할 수 없었다.

혹은 그 외의 다른 이유를 추정해 볼 수도 있는 일이었다.

예령으로부터 대략의 전말을 들은바, 그녀와 도막 간의 은원 관계를 들 수 있을 것이다. 그러나 여러 가지 전후의 정황을 살펴볼 때 이번 암습의 배후에 도막이 있을 가능성은 그다지 크지 않아 보였다.

　오히려 보다 심중이 가는 쪽은 이번의 암습이 소치와 어떤 관련이 있지 않나 하는 부분이었다.

　은행나무에 교묘히 은잠해 있던 살수가 노린 목표가 바로 소치였다는 점에서부터 우선 그랬다. 그리고 두 번의 공격 시점이 연속적이라는 데서 처음의 복면인들과 나중의 살수가 서로 연관이 있는 자들일 가능성도 농후했다.

　만약 그것이 사실이라면… 그들이 목표하는 바가 바로 소치였다면… 소치는 도대체 누구와 어떤 원한을 맺었기에, 무공도 없는 그의 목숨을 취하기 위해 상대는 십여 명의 복면인이 동원한 데 이어 전문 살수까지 동원하는 집요함을 보인 것일까?

＊　　　　＊　　　　＊

　일행의 이동 모습에 다소간의 변화가 생겼다.

　소산과 소소, 그리고 소치까지, 소위 소씨 일족(?)들이 일행의 한가운데에 서게 된 것이다.

　그것은 무공의 유무에 따라 보호자와 피보호자를 분명하게 구분 지은 결과였다.

第七章

평원의 혈전

지존
석산 평전

　일행은 하북 땅으로 들어서서 이제 감단(邯鄲)을 향해 가고
있었다.
　그들은 지금 넓은 평원 지대를 지나고 있는 중이었는데, 그
들의 주변 사방으로는 끝없이 펼쳐진 갈대숲의 하얗게 탈색된
물결이 평원을 오가는 차가운 바람에 을씨년스럽게 일렁이고
있었다.
　'아아! 무상하다. 인생이여!'
　안문은 문득 아련한 감상에 젖어들었다.
　그러나 이내 그것이 그 자신의 처지와는 물론, 일행이 지금
처해 있는 상황의 각박함과도 맞지 않는다는 것을 언뜻 상기
하고는 그만 쓴웃음을 짓고 말았다.

그러고 보니 그들이 처해 있던 각박함이란, 지금 걷고 있는 바짝 말라붙어 바닥을 드러낸 개울의 메마른 풍경과도 같았다.

그 개울은 평원의 한가운데를 관통하여 가로지르고 있었다.

그러나 늦가을 가뭄으로 말라붙은 개울 바닥은 꼬불꼬불 겨우 실처럼 가는 흐름을 이루고 있는 한 가닥의 물길을 제외하고는, 온통 은빛 모래며 자갈, 그리고 삐죽삐죽 그 메마른 윤곽들을 드러낸 크고 작은 암석들로 지극히 황량한 풍경을 이루고 있을 뿐이었다.

하지만 일행들로서는 키를 웃도는 갈대숲을 헤치고 가느니 울퉁불퉁하나마 개울 바닥을 밟고 걷는 것이 편했기에 이 길을 택한 것이었다.

선두에서 가던 무무가 갑자기 멈추어 서는 바람에 그 뒤의 모두 또한 자동적으로 그 자리에 멈추게 되었다.

그때 무무의 바로 뒤를 따르던 맹룡은 허리를 숙여 손바닥을 개울 바닥에 대어보고 있었다.

그러나 일행들은 맹룡의 그같은 행동에서 나올 결과를 기다릴 필요가 없었다. 이내 발밑의 땅바닥이 은은하게 울리는 느낌과 함께 멀리서 들려오는 듯한 어떤 소리를 들을 수 있었기 때문이다.

두두두두!

빠르게 다가오는 그 소리는 마치 비탈길에서 한 무더기의 돌들이 굴러 내려오는 소리와도 비슷했다.

그때 소소가 놀라 외쳤다.

"아! 저쪽을 보세요!"

소소의 외침이 아니더라도 일행들의 잔뜩 긴장된 시선은 이미 한쪽 먼 곳으로 향해 있었다.

광활한 갈대숲의 일각에 격한 파도가 일고 있었다. 아니, 그쪽의 갈대숲이 숫제 무너지고 있었다.

일행들이 모두 경악과 당황으로 눈을 부릅뜨고 있는 중에 이윽고 저 멀리서 갈대숲 사이로 차츰 모습을 드러내는 무엇이 있었다.

말이었다.

말은 눈만 내놓고 가슴 아래 다리까지도 온통 시커먼 철갑(鐵甲)으로 치장된 모습이었다.

말 위의 기수(騎手) 또한 검은 색의 투구와 철갑으로 완전히 무장한 모습이었다.

거기에 그는 보통의 창보다 훨씬 더 길고 육중해 보이는 장창(長槍)을 갖추고 있었다.

그런데 그 일 기(一騎)의 뒤로 이내 다시 횡대(橫隊)를 이룬 십여 기의 기마(騎馬)가 보이고 있었다.

그것이 다가 아니었다. 그 뒤로 또다시 기마의 횡대들이 이어지고 있어서, 갈대숲 그 너머로 아직 모습을 드러나지 않은 기마의 수가 과연 얼마나 되는지 짐작조차 하기 어려울 정도였다.

다만 이제 가까이 다가와 지축을 흔드는 듯이 온 사방을 울리고 있는 말발굽 소리들이 그들 기마대의 거대한 위용을 짐작하게 해줄 뿐이었다.

이내 그쪽의 평원에서는 갈대의 부스러기들과 흙먼지들이 온통 뿌옇게 하늘을 뒤덮고 있었다. 그런 가운데 노도와 같이 질주해 오는 기마대의 위용은 마치 십만 대군이 한꺼번에 밀려오는 것처럼 엄청난 위압감을 뿜어내고 있었다.

그리고 기마대가 곧장 자신들을 향해 질주해 오고 있다는 사실에 대해 일행들은 새삼 경악하고 말았다.

오로지 막막할 따름이었다. 이런 상황이란 건 도대체가 그들이 상상할 수 있는 범주를 한참이나 넘어선 것이었다.

도망칠 엄두조차 나지 않았다. 이 망망대해와 같은 대평원의 한가운데에서 도대체 어디로 도망을 칠 수 있단 말인가.

능운상이 탄식처럼 중얼거렸다.

"이건 마치 전쟁이 일어난 것 같다. 일국(一國)의 군병(軍兵)이 아니라면 어떻게 저런 규모를 갖출 수 있겠는가?"

그러다 능운상은 문득 제풀에 퍼뜩 놀라며 다시 중얼거렸다.

"무림에서 저런 정도 규모의 철기대라면… 아아! 혹시 저들이 바로 창왕(槍王)의 마창철기대(魔槍鐵騎隊)란 말인가?"

"모두 정신들 차려!"

망연자실 넋을 잃고 있는 일행을 호통쳐 깨운 사람은 바로 소치였다.

그리고 그의 입에서는 연이어 단호한 명령들이 떨어졌다.

"무무와 능운상은 이곳에 남아 잠시간 적을 막는다! 그리고 나머지는 이십 장 뒤의 바위군으로 대피한다!"

일행들이 부지불식간에 퍼뜩 뒤를 돌아보았다.

과연 이십여 장 후방에 개울이 완만하게 휘어지는 안쪽 가장자리에 사람 키만 한 바위 대여섯 개가 모여 작은 군을 이루고 있었다.

그러나 그곳으로 가서 그다음에 어떻게 할 것인지 따위에 대해서는 누구도 생각하지 못했다.

다만 절망적인 상황의 와중에 누군가 일행이 움직일 방향을 명령하였고, 그 누군가가 바로 소치였기에 그 명령에 대한 반감 혹은 타당성을 따져 볼 여유는 아무도 가지지 못하였다.

그런 것은 은연중에 모두가 소치를 실질적인 행수로 인정하고 있었기 때문이기도 하였다.

물론 명목상의 행수는 어디까지나 소산이었다. 그러나 실상은 일행들 중의 최연장자이면서 사람들로 하여금 감히 거역하지 못하게 만드는 기이한 위엄의 소유자인 소치야말로, 그에 대한 호감의 여부를 떠나 은연중에 모두를 승복시키는 데가 있었던 것이다.

소치가 예령과 소소를 독촉하여 먼저 달리기 시작하였다.

그리고 그 뒤를 바짝 붙어서 당고와 안문, 그리고 쌍맹이 달렸다.

무무와 능운상은 달리는 일행들과 등을 졌다. 그리고 적당히 간격을 벌리고 우뚝 버티어 서서 질주해 오는 철기대를 노려보았다.

그런데 그때였다. 그들의 뒷쪽에서 크게 외치는 소리가 있었다.

"계속 가! 그리고 소 매의 곁에서 한 발짝도 떨어지지 마!"

바로 소산이었다.

능운상이 다급한 마음으로 되는 중에도 당장에는 어찌 된 사정인지를 알지 못하였으므로 퍼뜩 소산의 눈길이 향하고 있는 쪽부터 살펴볼 수밖에 없었다.

소산의 외침에 즉각적으로 반응을 보인 것은 바로 쌍맹이었다. 마침 그때 소소는 무작정 소치의 뒤를 따라 달려가던 중에 소산이 따라오지 않는다는 것을 뒤늦게 알았던 모양으로 멈칫 달리던 속도를 늦추고 있던 중이었는데, 역시 주춤 멈추었던 쌍맹이 소산의 외침을 듣고는 곧바로 소소의 양팔을 낚아채듯이 하여 다시 전력으로 달리기 시작한 것이다. 또한 주춤하고 있던 당고가 그들의 뒤를 바로 따라붙었다.

그 일련의 상황들이 바로 소산의 무모한 만용 때문이라는 것을 능운상이 알게 되었을 때는 이미 철기대의 선두가 바로 코앞까지 다가와 있었다. 따라서 능운상이 소산을 꾸짖어 다시 일행들을 뒤따르도록 조치할 시간적 여유는 조금도 없었다.

두두두두!

두두두둑!

개울로 내려선 기마들이 뿌연 먼지 돌풍을 일으키며 맹렬히 짓쳐들어왔다.

캉!

능운상은 곧장 목을 향하고 찔러 들어오는 마상 철갑무사의 장창을 젖혀내며 급급히 언덕 쪽으로 신형을 날려 개울 가장자리에 솟아 있는 바위에 의지해 섰다.

그리고 그제야 참았던 한 줌의 급한 숨을 돌리는 능운상의 미간이 은근히 찌푸리며 있었다.

무시 못할 충격을 받은 것이다. 무사의 장창은 예상보다 더한 중병(重兵)이었다. 아마도 창날과 자루의 구분없이 그 전체의 길이가 모두 쇠로 만들어진 철창(鐵槍)임에 틀림이 없었다. 마상의 철갑무사는 그 길고 무거운 장창을 옆구리에 낀 채 말이 달리는 기세를 이용하여 그대로 찔러 들어왔던 것이다.

팡!

무무가 허공을 격하고 쳐낸 일권은 마침 맹렬히 찔러 들어오던 장창 하나를 튕겨내며 가벼운 기격음(氣擊音)을 만들어냈다. 그러나 그 권격은 결코 가볍지 않았던 듯 장창의 끝이 순간 근 한 척여나 하늘을 향해 펄쩍 치켜들렸다가 다시 내려왔다.

이어 무무는 그 육중한 동체로 짓밟을 듯이 덮쳐 오는 철갑마를 피해 오른쪽으로 반 회전하며 신형을 미끄러뜨렸다. 그러나 바로 다음 순간 무무는 급급히 등이 땅에 붙을 정도로 허리를 뒤로 뉘여야만 했다.

붕!

그의 코끝 바로 위로 한 자루의 창이 거칠게 휘돌아 나갔다.

뒤따르던 또 다른 철갑마의 마상에서 거칠게 휘둘러 낸 한 자루의 장창이었다.

그런데 그러고도 무무는 한숨을 돌릴 여유를 찾지 못했다.

그때 다시금 또 한 기의 철갑마가 그를 향해 창을 겨누고 달려들고 있었던 것이다.

무무가 이번에는 감히 부딪쳐 볼 엄두를 내지 못하고 그대로 신형을 튕겨 쾌속하게 한쪽을 향해 쏘아갔다. 바로 바위에 의지하여 철갑기마들을 맞고 있는 개울 가장자리의 능운상이 있는 쪽이었다.

능운상이나 무무가 각기 검과 권에 있어 놀랄 만한 무공을 지니고 있다고 해도 그들 두 사람만으로 상호 유기적인 대형을 이루며 조직적으로 돌진해 들어오는 철기대를 상대하여서는 당장에 어떻게 대응을 해야 할지 도무지 대책이 서지 않는 것이었다.

더욱이 철갑무사들 개개인들만 하더라도 무공의 고하를 떠나 그들이 발휘하고 있는 창술만으로도 가히 대단하다고 해야만 했다. 그들의 창은 중병(重兵)이자 장병(長兵)이어서 아무래도 섬세하게 다루기에는 무리가 있다고 해야 할 것인데도, 그들은 가히 인마동체(人馬同體)가 되어 철갑마의 달리는 기세를 이용한 찌르기와 또한 말의 방향을 순간적으로 트는 기세를 이용한 휘두르기 등등의 묘용들을 아주 익숙하게 발휘해 내고 있었던 것이다.

이히히힝!

두두두두둑!

사방은 순식간에 주변을 분간할 수 없도록 모래먼지가 자욱해졌고, 그 속에서 천지를 진동하는 말발굽 소리와 울부짖는 말들의 울음소리가 요란했다.

그리고 맹렬하고도 치밀하게 조화를 이루며 교차하는 기마 대열의 틈바구니 속에서 능운상과 무무는 이미 평정심을 잃어버리고 있었다. 두 사람은 바위에 의지한 채 철갑마들이 스쳐 지나가며 무수히 찔러대는 창을 피하기에 급급해하는 중이었다.

팟!

파팟!

철창들이 바위를 찍으면서 연신 돌 먼지를 피워 올렸다.

창!

차창!

팡!

파팡!

능운상의 검과 무무의 권이 조금의 쉴 틈도 없이 철갑무사들의 장창을 튕겨내고 있었다.

그때 사방이 소란스러운 가운데서도 유난히 길고 날카롭게 울리는 말의 비명 소리가 한쪽으로부터 울렸다.

이히히히힝!

그 처절한 고통이 스민 말 울음소리에 능운상과 무무는 퍼뜩 정신을 추슬렀다. 그제야 그들과 함께 남았던 소산의 존재를 황급히 떠올렸던 것이다.

동시이다시피 두 사람의 시선이 급하게 한쪽으로 향했다.

개울의 한가운데, 소산이 있는 그곳에서는 지금 전혀 의외의 상황이 벌어지고 있었다.

어떻게 된 일인지 소산은 지금 전황에서 동떨어져 한 기의 기마와 맞서 있었다. 보다 정확하게는 장창의 끝을 잡고서 마상의 철갑무사와 힘겨루기를 하고 있는 형국이었다.

그런데 마침 능운상과 무무가 그 광경을 보는 그 순간은 소산이 홱 하고 창을 잡아채는 순간이었는데, 상대의 철갑무사는 소산의 힘을 견디지 못하고 창을 잡은 채로 말에서 굴러 떨어지고 말았다.

몸에 걸친 육중한 철갑 때문인지 제대로 중심을 잡지 못하고서 그대로 몸통으로 바닥을 찧은 무사는 그 충격이 컸던지 곧바로 일어나지 못하고 바닥에서 버둥거렸다.

그 틈에 재빨리 다가선 소산이 무사에게서 장창을 빼앗아들었고, 이내 허공에다 장창을 휘두르기 시작했다.

붕!

부웅!

호리호리한 체구에다 글 읽는 서생으로만 알았던 소산이 그처럼 길고 무거운 장창을 바람 소리가 나도록 휘두르는 모습은, 와중에도 능운상과 무무로 하여금 놀람을 금치 못하게 하는 데가 있었다.

장창의 무게도 무게지만 그 정도의 길이면 들고 달린다는 자체만도 버거울 터였다. 그런데 소산은 지금 달리는 중에 그 무거운 장창을 휘두르기까지 하고 있으니 지금 발휘되고 있는 그의 용력은 과연 어떤 정도일 것인가.

그때 소산은 장창을 휘두르는 채로 내쳐 능운상 등이 있는 곳을 향하여 달려오기 시작하였다.

그러자 능운상과 무무를 공격하고 있던 기마들 중의 한 기가 곧바로 소산을 맞아서 달려갔다.

소산 또한 전혀 피할 기색이 없이 똑바로 앞으로 향해 달려오고 있었다.

붕!

부웅!

소산이 휘두르는 창에서 나는 바람 소리가 한결 맹렬해졌다.

그리고 마침내 철갑마와 소산이 격돌하는 그 순간.

이히히히힝!

길고 날카로운 울부짖음과 함께 철갑마는 소산의 바로 앞에서 그대로 고꾸라지고 말았고, 그 바람에 마상에 있던 무사는 멀찌감치 튕겨 나가 바닥에 엎어진 채로 겨우 꿈틀거리고 있었다.

소산이 무작정으로 휘두르든 장창이 짓쳐들어오던 말의 다리를 그대로 후려쳐 버린 것이었다.

말이 아무리 전신을 철갑으로 감싸고 있다 해도 육중한 무게의 장창이 크게 휘둘러져서 때리는 타격력을 하필이면 다리에 맞았으니, 그대로 뼈가 부러져 나가지 않을 수 없는 일이었다.

철기대가 일시 주춤거리고 있었다. 방금 일어난 일련의 돌발상황은 이때까지 잘 짜여진 대형으로 움직이던 철기대에 일시의 혼란을 주고 있었던 것이다.

능운상은 재빠르게 전황(戰況)을 훑었다.

그때쯤 소치와 나머지 일행들은 이미 이십여 장 뒷쪽의 목적했던 암석군에 도달해 있었다.

그렇다면 그와 무무 등이 더 이상 무모하게 철기대와 맞설 이유는 없는 것이었다.

비록 소산이 요행히도 두 기의 철갑기마를 처치했다고는 하나 그런 정도로는 전황에 크게 영향을 미칠 것은 아니었고, 더욱이 소산의 요행이 계속될 것이라고 기대할 수는 없는 일이었다.

적들이 잠시의 혼란을 보이는 지금이 바로 그들이 물러설 때였다.

무무와 눈을 마주치고 난 다음에 능운상은 소산을 향해 외쳤다.

"산 아우! 후퇴한다!"

그리고 능운상은 곧바로 바위를 박차고 신형을 솟구쳐 언덕 위로 내려섰다. 무무가 바로 그의 뒤를 따랐다.

이어 언덕을 따라 한달음에 십여 장을 쾌속하게 달려가던 중, 능운상은 문득 급하게 신형을 멈춰 세웠다. 그 바람에 무무가 또한 신형을 멈추었다.

언뜻 마주친 시선에서 두 사람의 눈빛으로 짧은 고소(苦笑)가 스쳤다.

아무리 다급한 경황 중이라지만 그들은 소산이 무공을 지니지 않았다는 사실을, 그래서 그들처럼 신법을 펼칠 수 없다는 사실을 잠시 간과하고 있었던 것이다.

동시에 홱 몸을 돌려 세운 두 사람의 시야에 언덕 아래 모래바닥을 전력으로 달려오고 있는 소산의 모습이 잡혔다.

그의 뒤로 십여 기의 철기대가 맹렬하게 따라붙고 있었는데, 소산은 적들이 가까이 근접할라치면 달리는 중에 뒤도 돌아보지 않고 장창을 휘두르는 것이었다.

그런데 비록 소산이 장창을 휘두르는 모양새는 허술하고 엉성했지만, 그 맹렬한 회전만으로도 적들은 쉽게 그에게 근접하지를 못하는 것이었다.

잠깐 사이에 거리를 좁힌 소산이 멍하니 구경만 하고 있는 형세인 두 사람을 향해 버럭 고함을 질렀다.

"계속 달리시오!"

그 순간에도 그의 장창은 맹렬하게 돌아가고 있었다.

붕!

부웅!

그때 능운상은 잠시간의 당황스러움을 접고 무무에게 힐끗 눈짓을 한 다음에 곧바로 앞을 향해 다시 달리기 시작했다.

그와 무무가 지금 소산과 합세를 한다고 해서 상황이 지금 보다 나아지리라는 보장은 조금도 없는 것이었다. 다만 소산이 지금 발휘해 내고 있는 저 놀라운 용력을 잠시만 더 발휘해 주기를 바랄 뿐이었다.

소산이 위기에 처한 것은 얼마 지나지 않아서였다.

철기대의 일부가 그를 앞서 나가 앞길을 막는 바람에 이윽고 포위가 되고 만 것이었다.

붕!

부우웅!

그의 창이 여전히 맹렬하게 돌아가고 있었지만 별무소용이었다. 철기대가 거리를 유지한 채 투창(投槍) 공격을 시작하고 있었기 때문이다.

팍!

파악!

철갑마가 질주하는 탄력으로 던져진 서너 자루의 육중한 장창이 소산의 주위 땅바닥으로 깊숙이 박혀들고 있었다. 소산이 휘청거리면서 뛰어다니다시피 하여 운 좋게 그 몇 자루의 창을 피해내고 있었지만, 그 위태로움이란 금방이라도 몸을 꿰뚫리고 말 듯하였다.

그때 막 소치 등이 있는 곳 가까이까지 당도하여 뒤를 돌아본 능운상이 그 광경을 보고 다급히 외쳤다.

"산 아우!"

그 짧은 외침에는 다급함과 함께 무공도 모르는 소산을 요행만을 기대하여 홀로 뒤에 남겨 두고서 자신들만 도망쳐 온 데 대한 부끄러움과 자책이 녹아 있었다.

이어 능운상과 무무는 곧바로 신형을 되돌려서 소산이 포위된 쪽을 향해 전력으로 달려나갔다.

그런데 바로 그때였다.

그들의 머리 위로 무언가가 무거운 바람 소리를 내면서 허공을 날아가고 있었다.

쉭!

쉬익!

주먹만 한 돌멩이들이었다.

바로 쌍맹이었다.

그들 맹씨 형제는 지금 개울 바닥에서 손에 잡히는 대로 주먹만 한 돌멩이들을 주워 던지고 있었던 것이다. 그런데 그 날아가는 돌멩이들에 담긴 위세가 참으로 예사롭지 않아서 마치 강궁(强弓)에서 쏘아진 화살과도 같았다.

쉬쉭!

쉬쉬쉭!

돌멩이들은 너끈히 십여 장 이상을 날아가서 소산을 둘러싸고 있던 철기대를 노렸는데, 당장에 몇 필의 철갑마들이 놀라 울부짖으며 앞발을 치켜드는 것이었다.

이히히힝!

그 잠깐의 혼란을 틈타 포위망을 빠져나온 소산이 다시 달리기 시작했고, 곧 마주 달려오던 능운상과 무무를 만날 수 있었다.

능운상과 무무는 대뜸 양쪽에서 소산의 한 팔씩을 붙잡고는 다시 방향을 바꿔 앞으로 치달렸다.

쉭!

쉬익!

소산 등의 뒤를 쫓는 기마들을 향해 쌍맹은 연신 돌멩이를 던지고 있었다.

그리고 주변 상황과는 전혀 무관하게 아무 시름 없이 우두커니 서 있는 당고를 제외하고는, 소치와 소소와 예령, 그리고 안문 등이 모두 그들이 은신하고 있는 암석군 주변의 돌멩이들을 줍느라 정신없이 움직이고 있었다.

이윽고 소산과 능운상, 그리고 무무가 암석군 안으로 달려 들어오자 소치가 소리쳤다.

"기마가 가까이 접근하지 못하도록 해!"

그 다급한 명령에 능운상과 무무가 미처 숨 돌릴 여유도 없이 곧바로 발 밑에 나뒹구는 돌멩이를 손에 잡히는 대로 주워서 던지기 시작했다.

다급한 중에도 두 사람이 던지는 돌멩이는 쌍맹의 우악스러운 돌멩이질과는 그 위력이 사뭇 다른 데가 있었다.

우선은 완력이 아니라 심후한 내력이 실린 터라 허공을 가르는 그 날카로운 소리부터 그랬다.

팻!

패앳!

그리고 쌍맹처럼 마구잡이식의 위협이 아니라 돌멩이들은
정확하게 목표를 겨냥하여 날아갔다.

이히힝!

이히히힝!

놀란 말 울음소리와 함께 오 장여의 거리까지 접근해 왔던
서너 기의 철갑마들이 잇따라서 쓰러질 듯이 기우뚱거렸다.

그에 마상의 철갑무사들이 급하게 고삐를 잡아채자 겨우 중
심을 되찾았으나, 암석군을 향해 똑바로 달려오던 방향은 이
미 틀어져 그 서너 기의 기마는 한 옆으로 완만하게 비켜 지나
가고 말았다.

그러자 다시 그 뒤를 이어 질주해 오던 십여 기의 기마들은
암석군과 육 장여의 거리를 두고서 장창을 던져대기 시작했
다.

윙!

위잉!

전력으로 질주하는 마상에서 내력을 실어 던진 투창들이 날
카롭게 허공을 가르며 암석군으로 육박해 들었다.

이어 그것들은 능운상 등이 방패막이로 삼고 있는 바위에
정면으로 부닥치고 혹은 빗맞아서 사방으로 튕겨 나갔다.

탕!

창!

티잉!

치잉!

그 소리들은 날카롭고도 짜랑하기 이를 데 없어서 사람들의 귀를 먹먹하게 만들었다.

그 맹렬하고도 험악한 투창의 기세에 능운상과 쌍맹 등은 감히 대응하지 못하고 바위 뒤로 몸을 숨기기에 급급하였다.

윙!

위잉!

탕!

창!

연방 날아드는 투창 세례에 쌍맹 등이 고개도 들지 못하는 중에 철기대의 공격은 보다 적극적으로 되어갔다.

적들은 암석군에 좀 더 가까이 접근하여 주변을 선회하면서 창을 찍어대는 형태의 공격을 시도하고 있었다.

철갑마 자체가 이미 거대한 덩치였으니 마상의 철갑무사들은 일행의 머리 위에서 아래로 내려다보며 창을 내려찍는 격이었다. 그러니 그러한 시도는 지극히 위력적일 수밖에 없었다.

챙!

카앙!!

팡!

파팡!

능운상과 예령이 검으로 대응하고, 또한 무무가 격공권을 마구 쳐내 막아내고는 있었으나 당장의 화급을 겨우 모면해가는 궁여지책일 뿐이었다.

끝없이 연결되는 철기대의 공격에 대해 그런 식의 대응은 다만 일시적인 방편일 수밖에 없는 것이어서, 이대로 가다가는 얼마나 더 견디느냐 하는 문제만 남는 것이다.

그때 소치는 바위 뒤에 숨어 잔뜩 몸을 움츠리고 있는 중이었다. 그의 곁에는 안문이 자신의 몸으로 소치의 몸을 감싸 안 듯이 하고 있었다.

주변의 급박한 소음들 속에서 소치가 잔뜩 미간을 찌푸렸다. 사실은 처음부터 승산이 있는 싸움이 아니었던 것이다. 무엇보다 중과부적이어서 능운상과 무무, 그리고 예령 등의 몇몇 고수의 무공에 의존하여 치를 수 있는 종류의 싸움이 아니었다.

소치가 문득 머리 위의 안문을 향해 소리쳤다.

"안문! 이대로 죽기를 기다릴 셈인가?"

마치 질타하는 듯한 소치의 외침이었으나, 안문의 대답은 오히려 차분했다.

"사방의 갈대숲이 바짝 말라 있으니 화공(火攻)을 한번 써볼 수는 있겠습니다."

"화공?"

"예! 그러나 이곳과 같이 평탄한 지형에서의 풍향은 변덕스러운 데가 있어서 자칫 피아(彼我)가 모두 위험해질 수도 있습니다."

소치가 위의 안문을 올려다보며 눈빛을 번뜩였다.

"하지만 달리 수가 없지 않는가?"

그러자 안문이 차분히 내려다보며 잠시 눈길을 맞추고 있다가 다시 말을 이었다.

"일단 불길이 사방으로 번진 다음에는 어느 쪽이라도 그 불길과 연기에 방향을 잃고 헤매기 십상입니다. 그러니 우리는 사전에 방향을 정해놓은 다음에 적들이 혼란에 빠지기를 기다려 최대한 신속히 이곳을 빠져나가야만 합니다."

"좋아!"

소치가 잔뜩 소리를 높여 외쳤다.

"모두 내 말을 들어!"

이어 그는 빠르게 명령했다.

"갈대숲에다 불을 지를 것이다. 능운상과 무무는 각각 개울의 양안으로 가서 사방에다 불을 놓게. 적들이 쉽게 끄지 못하도록 가능한 한 넓은 지역으로 불을 퍼뜨려야 하네!"

그들이 갇혀 있는 암석군의 주위로는 이미 수십 기의 기마들로 완전히 포위가 된 상태였다. 그러니 소치의 말에 대해 달리 이의가 있을 것이 없었다. 이 좁은 암석군 안에 갇혀서 죽을 바에야 죽을 때 죽더라도 무슨 수라도 내 보고 난 다음에 죽는 게 덜 억울하지 않겠는가.

끊임없이 몰아치는 적들의 공격에 급하게 대응하는 와중에도 능운상과 무무가 새삼 각오를 다지는데, 소치의 명령이 이어지고 있었다.

“그전에 소 제와 쌍맹은 적진을 좀 흔들어주게. 어떻게 하든 능운상과 무무 두 사람이 포위망을 빠져나갈 수 있도록 최대한 틈을 만들어야만 하네.”

순간 능운상이 놀라 외쳤다.

“그건 안 됩니다. 무공도 없는 사람들더러 어떻게 그런……?”

그러나 소치는 단호하게 능운상의 말을 잘랐다.

“지금은 되고 안 되고 하는 것을 따질 만큼 여유있는 상황이 아니야. 죽느냐 사느냐 하는 기로란 말일세. 자네에게 달리 이곳에서 살아나갈 방법이 없다면 내 명령을 따라!”

그럼에도 능운상은 도저히 승복하지 못하겠다는 기색이었다. 그러나 다시 무어라고 막 입을 열려 하던 그는 문득 크게 당황스러운 기색이 되고 말았다.

그때 소산은 아직도 버리지 않고 있던 예의 그 장창을 챙겨 들고서 몸을 일으키고 있었고, 쌍맹 또한 각자의 몽둥이를 꽉 움켜잡고서 소산에게로 눈길을 고정시켜 놓고 있는 중이었다.

그런 그들은 금방이라도 적들을 향해 뛰쳐나갈 태세였다.

팔을 뻗어 소산의 어깨를 틀어잡으려던 능운상은 한순간 멈칫하며 손을 거두고 말았다.

문득 좀 전에 보았던 소산의 그 이해할 수 없는 용력과 용맹을 떠올린 것이다.

뒤이어 쌍맹의 힘과 투지 또한 무공이 있고 없고 하는 것을 떠나, 이미 보통 사람의 범주를 한참이나 넘어서 있는 것이라는 생각이 뒤따랐다.

그리고 결정적으로는 예령의 기색이었다. 비록 적들을 맞아 조금의 쉴 틈도 없이 급하게 검을 놀리는 중이었으나 그녀에게서는 소산과 쌍맹에 대해 걱정스러워하는 기색이 역력했다. 그러나 그런 중에도 그녀가 막상 소치의 명령에 대해 이의를 제기하거나 혹은 소산 등을 말리려 나서지는 않고 있다는 데 대해 능운상은 그제야 소산과 쌍맹에게 그가 아직까지 자세히 알지 못하는 어떤 다른 면모가 있다는 것을 보다 분명하게 짐작해 볼 수 있었다.

그리고 소산 등의 그러한 면모야말로 지금 소치가 그들로 하여금 감히 적의 철갑기마에 대해 맨몸으로 돌진할 것을 명령할 수 있는 근거가 되는 것이며, 또한 그 명령의 무모함에도 불구하고 그들 스스로는 물론, 그 명령의 무모함을 익히 알고도 남을 예령이 적극적으로는 만류하지 않는 이유가 되는 것이라는 사실도.

"모두 약속된 위치를 잘 숙지해 두게. 그리고 불길이 사방으로 번지기 시작하면 곧바로 돌아와야만 하네."

소치의 말이 있은 바로 그 순간, 소산이 앞쪽의 바위를 돌아 달려나갔다. 그 뒤를 쌍맹이 바짝 따라붙었다.

그러나 그들은 곧바로 암석군 주위를 선회하던 기마들과 맞닥뜨려야만 했다.

두두두둑!

먹이를 본 맹수처럼 철갑기마들이 속도를 높여 맹렬히 질주해 왔으므로 소산과 쌍맹은 채 열 걸음도 달려나가지 못하고 멈춰 서야만 했다.

곧바로 한 자루의 창이 바람을 가르며 날아왔다.

쐐액!

그러나 소산은 창을 피할 생각도 없이 꿈쩍도 않고 버티고 서 있었다.

다행히 창은 소산의 어깨 어림을 스쳐 지나가 서너 걸음 뒷쪽에 좌우로 벌려 서 있던 쌍맹의 발 앞에 깊숙이 꽂혔다.

콱!

그런데 소산이 이미 만용을 부린 탓인지 쌍맹 또한 어깨를 조금 움찔하였을 뿐, 화들짝 피하는 대신에 그냥 버티고 서 있는 모양새를 취하고 있었다.

일제히 장창을 들어 겨눈 철갑기마들이 정면으로 질주해 오는 광경은 마치 하나의 거대한 철벽이 무너져 내리는 것 같았다.

두두둑!

두두두둑!

그러나 소산과 쌍맹은 여전히 그대로 버티고 선 채였다.

그리고 이윽고 선두에 선 두 필의 철갑마가 어깨를 나란히 한 채 그대로 소산을 짓밟고 지나가려는 순간, 횡으로 뉘여놓았던 소산의 장창이 돌연 맹렬한 기세로 회전했다.

부웅!

소산의 장창은 땅바닥을 쓸듯이 아래쪽을 훑고 있었다.

이미 한 번의 경험이 있기에 철갑기마에 대해 그가 할 수 있는 최고의 공격법이 바로 말의 다리를 노리는 것이란 걸 알고 있는 것이다.

이히히힝!

소산의 장창이 갑자기 일으키는 거창한 기세에 질주해 오던 두 마리의 철갑마는 본능적으로 위협을 느꼈는지 길게 울부짖으며 소산을 피해 가려 했다.

그러나 말과 기수가 걸친 철갑의 무게와 달려오던 속도에 의한 관성력이 그리 간단한 것이 아니었기에, 철갑마는 쉽게 방향을 틀지 못하였다. 그리고 맹렬하게 바닥을 쓸어가던 장창은 그대로 철갑마들의 다리를 부수고 지나갔다.

히히힝!

이히히힝!

철퍽!

철퍼덕!

두 기의 기마가 울부짖으며 그대로 바닥으로 처박혔고, 마상의 철갑무사들은 멀리 앞쪽으로 팅겨져 버렸다. 뒤이어 철갑마들은 그 동체(胴體)로 미끄럼을 타면서 앞으로 쭉 밀려 나갔다.

그리고 그 돌발적인 상황에 뒤따르던 기마들의 대오가 잇달아 흐트러졌다. 십여 기의 기마가 마치 암초를 만난 급류처럼 급격히 좌우로 갈라지면서 소산의 장창이 가지는 회전 반경을 겨우 피해내며 지나쳐 갔다.

그러나 그들의 뒤에는 다시 그들을 기다리는 복병이 버티고 있었다.

바로 쌍맹이었다.

그때 철갑마들은 놀람이 미처 진정되지 않아서 그 움직임들이 몹시 거칠었고, 마상의 철갑무사들 또한 갑작스럽게 일어난 돌발 상황에 미처 길고 무거운 장창을 제대로 추스르지 못하고 있었다.

그러기에 바로 눈앞에 새로운 장애물로 나타난 쌍맹이 그저 투박해 보이는 나무 몽둥이 하나씩을 들고 서 있는 것을 보고는, 그대로 철갑마의 동체로 밀어붙이고 나갈 작정을 한 모양이었다.

그러나 결과적으로 그것은 그들의 커다란 오판이었다.

그들의 상대가 바로 쌍맹이었기 때문이다.

두 눈과 귀만을 내놓고 철갑으로 전신을 감싼, 자신들의 거구보다 한참이나 더 거대한 철갑마의 동체가 뜨거운 김을 훅훅 내뿜으며 덮쳐 오고 있는데도 쌍맹은 피할 생각이 조금도 없어 보였다. 오히려 그들의 부리부리한 두 눈에서는 지금 불같은 투지가 솟구치고 있었다.

마침내 쌍맹은 각기 한 마리씩의 철갑마와 조금의 양보도 없이 정면으로 충돌했다.

거구의 두 인간과 그보다 더 큰 동체를 지닌 두 마리 철갑마의 충돌. 그 어이없는 정면 충돌에서는 쾅! 하는 굉음이 생겨났다.

이어 도저히 믿기 힘든 광경이 벌어졌다.

달려오는 말들과 정면으로 부딪친 쌍맹은 그 충격에도 불구하고 튕겨 나가지 않았다. 오히려 말의 가슴 밑으로 파고들며 그 동체에 바짝 붙어버리는 묘한 장면을 연출하는 것이었다. 그러나 말들이 달려오던 관성력은 어쩔 수가 없는 것이어서, 쌍맹은 말의 동체에 달라붙은 채로 뒤로 한참이나 밀려나고 있었다.

파아아앗!

쌍맹의 두꺼운 두 다리가 전력을 다해 버티면서 땅바닥에는 네 가닥의 깊은 고랑이 파였다. 그리고 고랑의 궤적을 따라서는 뿌연 흙먼지가 회오리처럼 일어나고 있었다.

그러나 쌍맹이 그처럼 밀리는 것은 대략 이 장여 정도까지였다.

그때부터 쌍맹은 마치 말과 씨름을 하는 듯한 기이한 형국을 만들어냈다. 그들은 두 다리로 굳건히 버티면서 자신들의 머리로 말의 대가리를 받치는 한편, 어깨로는 말의 가슴을 밀어붙이고, 두 팔로는 말의 모가지를 끌어안았다. 그런데 그 완력이 얼마나 대단했던지, 말들이 '푸르륵!' 거리며 힘을 쓰는데도 더 이상은 단 한 치도 쌍맹을 끌고 나가지 못하였다. 그런 모습은 그야말로 말과 사람 간에 치열하게 육탄전을 벌이는 형국이었다.

그때 마상의 무사들은 장창을 버리고는 허리에 차고 있던 검을 빼 들어 쌍맹을 찌르려 했다. 그러나 전신을 철갑으로 감싼 그들의 움직임은 아무래도 말 위에서 기민하게 움직일 만큼 자유롭지가 못했다. 더욱이 쌍맹은 말의 가슴팍 아래로 완전히 파고들어 있었기 때문에, 무사들의 검이 미치기는 더욱 어려웠다.

"우아?!"

"우아?!"

연이어 터져 나온 그 특이한 외침은 바로 쌍맹의 기합 소리였다. 쌍맹이 한순간 두 팔로 감싸 쥐고 있던 말의 모가지를 좌우로 비틀며 용을 써대기 시작한 것이다.

이어서 다시 한 번의 믿기 힘든 광경이 벌어졌다. 두 머리 말의 거대한 동체가 일시 비틀거리더니 어느 순간 기우뚱하며 차례대로 바닥으로 나동그라지고 만 것이었다.

쿵!

콰당!

그것은 눈으로 보고 있으면서도 차마 믿기 힘든 엄청난 용력이었다.

그때 쌍맹은 두 눈에 잔혹한 살기를 휘번뜩이고 있었는데, 그런 모습에서는 그들이 과연 보통 때의 그 순박하고 맑던 맹룡과 맹호인지 의심할 수밖에 없었다. 두 사람은 지금 마치 두 마리의 성난 맹수와도 같은 모습이었다.

한순간 쌍맹은 말에서 튕겨진 채 철갑의 둔중함으로 인해 미처 일어나지 못하고서 버둥거리고 있는 무사들을 향해 득달같이 덮쳐들었다. 그리고 마구잡이의 몽둥이질이 시작되었다.

펙!

퍼퍽!

곧바로 처절한 비명과 함께 피와 살 조각들이 사방으로 튀었다.

"으악!"

"크아악!"

참혹한 광경이었다. 잔혹한 만행이었다.

일전에도 그러한 적이 있었지만, 쌍맹은 일단 싸움에 돌입하면 마치 흉신악귀(兇神惡鬼)와도 같이 완전히 다른 면모로 일변해 버리는 데가 있었다.

"지금이다. 가라!"

소치의 단호한 외침은 쌍맹의 용력과 또한 그 잔혹함에 대해 일시 멍한 모습으로 되어 있던 능운상과 무무를 퍼뜩 다급한 현실로 돌아오게 만들었다.

팟!

파앗!

곧바로 두 사람의 신형이 바닥을 박차고 쾌속하게 쏘아져 나갔다.

第八章
소산신위(小山神威)

지존
석산 평전

온 들판에 붉은 기운이 급속히 번져 나가고 있었다.

불길이었다.

안 그래도 바짝 마른 갈대숲인데다 마침 바람까지 부니 불길이 번져 나가는 기세는 마치 노한 파도가 사방으로 밀려 나가는 것 같았다.

화르르륵!

타다다닥!

바람에 불길이 옮겨가는 소리며 마른 갈대 줄기가 타 들어가는 소리들이 요란한 가운데, 매캐한 연기는 삽시간에 천지 사방을 자욱하게 만들고 있었다.

이히히힝!

푸르르르륵!

놀란 말들이 마구 울부짖는 소리가 어지러이 울리는 가운데, 철갑기마대는 불길을 피해 우왕좌왕하며 금세 혼란지경으로 빠져들고 있었다.

금방 수장 앞이 잘 보이지 않을 정도로 연기가 번졌으니 함부로 말을 달릴 수 없음은 물론이고, 어디로 불길과 연기를 피해 나가야 할지 방향조차 구분하기 힘들었다.

소치 등이 있던 암석군 주변도 상황도 마찬가지였다.

바로 인접한 언덕의 갈대숲으로도 불길이 번지면서 몰려오는 연기와 열기로 주변의 사방을 분간하기 어렵게 된 것은 물론이고 호흡마저 곤란해지고 있었다.

그래도 그 덕분으로 무너지기 일보 직전의 상황에서 마침 적들의 기마가 혼란에 휩싸이며 사방으로 흩어져 버린 것은 참으로 다행이라고 해야 할 일이었다.

점점 더 힘겨워지는 호흡을 참고서 사방의 시계가 완전히 흐려질 때까지 잠시를 더 기다렸다가 소치는 예령과 소소 등을 재촉하여 의지하고 있던 암석군을 벗어났다. 그리고 그곳으로부터 정남향(正南向)으로 가상의 방향을 잡아 신속히 움직였다. 보이지 않는 개울 바닥을 손으로 더듬다시피 하여 그들이 당도한 곳은 본래 있던 곳으로부터 십여 장을 내려가 개울이 다소 급한 굽이를 이루며 움푹 파인 비탈과 면해 있는 곳이었다.

비탈에 몸을 숨긴 채 그들은 굽이의 안쪽 바닥으로 실개천

을 이루며 근근이 흐르고 있는 물줄기에다 옷소매를 적셔 코
와 입을 막았다. 이제는 능운상과 소산 등이 돌아올 때까지 기
다려야 하는 것이다.

사방 여기저기에 놓은 불이 이윽고 몇 가닥의 커다란 불길
의 세력을 이루며 사방으로 번져 나가기 시작하자 능운상은
무무와 함께 소산과 쌍맹이 있는 쪽을 향해 달려가며 크게 외
쳤다.
"산 아우! 이쪽으로!"
이제는 그들이 남은 일행들과 약속한 장소로 돌아가야 할
때였다. 남은 일행들 중에서 제대로 무공을 지닌 사람은 예령
뿐이었기에, 그런 이유 때문에라도 그들은 최대한 빨리 돌아
가야만 하는 것이었다.
쌍맹과 소산의 앞쪽으로 나서면서 능운상이 소산을 보고 말
했다.
"이제 그 장창은 버리는 게 좋겠네!"
사실 소산의 장창은 이제 더 이상의 소용이 있을 것 같지 않
았고, 신속하게 이동하는 데는 오히려 거추장스러운 짐만 될
것 같았다.
그런데 소산이 너무 미련없이 장창을 놓아버리는 바람에 설
핏 당혹스러운 모습이 되고 만 능운상이 다시 물었다.
"아우! 혹시 다른 병기는 가진 게 없나?"

능운상의 물음 덕분에 소산은 그동안 잊고 있던 한 가지를
퍼뜩 떠올릴 수 있었다.

바로 묵아(墨兒)였다. 소치에게 예물로 받고 단 한 번 휘둘
러 본 대가로 멀쩡한 옷 한 벌을 망치고 난 이후로는 다시 손에
잡아본 적이 없던 그놈. 원래는 제황지검(帝皇之劍)이니 제황
사검(帝皇絲劍)이니 하는 좀 묘한 이름들로 불리었으나, 소산
자신이 직접 묵아라고 이름 붙인 한 자루 검.

지잉!

그것은 묘한 울림의 소리였다. 주변의 급박함과 소란스러움
속에서도 기이하도록 경쾌하고도 청아한 여운을 남기는 그 맑
은 울림에 능운상과 무무는 소리의 진원지로 시선을 돌려보지
않을 수 없었다.

소리의 진원지는 바로 소산의 왼쪽 팔목 어림이었다. 그리
고 그들은 환상처럼 한 자루의 검이 생겨나 소산의 오른손에
쥐어지는 장면을 목격할 수 있었다. 한 자루 흑색 일색의 특이
한 나검(裸劍)이었다.

그러나 특이하다는 생각도 잠시뿐, 이내 바닥을 향해 축 늘
어져 흐느적거리는 그 한 자루 볼품없는 연검에 대해 능운상
과 무무는 차라리 어이없다는 기색들이 되고 말았다.

하지만 그들의 그런 기색은 금세 또다시 의아함과 호기심으
로 바뀌었다. 소산이 슬쩍 팔목을 흔들자 그 볼품없이 늘어져
있던 시커먼 연검(軟劍)은 돌연 되살아나듯이 은은한 묵광(墨
光)을 흘리며 파르르 몸을 떠는 것이었다. 그리고 연검은 다시

금 기이한 웅얼거림을 흘려내고 있었다.

지이잉!

그 웅얼거림은 무언가를 하소연하는 듯도 했고, 혹은 자신의 위험성을 주위에 경고하는 소리로도 들렸다.

그때 소산이 다시금 슬쩍 팔목을 비틀었고, 그 시커먼 검, 묵아는 비로소 제 본색을 드러내기 시작했다.

취리릿!

묵아의 늘씬한 검신이 갑자기 튕겨 올랐다. 그리고는 마치 스스로의 의지로 그리하는 것처럼 꿈틀거리며 휘어지고, 꺾어지며, 다시 뒤틀리는 일련의 연속적인 움직임을 만들어내는 것이었다. 그리고도 모자란 듯이 묵아는 마치 독오른 뱀처럼 그 검극을 오만하게 낭창거리고 있었다.

그런데 그러한 일련의 움직임들이 다만 소산의 간단한 팔목 비틀림 한 번에서 만들어진 움직임이었다는 데서 묵아의 잠재적 기세는 가히 일촉즉발의 폭발적인 위험성을 지녔다고 할 만하였다.

소산과 쌍맹을 가운데에 두고 능운상이 선두에 그리고 무무가 후미를 맡아 그들은 달렸다.

그런데 그들의 주위 사방으로는 연기가 자욱한 가운데도 어느새 몰려든 수십 기의 철갑기마들이 따라붙고 있었다.

그런 것은 다 소산과 쌍맹 때문이었다. 만약 능운상과 무무만이었다면 그들은 혼란의 틈을 이용해 은밀히 이동해 갈 수

도 있었을 것인데, 경신법과는 거리가 먼 소산과 특히나 거구
인 쌍맹으로 인해 금세 적들의 표적이 되고 만 것이다.

군데군데서 너울거리며 타오르는 불길과 자욱한 연기 속에
서도 쌍맹의 모습은 확연히 눈에 들어왔다. 쌍맹은 지금 적 기
마들의 장창 세례를 피하여 숫제 바닥을 굴러다니고 있었다.

쌍맹이 애초에 무사도를 따질 위인들이 아니니 바닥을 구르
든 기든 그런 따위의 체면과 명예를 따질 위인들이 아니었다.
지금 그들을 온전히 지배하고 있는 것은 다만 생존 본능과 더
불어 가히 지독하다고 해야 할 투지였다. 일단 시작된 싸움에
서 살아남을 수만 있다면, 그리고 상대를 쓰러뜨릴 수만 있다
면, 그 어떤 짓이라도 서슴없이 하고 말 위인들이 바로 그들인
것이다.

바닥을 굴러다니다 일단 말의 가슴 아래로 파고들어 갔다
싶으면 쌍맹의 몽둥이는 사정없이 휘둘러졌다.

빡!

빠악!

쌍맹의 몽둥이에 실린 무작스러운 힘은 말의 다리까지 감싸
고 있는 철갑을 그대로 우그러뜨리고 마는 충격이었다. 그러
니 말의 다리와 발목이 통째로 부러져 나가는 것은 당연한 결
과였다.

이히힝!

이히히힝!

두어 마리 말이 풀썩 바닥으로 고꾸라지면 처절하게 울부짖

었다.

그런데 말들이 안 그래도 불길과 연기에 놀라고 당황한 중에 겨우 기수들의 통제를 따르고 있던 중이었는데, 야수와도 같은 쌍맹의 무지막지한 난폭함을 대하자 주변의 기마들이 모두 우왕좌왕 헤매며 날뛰기 시작하였다.

그런 중에도 쌍맹의 거구는 날뛰는 말들 사이를 이리저리 굴러다니며 무차별적으로 몽둥이를 휘둘러 대고 있었다.

빡!

빠각!

그런 통에 말들은 줄줄이 고꾸라졌고, 그 바람에 마상의 무사들 또한 잇달아서 바닥으로 내팽개쳐졌다.

그리고 그들 무사들은 미처 낙마의 충격을 추스르기도 전에 능운상과 무무의 검과 권을 맞아야만 했다. 무사들이 황망히 창을 버리고 도검을 뽑아 들었으나 이미 철갑마의 높이와 기동성, 그리고 그것들과 어우러진 장창의 이점을 잃어버리고 이제 본신의 무공만으로 맞서게 된 이상, 그들의 역량으로 능운상과 무무를 상대하기란 아무래도 역부족이라고 할 것이었다.

팟!

파앗!

능운상의 검이 연신 번뜩였다.

팡!

파앙!

무무의 권 또한 경쾌한 파공성들을 만들어내고 있었다.

그런 두 사람의 주변으로 무사들이 속속 쓰러지고 있었다.

그래도 능운상과 무무에게 당한 자들은 그나마 나은 편이었다. 더 이상의 전투가 불가능할 정도의 충격과 상처를 입었을망정 어쨌든 대부분이 목숨은 보전할 수 있었으니까.

쌍맹에게 걸린 무사들의 처지는 참으로 참혹하였다. 지옥야차와도 같이 시뻘건 눈빛을 한 두 거한이 마구잡이로 몽둥이를 휘두르며 달려드는 그 공포스러운 형상만으로도 이미 무사들의 오금이 저릴 만하였다.

퍽!

퍼억!

잔혹한 몽둥이질 아래 처절한 비명들이 사방을 울렸다.

"으악!"

"크악!"

무사들은 쓰러진 채 우그러진 투구와 철갑의 틈새 사이로 검붉은 피를 게워 냈고, 다시는 움직이지 못했다.

쌍맹을 전위(前衛) 삼아 능운상과 더불어 마치 한 무더기의 광풍처럼 앞으로 질주해 나아가고 있는 중에, 무무는 문득 소산이 그들과 함께 있지 않다는 것을 깨달았다.

흠칫 놀라 반사적으로 뒤를 돌아본 무무는 부지불식간에 불호를 중얼거리며 그 자리에 멈춰 서고 말았다.

"나무아미타불!"

한참이나 처진 뒤쪽에서 소산은 지금 말을 타지 않은 삼사

십여 명의 철갑무사에 의해 포위된 채 홀로 악전고투를 치르고 있는 중이었다.

그런데 한눈에 보기에도 지금 포위에 갇힌 소산의 모습은 말 그대로 다급하고도 참혹하였다.

그는 지금 전신이 피로 물들어 가히 혈인(血人)의 모습이 되어 있었는데, 그런 중에도 좌충우돌로 뛰어다니며 예의 그 한 자루 묵광의 연검을 맹렬히 휘둘러 대고 있었다.

그때, 그제야 소산의 다급함을 보았던지 쌍맹이 돌연 뒤돌아서 소산이 있는 방향으로 달리기 시작했다.

그리고 퍼뜩 정신을 추스른 무무와 뒤늦게 사태를 파악한 능운상이 뒤따라서 소산을 향해 치달렸다.

소산의 근처로 먼저 당도한 것은 능운상과 무무였으나 그들은 당장에 소산의 위급을 도울 방도를 찾지 못하고 있었다.

지금 그들의 앞에는 근 사십여 명의 철갑무사들이 세 겹이나 되는 견고한 원형진의 형태를 이루고 있었다. 더욱이 그들의 대오는 장창을 지닌 한 겹의 철갑무사들을 가운데로 하여 그 안쪽과 바깥쪽을 도검을 지닌 철갑무사들이 다시 한 겹씩 포진함으로써 장창과 도검의 특성을 살린 치밀한 공수(攻守)의 조화를 엿볼 수 있었던 것이다.

그런 대형에서 철갑무사들의 느리고 둔함은 더 이상 약점이나 단점이 될 수 없었다. 지금과 같은 방어 진형에서 그들은 다만 일사불란한 진보와 퇴보만으로도 가히 철벽과도 같은 견고함을 갖출 수 있을 것이기 때문이다.

그때 쌍맹이 뒤늦게 당도하였는데, 그들은 달려오던 기세 그대로 곧장 적들을 향해 돌진해 갔다. 그 저돌적인 돌진은 능운상이나 무무가 말려볼 수 있는 정도가 결코 아니었다.

그러나 쌍맹의 저돌적 돌진은 이내 적들의 의해 가로막혔다.

능운상이 짐작한 대로 적들은 우선은 가운데 열의 장창이 일제히 찔러 나왔는데, 그 광경은 가히 장창의 숲이 일어섰다고 할 만하였다. 그에 쌍맹이 바닥을 뒹굴고, 또 위로 껑충 도약하면서 있는 재주를 다 부려 빈틈을 파고들려 하였다. 그러나 장창의 숲에 이어 이번에는 움츠리고 있던 바깥쪽 열의 무사들이 일제히 검을 찔러내는 것이었다. 그것은 마치 검이 소나기처럼 쏟아지는 것 같아서 제아무리 앞뒤 가리지 않는 쌍맹의 저돌성이라도 어떻게 버텨볼 도리가 없었다.

쌍맹의 전신이 금세 붉은색으로 물드는 것을 보고서, 능운상과 무무 또한 더 이상 재고만 있을 수는 없었다. 두 사람은 곧바로 쾌속하게 보법을 밟으며 앞으로 짓쳐들어 갔다.

팟!

파앗!

능운상의 상청검은 전에 없이 매서운 살기를 뿌려냈다.

우릉!

펑!

우르릉!

퍼엉!

비록 여전히 살기는 옅었으나 무무의 권은 은은한 뇌성을 동반하고 있었다.

그러나 그들의 합세에도 불구하고 적의 진형은 타격을 받는 그 순간순간에만 일시적으로 출렁거림을 보일 뿐, 결코 그 전체적인 대오를 흐트러지는 않았다.

그리하여 능운상과 무무는 전력을 다해 적들을 몰아치는 중에 상처 입은 쌍맹을 구해 다시 뒤로 물러 나오는 것만으로 일단 만족할 수밖에 없었다.

바깥쪽의 상황과는 별개로 포위망 안쪽에서의 소산의 악전고투는 여전히 계속되고 있었다. 그러나 능운상 등은 소산의 위급을 안타까이 지켜보면서도 당장에는 어떤 방도를 찾지 못하고 있었다.

소산은 묵아를 채찍이나 되는 것처럼 마구잡이로 휘둘러 댔다.

치잉!

치이잉!

그러던 어느 순간 묵아의 묵광이 번뜩이는 가운데 장창 한 자루의 강철 창대가 마치 무로 만들어지기라도 한듯이 그대로 잘려 나가고 있었다.

그 어이없는 상황에 질리고 만 듯, 반 토막 난 창을 든 철갑무사가 주춤거리며 뒤로 밀려났다.

그 기세를 빌어 소산이 앞으로 치고 나가는데, 무사들의 창검과 철갑을 후려치는 묵아의 소리가 소름 끼치도록 날카롭게 울렸다.

촤앙!

촤아앙!

물론 묵아에 닿는 모든 것들이 그대로 다 베어져 나가는 것은 아니었다.

묵아가 아무리 절세의 신병이기라고 하더라도 그것을 휘두르는 소산은 제대로 검을 익히거나 다루어본 적이 없는 처지로, 막상 묵아를 제대로 통제하지도 못하는 상태에서 그저 마구잡이로 휘두르는 것에 불과한 것이다. 그러니 간혹 우연스럽게 묵아가 적의 창검이나 철갑을 정확한 각(角)으로 베는 경우에는 묵아의 신병다움이 여실히 발휘되는 것이었으나, 대부분의 경우에는 그렇지 못하고 어느 정도씩 각을 비껴서 부딪쳤으므로 기껏 손상을 입히는 정도에 그치고 있었다.

그러나 창검이나 철갑이 베어지지 않았다고 해서 적들이 아무런 타격을 받지 않는 것은 아니었다. 낭창거리는 묵아의 검신에 맞은 적들은 놀랍게도 마치 철퇴나 도끼 같은 중병(重兵)과 맞닥뜨리는 듯한 강력한 충격을 감당해야만 했던 것이다.

그리하여 어느 순간부터 적들은 감히 근접해서 소산과 격돌할 엄두를 내지 못하고, 다만 장창으로 견제하며 거리를 벌리려는 형태를 취하고 있었다.

그러나 그런 중에 소산 또한 무사하지는 못하여, 시간이 갈수록 더욱 위태로운 모습으로 화해가고 있었다. 지금 소산의 전신은 그야말로 피투성이여서 그는 마치 피의 소용돌이 속에서 움직이고 있는 것 같았다. 그리고 그의 전신 군데군데에는 크고 작은 상처들이 붉게 혹은 허옇게 입을 벌리고 있었다.

다만 그 상처들이 과연 적의 칼날에 의한 것인지, 아니면 그 스스로가 휘두른 묵아의 검인에 의한 것인지를 구분하기는 다소간 애매한 데가 있었다. 가만히 보면 소산은 이제 적들과 무관하게 그 혼자서 묵아를 휘두르는 데 몰입해 있는 것 같았는데, 그런 중에 묵아는 양날의 검이 되어 주변의 공간을 베는 동시에 이따금씩은 그 주인인 소산의 육신을 또한 베고 있었던 것이다.

소산의 전신 상처들에서 흘러내리는 피는 다시 묵아의 검인에 의해 잘게 갈라지며 사방으로 휘뿌려졌고, 이윽고는 소산의 주위로 한 겹의 혈무를 만들어내고 있었다. 그런 모습에서 소산은 마치 폭주(暴走)를 하고 있는 것 같았다. 스스로의 파멸을 향해 치달려 가는 폭주.

능운상은 격렬하게 검을 떨쳐 내고 있는 중이었다. 어떻게 하든 적들이 이루고 있는 장창의 벽을 뚫으려는 것이었다.

창!

차창!

그러던 중 능운상은 안타까운 외침을 토하고 말았다.

"산 아우! 정신 차리게!"

소산의 처참한 모습을 본 때문이었다.

그러나 그 말밖에 능운상은 소산에게 어떤 실질적인 도움도 줄 수가 없었다. 당장에 적의 방어벽을 뚫을 방도도 없었고, 그렇다고 말로나마 소산에게 어떤 도움을 줄 것도 없었다. 소산이 비록 연검을 쓰고 있다고는 하나, 그 격식도 없고 법도도 없는 마구잡이의 휘두름에 대해 그가 조언해 줄 수 있는 여지는 조금도 없는 것이다.

그때 능운상은 웅혼하게 울리는 일성의 불호성을 들었다.

"아미타불!"

무무였다.

능운상의 몇 걸음을 옆에서 맹렬히 권을 쳐내던 무무가 문득 내력을 실어 장중히 불호를 왼 것이다. 그리고 무무는 이어서 불경을 외우듯이 무언가를 읊조리기 시작했다.

"몸을 움직임에 있어서는 허(虛)와 실(實), 강(剛)과 유(柔), 만(慢)과 쾌(快), 개(開)와 합(合)의 조화를 이루어 면면히 끊이지 않게 하여야 한다. 권(拳)을 쓸 때는 가지런하면서도 견고하게 움켜쥐되 힘이 있어야 하고, 맞힐 때에는 정확하고 사나워야 한다. 장(掌)을 쓸 때는 앞으로 밀고 정면으로 치고 손바닥을 뒤집어 되돌려 치고 감고 누르고 좌우로 채면서 스치게 한다. 구수(鉤手)는 손가락으로 좌우로 유인하여 움키고, 밑에서 받쳐 들고 신속히 잡아채고, 찌르고 후비며 사로잡는다. 충수(衝手)는……."

무무의 그 읊조림이 권법 요결이라는 것을 능운상은 곧바로 알 수 있었다. 능운상 또한 검을 잡기 이전에 기본인 권법부터 수련한 바가 있기 때문이다.

물론 기껏해야 기초적인 권법만을 수련한 후 곧바로 검을 잡았기에 권법, 더욱이 천하 권법의 종주라는 소림 권법에 대해 자세히 알 수 있는 것은 아니었다. 다만 무무가 중얼거리는 요결이 그에게도 사뭇 익숙하게 들리는 것은, 그것이 어떤 비결이라기보다는 아마도 소림 권법의 근간을 이루는 기본 요결이기 때문일 것이었다.

돌연한 무무의 행동에 대해 능운상은 그가 지금 위급한 중에 다시 폭주의 기미를 보이고 있는 소산의 상태를 목도하면서 아마도 무무 자신이 평상시 마음을 가라앉힐 때 암송하곤 했을 권법 요결 중의 구절들을 들려줌으로써 우선 급한 대로 소산의 폭주라도 막아보고자하는 의도일 것이라고 짐작하였다.

하지만 아무리 그렇다 하더라도 지금 소산에게 권법의 요결 따위가 무슨 소용이 있을까.

사실은 무무로서도 어떤 구체적인 대안을 가지고 있는 것은 아니었다.

다만 소산이 스스로를 주체하지 못하고서 마구잡이식의 검 놀림으로 자신의 몸까지를 베고 있음을 안타까워하던 중에, 문득 머리 속에 떠오르는 것이 있어 읊조려 볼 뿐이었다. 그것은 딱히 어떤 체계를 갖춘 권법 비결이라 할 수는 없었고, 그저 그가 평소에 스스로의 권을 완성해 나가는 근간으로써 마음에 담고 있던 일련의 기본적이면서도 원칙적인 요결 중의 일부

구절들이었다. 그런 점에서 무무의 지금 행동은 어디까지나 아직까지 세속의 복잡함에 물들지 않은 순수한 성정에서 비롯된 천진함이라고 해야 할 것이었다.

"원만하게 원(圓)을 그려 상대의 경력을 다른 곳으로 흘려 풀 수 있으니, 곧 화경(化勁)이다. 그런 중에 다시 앞으로 나아가 밀어서 흘리는 법이 있으니, 곧 점경(粘勁)이다. 맞받아 버티지 않고 비켜 물러나면서 부드럽게 당겨 흘리는 법은 주경(走勁)이다. 상대를 맞음에 있어서 상대에게 무거움이 있으면 나는 바로 허(虛)로 변해야 한다. 상대의 힘이 강하면 그 경로의 방향을 변경시켜서 그 힘이 내 몸 옆으로 흘러가게 하라. 또는 상대의 기세에 동조하여 이끌어서 그 기세를 낙공(落空)시켜라."

구절을 읊어 나가던 중 어느 순간부터 무무는 소산이 듣고 있는지 여부에 상관없이 그 스스로의 세계로 빠져들고 있었다.

그리고 그때쯤에는 능운상 역시도 무무의 읊조림에 대해 깊이 귀를 기울이지는 못하고 그저 건성으로만 듣고 있는 중이었다. 무무가 말하는 요결이 점점 더 검과는 무관한 권의 깊은 분야로 접어드는 것도 그랬지만, 적들과 여전히 치열하게 교전하고 있는 중에 주의를 분산시킬 여유를 길게는 가질 수 없었기 때문이다.

그런 중에도 무무의 읊조림은 면면히 이어지고 있었다.

"오로지 피하고 흘리는 것만이 화경의 묘리(妙理)인 것은 아니다. 바깥으로는 유연하되, 안으로는 발(發)의 힘을 포함하는 것이 곧 화경이다. 발은 안에서 밖을 향하여 뿜어내는 탄성력을 말하며, 온몸에 충만한 기운으로 육합의 공간을 빈틈없이 받치는 것과 같이 하는 것이다. 하여 발은 상대의 힘의 충격을 완화시켜서 받은 다음에 그 방향을 되돌리고, 그것에 다시 나의 힘을 더하여 뿌리치는 것이다. 상대의 힘을 대함에 있어서는 화(化)와 발(發)의 묘용을 조화롭게 생각해야 하는데, 화(化)를 얻으면 발(發) 또한 자연스럽게 얻어질 것이다.”

적과의 교전 중 잠깐의 틈을 얻어 힐끗 소산 쪽을 살피던 능운상의 눈빛에 퍼뜩하고 한가닥의 이채가 솟았다. 소산의 검 놀림이 변해 있었던 것이다.

사실은 아주 작고 단순하여 만약에 능운상이 아닌 다른 사람이었다면 보고 있으면서도 쉽사리 알아채기 어려운 정도의 변화로, 다만 이전까지의 마구잡이식 휘두름에서 겨우 질서라고 할 수 있는 한가닥의 미미한 흐름이 생겨난 정도에 불과했다.

그러나 그러한 미미한 변화는 지금 사뭇 의외롭고도 놀라운 결과들을 만들어내고 있는 중이었다.

비록 소산이 묵아를 휘두르는 것에는 여전히 어지러운 측면이 다분하였지만, 간간이 묵아는 특유의 낭창거리는 움직임으로 사뭇 가볍게 육중한 장창을 튕겨냈고, 그럴 때마다 장창을 든 적은 허리를 휘청거리며 뒤로 물러나고 마는 것이었다. 그런가 하면 때로는 부드러운 채찍과도 같이 적의 검을 휘감아

서는 슬쩍 당겨내기도 했는데, 놀랍게도 묵아에 휘감긴 검은
십중팔구 반토막으로 잘려 나가고 말았다.

탕!

취리릿!

묵아의 움직임이 한결 가볍고도 경쾌해지기 시작하면서, 급
기야 철갑무사들의 포위 진형에는 조금씩 당황과 멈칫거림이
생겨나고 있었다.

소소는 물에 적신 옷소매로 입과 코를 가린 채 내내 사방을
살폈다. 자욱한 연기 속으로 말과 사람의 그림자들이 언뜻언
뜻 보였다. 그러나 그것이 소산과 쌍맹 등인지는 구분할 수 없
었고, 더욱이 그들의 무사 여부를 알 수 있는 방법은 없었다.

이히히힝!

"으아악!"

가끔씩 말과 사람의 처절한 울부짖음과 비명이 들릴 때마다
소소는 움찔거리며 지레 놀라곤 했다.

그러다 그녀는 우연찮게 하나의 방법을 생각하게 되었다.
능운상이나 무무, 그리고 쌍맹에 대해서는 몰라도 최소한 소
산의 안전은 짐작해 볼 수 있는 방법으로, 바로 당고의 표정을
보는 것이었다.

소소는 이제 당고에 관해 상당히 많은 것을 알게 되었고, 또
한 그 이상으로 많은 것을 심정적으로 이해해 가고 있는 중이
었다.

그녀가 보기에 당고는 소산과 어떤 심령상의 끈으로 연결되어 있는 것이 분명했다. 소산과 멀리 떨어져 있을 때라도 당고는 소산의 상황에 대해 심령상으로 느끼기라도 하는 듯이 민감한 반응을 보이곤 하는 것이었다. 이를테면 소산이 위기를 느낄 때에는 당고도 같이 흥분하여 그 눈빛이 녹색으로 변했다가 다시 소산이 위기에서 벗어나 안정된 심경으로 되면 당고의 눈빛 역시 본래대로 돌아가는 것이다.

그런데 한동안 수차례나 엷은 녹색을 띠었다가 다시 정상으로 돌아오곤 하던 당고의 눈빛이 좀 전부터는 상당히 안정된 상태를 보이고 있는 중이었다.

그것으로써 소소는 불길과 연기, 혼란으로 가득한 저 벌판 어딘가에 있을 소산이 최소한 지금 현재는 그다지 절박한 지경에 처해 있지 않으리라고 스스로를 위안해 보는 것이었다.

바람의 방향이 갑작스레 바뀌고 있었다. 동에서 서로 잔잔하게 불던 바람은 갑자기 북향으로 방향으로 바꾸어 세차게 불기 시작했다. 그런 탓에 들판 곳곳으로 번져 가며 갈대숲을 태우던 불길은 마치 도망치듯 삽시간에 북쪽으로 달려가 버리는 것이었다.

시계를 가리던 사방의 연기가 빠르게 걷히면서 안문의 얼굴은 심각하게 굳어져 갔다. 상황은 그가 원래 의도했던 것과는 상당히 빗나가고 있는 중이었다.

차창!

차차창!

점차 넓게 시계가 확보되면서 안문 등이 은신하고 있는 개울 굽이로부터 삼십여 장 떨어진 곳에서 치열한 혈전을 벌이고 있는 한 무리의 군상들의 모습이 보이고 있었다.

눈매를 가늘게 하여 살피던 중에 소치는 그들 군상들 중에서도 단연히 돋보이는 두 거구, 쌍맹의 모습을 발견할 수 있었다. 그리고 그 옆에서 격렬하게 움직이고 있는 능운상과 무무의 모습도.

이어 소치는 가만히 미간을 찌푸렸다. 원래 그들은 들판에 불이 확산되는 대로 지금의 이 장소에서 합류하기로 되어 있었다. 그런데 지금 능운상 등은 오히려 이곳과는 등을 진 채 그 반대편에 포진한 적들과 치열한 교전을 치르고 있는 것이었다.

그 이유는 금방 밝혀졌다. 능운상 등이 기를 쓰고 가고자 하는 그쪽, 적들의 진형 안쪽에 갇혀 홀로 좌충우돌하고 있는 소산의 모습을 발견한 것이었다.

멀리서 보기에도 소산의 모습은 붉은색이었다. 그가 원래 입고 있던 옷이 백의였으니, 지금의 붉은색이 의미하는 바는 분명했다. 소산은 지금 피투성이가 되어 있는 것이다.

소소가 참지 못하고 가느다란 비명을 토해냈다.

"아!"

거의 동시에 한쪽의 예령 또한 나직한 침음성을 흘렸다.

"음!"

예령은 빠르게 격전의 전체적인 상황을 일별하였다.

아마도 쌍맹과 소산의 느린 걸음으로 인해 적들에게 발목을 잡힌 것일 터였다. 그러다 소산이 적들의 포위망에 갇히게 되었고, 능운상 등이 그를 구하려 하였으나 적들의 강력한 방어 진형을 깨지 못하고 교전이 교착되고 있는 양상일 것이었다.

쌍맹은 마치 두 마리 상처 입은 멧돼지처럼 계속하여 포위망을 향해 부딪쳐 가고 있었고, 능운상과 무무는 빠른 신법을 구사하며 측면 공격으로 적의 방어진을 흔들려는 시도를 하고 있었다.

그러나 그들은 철벽과도 같은 적들의 방어 진형에 제대로 접근조차 못하고 있는 형편이었고, 또한 그러한 격렬한 공격이 계속된다면 그들이 곧 지치고 말 것이란 사실은 불 보듯 뻔해 보였다.

더욱이 사방의 시야가 확보되면서 그들은 지금 더욱 좋지 않은 상황을 맞고 있었다. 사방에 흩어져 있던 적의 나머지 무리들이 속속 격전장을 향해 몰려들고 있었던 것이다.

"멈추게!"

예령이 앞으로 달려나가려 할 때, 소치가 나직하나 근엄한 목소리로 그녀를 제지했다.

그런데 소치의 그 한마디에는 감히 거역할 수 없는 위엄이 담겨 있었기에 예령은 막 도약하려던 신형을 멈춰 세울 수밖에 없었다.

소치가 엄격한 목소리로 말을 이었다.

“다급할수록 냉철해져야만 하네. 지금 그대가 저들을 도우러 간다고 해서 상황을 반전시킬 수는 없을 것이야. 오히려 여기에 있는 우리들만 속수무책으로 위험에 직면하게 될 뿐이지. 그렇지 않은가? 우리 중에 제대로 무공을 지닌 사람은 그나마 그대밖에 없는데, 그대마저 없는 상황에서 적들을 만난다면 그때에 우리는 꼼짝없이 죽은 목숨들이 아닌가?”

순간 예령의 안색이 차갑게 굳어졌다. 소치에 대한 확연한 반발의 기색이었다.

그러나 예령은 그 반발을 입 밖으로 내지는 못했다. 소치의 말이 비록 냉정하고 지독히도 타산적(打算的)이기는 했지만, 어쨌든 현실을 직시하고 있다는 점도 부인할 수는 없었다.

이어 소치는 한결 달래는 듯한 어조로 되었다.

“조금만 더 지켜보도록 하세!”

“그런 다음에는 무슨 방도가 생기는 것입니까?”

예령의 그 말에는 반발과 기대가 동시에 담겨 있었다. 소치의 냉정한 현실주의에 대한 반발과 그리고 늘 무언가를 감추고 있는 듯한 소치의 숨겨진 어떤 역량에 대한 기대이리라.

그러나 소치는 그저 덤덤하게 대답을 내놓았다.

“허허! 딱히 무슨 방도가 있겠나? 다만 저들이 스스로를 구하기를 바랄 수밖에…….”

“어떻게 그런 말이……?”

위급에 처한 동료를 두고 하는 말치곤 지나치게 태연하고 느긋하기까지 해보이는 소치에 대해 예령은 이윽고 치미는 반발심을 참을 수 없게 되었다. 그러나 그때 다시금 전신으로 은은하게 뿜어 나오는 소치의 위엄 앞에 예령은 차마 뒷말을 잇지 못하고 말았다.

그때 소치가 위엄을 거두며 차분하게 앞쪽을 가리켰다.

"전황을 자세히 보게! 특히 소 제의 상황을……."

예령이 답답하기 이를 데 없는 심정이었으나 그녀 또한 딱히 어떤 방도가 있는 것이 아니었기에 격전이 벌어지고 있는 쪽으로 시선을 돌렸다.

그런데 그때 그녀의 눈빛에 문득 한가닥 묘한 이채가 떠올랐다. 안력을 집중해 다시 본 전황에서 처음 일별했을 때는 발견하지 못했던 몇 가지 미묘한 상황들을 발견할 수 있었던 것이다.

철갑무사들의 방어벽은 오히려 그들이 포위하고 있는 내부로부터 보다 강한 위협을 받고 있는 것으로 보였다. 바로 그 내부에 있는 소산 때문이었다. 놀랍게도 소산이 휘두르는 그 한 자루 묵광의 연검이 보이는 위력은 실로 놀라운 데가 있었다. 예령은 그제야 문득 그 연검이 바로 제황지검(帝皇之劍)이라는 이름과 함께 제황사검이라는 또 다른 이름을 가지고 있으며, 소산에 의해 다시 묵아라는 이름으로 명명된바 있는 바로 그 검이라는 사실을 기억해 냈다.

그런데 지금 그 묵아는 제황사검이라는 이름에 아주 잘 어울려 보였다. 그 묵광의 검신이 마치 한 가닥의 가느다란 철사로 화한 듯이 제멋대로 휘어지고 꺾이며 사방을 마구 헤집고 다니고 있는 것이다. 만약 그 특유의 묵광과 그리고 제 몸에 닿는 것은 무엇이든 가차없이 잘라내 버리는 그 절대의 예리함이 아니었다면, 소산의 주변 공간에 놈이 존재하고 있음을 쉬이 알아볼 수 없을 정도였다.

전신에 상처를 입어 피투성이가 된 상태에서도 소산은 그다지 지쳐 보이지 않았다. 경신의 재간도 없이 이리저리 마구 뛰어다니면서 끊임없이 묵아를 휘둘러 대는 소산의 저돌성과 맹목성에 대해 적들은 은연중에 질려 하는 기색마저 엿보이고 있었다. 적들은 묵아와 정면으로 부딪치는 것을 피하며 장창을 앞세워 주로 찌르는 형태의 공격으로 소산의 접근을 견제하며 포위망을 유지하는 데 주력하고 있었다. 그러나 적들 중에는 어깨를 움켜잡고, 혹은 다리를 절뚝이는 자들이 이미 대여섯에 이르고 있었다.

"아!"

소소가 부지불식간에 토해내는 경악성에 퍼뜩 좌측방을 돌아본 예령은 곧바로 얼굴을 굳히고 말았다.

좌측 사십여 장의 거리에서 지금 십수 기의 기마가 넓게 횡대를 유지하며 달려오고 있는 중이었다.

그런데 그들 기마의 방향이 똑바로 이쪽을 향하고 있다는 데서 예령은 자신들의 위치가 이미 그들에게 발견되었다는 것을 알 수 있었다.

일시 당황했으나, 예령은 이내 결심을 굳혔다. 지금의 상황에서는 조금이라도 먼 곳에서 적들을 맞이하는 것이 그녀가 할 수 있는 최선이었다.

소치를 한 번 보고 나서 예령은 곧바로 신형을 도약시켰다. 그리고 야트막한 개울의 둔덕을 넘어 그대로 십오 장여를 쏘아 나간 예령은 횡렬의 기마 행렬의 한가운데를 향해 그대로 맞닥뜨려 나갔다.

파앗!

얼굴 정면으로 찔러 들어오는 장창을 뺨 옆으로 흘려 보내며 예령은 철갑마들 사이의 좁은 틈새를 빠져나갔다.

이히히힝!

그녀의 한참 뒤에서 한 기의 철갑마가 바닥으로 고꾸라지며 고통스럽게 울부짖었고, 한 옆에는 마상에서 튕겨 나간 철갑무사 하나가 바닥을 뒹굴고 있었다. 예령의 검은 철갑마의 눈을 찌른 것이었다.

그러나 나머지 십수 기의 기마는 그대로 앞을 향해 달려가고 있었다. 예령의 도발에도 불구하고 적들은 애초의 목표를 바꾸지 않았던 것이다.

예령의 얼굴에 일시 다급한 표정이 떠올랐다. 그때 기마대는 이미 소치 등이 몸을 숨기고 있는 개울 굽이의 야트막한 언덕을 그대로 덮쳐들고 있는 중이었기 때문이다.

그러나 예령으로서는 어찌해 볼 수가 없는 상황이었기에, 그녀는 그저 절망의 탄식을 불어낼 수밖에 없었다.

"아아!"

돌연한 상황이 일어난 것은 바로 그때였다.

이히힝!

이히히힝!

막 언덕을 뛰어넘으려던 철갑마들이 일제히 두 발을 허공으로 치켜들며 울부짖고 있었다. 말들은 갑자기 무엇에 크게 놀라거나 극심한 공포에 빠진 모습들이었다.

뒤이어 말들 중 두세 마리가 잇따라 바닥으로 쓰러졌고, 나머지 말들은 극심한 공포에 질린 듯이 마구 날뛰기 시작했다.

그리고 그때 예령은 그녀가 잠시 잊고 있었던 어떤 사실들을 퍼뜩 떠올릴 수 있었다.

'당고인가? 아니면 백아인가?

동시에 예령의 신형은 왔던 길을 되짚어 일행들을 향해 전력으로 쏘아갔다.

누군가 유심히 관찰하고 있었다면, 그 몇 마리의 철갑마들이 참변을 당하는 것이 소소의 가슴 옷자락에 수 놓아져 있던 하얀 박쥐의 무늬가 잠시 사라졌다가 다시 나타나는 찰나에 벌어졌다는 것을 알 수 있었을 것이었다.

백아(白兒)였다.

백아는 순식간에 세 마리 철갑마들의 한쪽 눈을 휑한 구멍으로 만들어놓았다. 그리고 그 지경을 당한 말들이 눈에서 분수처럼 피를 뿜으며 마치 썩은 고목처럼 나뒹굴고 말자 그 참혹하고도 공포스러운 광경에 주변의 다른 말들이 미친 듯이 울부짖으며 마구 날뛰었던 것이다.

순식간에 공포와 혼란에 휩싸이기는 철갑무사들도 마찬가지였다.

그러나 언젠가 소소가 말했던 것처럼 백아는 사람을 해치지는 않았다. 그 덕분에 곧 혼란과 공포를 추스른 십수 명의 철갑무사들은 말을 버리고 뛰어서 개울 바닥으로 내려섰다. 이어 그들은 장창을 앞세우고 소치 등을 향해 거리를 좁혀갔다.

당고가 소소의 곁에서 앞으로 걸어나온 것은 바로 그때였다. 그리고 그때 그녀의 두 눈은 이미 짙은 녹광을 발하고 있는 중이었다. 그러한 당고의 모습은 무언지 모를 무형의 공포로 화해 무사들을 일시 주춤거리게 만들었다.

그러나 그런 중에 무사들 중의 하나가 거침없이 당고를 향해 장창을 찔러냈다.

순간 당고의 주변으로 마치 환각처럼 한 무리의 희미한 녹색 운무가 서리는가 싶더니, 무사는 장창을 바닥으로 떨어뜨리고 말았다. 뿐만 아니라 그는 곧바로 바닥으로 무너져 내리며 목 부위의 철갑을 움켜잡고는 처절한 비명을 내지르는 것이었다.

"크아아악!"

이어 무사는 울컥 거무튀튀한 피 거품을 토해내고는 그대로 움직임을 멈추고 말았다. 미처 투구와 철갑을 벗지도 못한 채였다.

당고는 우두커니 서 있기만 했다. 그러나 이제 그녀의 그런 모습만으로도 무사들은 감히 한 걸음도 더 다가올 엄두를 내지 못하였다.

그때 철갑무사들 중의 누군가가 급히 명령했다.

"모두 물러서라!"

무사들이 도망치듯이 뒤로 물러서는데, 잠시 뒤 그 목소리가 다시 명령했다.

"투창 준비!"

그러자 열 몇 자루의 장창이 일제히 당고를 향해 겨누어졌다.

예령이 당도한 것은 바로 그 즈음이었다. 그녀는 이것저것 가릴 여가없이 곧장 철갑무사들의 대열 한가운데로 뛰어들었다. 곧바로 한줄기 미풍처럼 철갑무사들의 사이를 누비는 예령의 움직임을 따라 검광이 번뜩였다. 그리고 세 마디의 짧은 비명이 잇달아 터져 나왔다.

"윽!"

"큭!"

"크윽!"

한 명의 무사가 목을 움켜잡고 바닥으로 쓰러졌다. 그리고 또 다른 두 명의 무사가 각기 손목과 어깨를 움켜잡고서 비칠거리며 뒤로 물러서고 있었다.

예령의 검은 무사들의 투구와 몸통을 감싼 철갑 사이의 틈새, 그리고 완갑(腕甲)과 견갑(肩甲)의 연결 부분의 틈새를 정확히 찔렀다. 그 틈새들은 아주 좁거나, 혹은 움직일 때만 잠깐

씩 드러나는 것이었기에, 일검으로 정확히 찌른다는 것은 결코 쉽지 않은 일이었다. 그러나 예령은 단숨에 세 번의 찌르기를 성공시킨 것이었다.

그러나 예령의 일방적인 우세는 거기까지였다. 나머지 무사들은 재빨리 거리를 벌렸다가 다시 밀집하여 대오를 갖추면서 그녀를 향해 일제히 장창을 겨누었고, 또 그 사이 사이에는 도와 검을 지닌 자들이 섰다. 그런데 일견 단순해 보이는 그런 배치만으로도 무사들의 대형은 마치 철벽과도 같이 굳건한 기세를 지니는 것이었다. 그리고 그럼으로써 예령은 더 이상의 섣부른 공격을 감행할 수가 없게 되었다. 비록 근래에 검에 대한 그녀의 성취가 일취월장한 것은 사실이나 그처럼 한눈에 보기에도 치밀하게 훈련된 십여 명의 적들이 펼치는 전투 대형을 그녀 혼자서 상대하는 데는 역시 힘에 부친 데가 있는 것이다.

더욱이 예령이 지금 등 뒤에다 소치와 소소 등을 둔 처지에서 함부로 경신의 재간을 펼칠 수도 없는 노릇이었다.

그렇게 예령은 적들의 대열을 공격해 가지도, 그렇다고 물러날 수도 없는 답답한 처지로 몰려 버렸다.

한순간 적들의 진형이 크게 흔들리는 것을 보고 능운상은 퍼뜩 소산 쪽을 보았다. 그리고 곧바로 그의 두 눈은 부릅떠지고 말았다.

그때 소산은 한줄기 검은 돌풍과도 같은 폭발적인 기세로 적들의 포위망을 뚫고 나오는 중이었는데, 바로 직전까지 철벽과도 같은 굳건함을 보였던 포위망이 지금 마치 둑이 터지듯이 한순간에 와르르 무너지고 있었던 것이다.

그런 중에 또 한 가지 능운상으로 하여금 두 눈을 부릅뜨지 않을 없게 만든 것은, 지금 소산의 주변으로 적들의 창검이 그야말로 무 베어지듯 우수수 잘려져 나가고 있는 환상과도 같은 광경 때문이었다. 능운상이 이미 소산의 손에 들린 그 기이한 묵광의 연검이 세상에 드문 신병 급에 속하는 기물이라는 사실을 익히 짐작하고 있는 터였다. 그러나 연검의 길이래야 기껏 삼 척 정도에 불과하였는데도, 지금은 그 길이보다 훨씬 떨어져 닿지 않는 곳의 창검까지도 여지없이 잘려 나가고 있는 것 같이 보이지 않는가? 그것은 마치 그 순간에 연검의 길이가 보이지 않는 가운데 육 척이나 칠 척쯤으로 확장되기나 한 것처럼 여겨지도록 만드는 데가 있었다.

'설마 무형검강(無形劍罡)이란 말인가?'

그러나 능운상은 이내 자신이 지금 다만 잠시간의 눈의 착각을 일으키고 있는 것으로 치부할 수밖에 없었다.

그러한 믿지 못할 광경들은 아주 잠깐 일어난 상황에 불과했을 뿐이고, 더욱이 무형검강이라는 것은 검을 잡은 모두에게 그야말로 꿈의 경지라고 해야만 하는 것이기 때문이다.

바로 그때 적의 포위망을 뚫고 나온 소산이 벼락같이 외치고 있었다.

"쌍맹!"

그 소리에 쌍맹이 즉각적으로 소산의 곁으로 달려왔다.

소산이 멀리 앞쪽을 눈짓으로 가리키고는 곧장 달려나가기 시작했다.

그러자 쌍맹이 또한 조금의 주저함도 없이 곧바로 몽둥이를 휘두르며 앞으로 달려나갔다. 쌍맹의 그런 행동이 소산이 가리킨 삼십여 장 저쪽에서 십여 명의 철갑무사와 대치하고 있는 예령을 본 때문인지, 아니면 소산에 대한 그들 형제의 무조건적인 맹종인지는 알 수 없는 일이었다.

그런데 소산과 쌍맹의 그같은 행동들은 순식간에 이루어진 것이었기에, 능운상과 무무로서는 소산 등의 지금 행동이 오히려 예령 등이 있는 곳으로 다수의 적을 이끌고 가는 결과가 된다는 사실을 말해줄 틈이 없었다. 하여 두 사람 또한 일단은 신형을 날려 소산과 쌍맹의 뒤를 쫓는 수밖에는 달리 수가 없었다.

쌍맹과 소산은 얼마 달려나가지 못하여 곧 주춤 멈춰 서고 말았다. 어디선가 나타난 십여 기의 철갑기마가 그들을 향해 질주해 오고 있었기 때문이다.

그런데 적의 철갑기마들은 이제 쌍맹과 소산이 지닌 저돌성과 파괴력, 그리고 상대적으로 느린 그들의 걸음 등에 대해 어느 정도 파악이 된 모양이었다. 가까이까지 질주해 온 그들은 곧바로 쇄도해 오는 대신에 세 사람을 가운데 두고서 넓게 원을 그리며 선회하기 시작하는 것이었다.

적들이 정면으로 부딪쳐 오지 않고 거리를 유지하며 산발적인 장창 공격만을 하였기에, 쌍맹과 소산 또한 이리저리 좌충우돌할 뿐 적의 기마진을 돌파해 나가지는 못하는 형국이었다. 더욱이 그때쯤 철갑기마들이 선회하고 있는 외곽으로는 무사들이 속속 집결하면서 두터운 포위망을 구축해 들고 있는 중이었다.

그때 마침 능운상과 무무가 달려오는 것을 보고 소산이 크게 외쳤다.

"능 형과 무 형은 곧장 예 소저에게로 가시오!"

철갑기마대는 자신들이 잡고 있을 테니 능운상과 무무는 적들을 우회하여 곧장 가라는 소리일 것이나 능운상과 무무로서는 소산과 쌍맹을 적들 중에 고립된 상태로 남겨두고 그들끼리만 갈 수는 없는 일이었다.

그러나 곧이어 능운상은 문득 지금의 상황에서는 소산의 말을 따르는 것이 최선이라는 또 다른 생각을 하게 되었다. 더욱이 마침 눈빛을 마주친 무무 또한 그런 생각인 것 같았다. 그리하여 두 사람은 급하게 방향을 틀어 각기 적들이 포진하고 있는 좌우로 신형을 쏘아나갔다.

그들이 적진의 옆을 막 통과해 나갈 때 그 안쪽으로부터는 격렬하게 병기 부딪치는 소리들과 말 울음소리, 그리고 몇 마디의 처절한 비명이 동시 다발적으로 들리고 있었다. 필시 소산과 쌍맹이 적들을 묶어놓으려고 전력을 다해 그들과 부딪치고 있는 것일 터였다.

능운상과 무무는 곁을 돌아볼 겨를도 없이 더욱 박차를 가해 앞으로 달려나갔다. 무당 제운종(梯雲縱)과 소림 대나이신법(大那移身法)이 그 진가를 여실히 발휘하고 있었다. 두 사람의 신형은 타고 남은 갈대숲이 까만 잔해로 뒤덮인 평원을 바람처럼 쾌속하게 질주해 나갔다.

달리는 중에 능운상은 언뜻 그런 생각을 했다.

'저들을 두고 가는 것이… 과연 올바른 판단인가?

그러나 누구도 알지 못했고, 심지어는 소산 자신조차도 알지 못했다. 지금 능운상과 무무가 크게 갈등할 여지도 없이 그런 판단을 하게 된 데는 은연중에 발휘된 소산의 춘추화음(春秋和音)이 작용했다는 것을.

第九章
창왕출현(槍王出現)

지존
석산평전

　그 십여 기의 기마가 언제부터 그곳에 서 있었는지는 아무
도 알지 못했다. 그들은 지금 눈앞에서 펼쳐지고 있는 난전들
과는 전혀 무관하기라도 한 듯 조용히 평원의 상황들을 주시
하고 있었다.

　그들 십여 명의 마상 인물들은 하나같이 거무튀튀한 철면
구(鐵面具)를 쓰고 있었다. 사람의 얼굴 형상이 제법 정교하게
표현된 그 철면구는 무표정한데다 거무튀튀한 무쇠의 질감까
지 더해져 차갑고 괴이한 기운을 풍기는 데가 있었다.

　또한 그들은 흑의 무복 위에다 가죽 재질로 보이는 겉옷을
덧대어 입고 있었고, 길이 일 장 정도의 묵창(墨槍)을 들고 있
었다.

그런데 그들 가운데 유독 돋보이는 기마 한 기가 있었다.

그는 다른 인물들과 달리 홀로 은빛의 면구를 쓰고 있었고, 그 면구 뒤쪽으로는 마치 말의 갈기처럼 어깨를 덮는 백발을 길게 늘어뜨리고 있었다.

그러나 그가 돋보이는 것이 그런 독특한 모습 때문만은 아니었다. 묵묵히 서 있는 것만으로도 지금 그에게서는 주변 일대의 모든 것을 한눈에 굽어보며 압도하는 듯한 거대한 기세가 은은히 우러나오고 있었던 것이다.

삐이이익!

예령은 그 한줄기 나직한 휘파람 소리가 들리고 나서야, 그리고 동시에 그때까지 그녀를 압박하고 있던 적들은 갑자기 뒤로 물러나는 것을 보고 나서야, 새롭게 출현한 그 십여 기의 기마들을 발견할 수 있었다.

두두두두!

두두두둑!

은면구인의 일 기를 뒤에 남겨둔 채 나머지 철면구인들의 십 기가 예령을 향해 말을 몰아오고 있었다.

순간 예령의 얼굴은 긴장으로 딱딱하게 굳어졌다. 천천히 다가오는 그들에게서 뿜어져 나오는 기세가 이십여 장이나 떨어져 있는 그녀를 벌써부터 압박해 들고 있었던 것이다. 예령은 암암리에 한 차례 운기를 하고 나서야 안정을 되찾을 수 있었다.

바로 그때 좌측 방향으로부터 두 개의 신형이 맹렬한 속도로 평원을 가로질러 와 예령의 곁으로 당도하였다.

바로 능운상과 무무였다. 그들 두 사람은 예령과 눈인사를 주고받을 겨를도 없이 곧바로 앞으로 나서며 달려오는 열 기의 기마들을 마주하여 섰다.

기마들은 예령 등과 오 장여의 거리를 두고서 멈춰 섰다. 아마도 그들의 앞을 막아 우뚝 버티고 선 능운상과 무무의 기상이 예사롭지 않았거니와, 좀 전 두 사람이 평원을 가로질러 온 신법이 바로 소림과 무당의 절기들이라는 것을 알아본 때문이었을까?

그때 능운상이 포권하며 물었다.

"귀하들은 혹시 십마창(十魔槍)이 아니십니까?"

능운상의 목소리에 약간의 내력이 담겨 있었기에 기껏 오 장여의 거리에서 듣지 못했을 리는 없었지만, 열 명의 철면구인 중 누구도 대답하는 자가 없었다. 다만 열 쌍의 차가운 철면구 속 눈빛들은 잠시 이채들을 떠올렸다.

와중에 놀란 기색이 되고 만 것은 무무였다. 그가 비록 강호 초출이었지만 강호의 일에 대해 들어 아는 것은 결코 적지 않았다. 십마창이라는 능운상의 그 한마디에 곧바로 상대들의 정체를 확연히 짐작해 볼 수 있었던 것이다.

십마창!

마창이라 불릴 정도로 창술(槍術)에서 놀라운 경지를 이룬 열 명의 고수로, 그들이 강호에 마창으로서의 명성을 날리기 시작하는 것이 어언 사십여 년 전이니, 무무가 이 세상에 태어나기도 전부터였다.

그러나 십마창이라는 이름이 무무를 놀라게 만든 정작의 이유는 바로 그 이름의 뒤에 자리하고 있는 또 하나의 이름 때문이었다.

바로 창왕(槍王)이었다. 그리고 그 신화의 무림 거성이 지금 저 뒤쪽에 홀로 서 있는 은면구인일 것이라는 확연한 짐작 때문이었다.

철면구인들의 묵묵부답에 대해 능운상은 그들이 자신들의 정체에 대해 순순히 인정한 것으로 받아들였다. 다음 순간 힐끗 철면구인들, 십마창의 뒷 쪽에 단기(單騎)로 서 있는 은빛 면구의 인물, 창왕을 바라보는 능운상의 눈빛에 한가닥 경외의 염이 담겼다. 그러나 능운상은 곧 표정을 굳히고서 뒷 쪽의 창왕을 향해 소리쳐 말했다.

"팔왕 중 창왕께서 기껏 강호말학(江湖末學)에 불과한 소생 등에 대해 이처럼 무차별적인 공격을 하시는 이유에 대해서 여쭈어도 되겠습니까? 혹시 노선배님께서는 소림과 무당에 대해 소생 등이 알지 못하는 어떤 원한이라도 가지고 계시는지요?"

능운상은 자신과 무무가 소림과 무당의 제자라는 것을 노골적으로 강조했다. 그러자 십마창의 눈빛으로는 언뜻 당혹스러운 빛이 스쳤다. 그러나 십마창 중 왼쪽 끝에 선 인물이 힐끗 뒤를 돌아보고 나서 가볍게 말의 배를 차자 그들 십마창들은 다시금 일제히 앞을 향해 말을 걸리기 시작했다.

"멈추시오!"

능운상이 크게 외쳤지만 십마창들은 차갑고도 무거운 기세로 다가들고 있었다.

능운상은 일시 당황을 감추지 못했다. 상대가 십마창이란 사실이 확실해진 이상, 그와 무무의 능력만으로 그들 모두를 막는다는 것은 결코 가능한 일이 아니었다. 더욱이 십마창의 뒤에는 창왕까지 버티고 있으니 실로 암담하기 짝이 없는 상황인 것이다.

뒤쪽에서 두 마디의 기괴하면서도 맹렬한 고함 소리가 들린 것은 바로 그때였다.

"이야아아아!"

"으아아아아!"

쌍맹이었다.

능운상이 놀라 고개를 돌려보니 저쪽에서 두 줄기의 검은 잿가루가 일어나는 가운데 쌍맹이 맹렬한 기세로 달려오고 있었다. 그런데 지금 그들이 돌진하고 있는 방향은 능운상 등이 있는 쪽이 아니었다. 곧장 십마창을 향해 돌진해 가고 있는 것이다.

금방 쌍맹의 거친 숨소리가 들려올 즈음, 능운상이 와락 얼굴을 일그러뜨리며 크게 외쳤다.

"안 돼!"

그러나 능운상의 다급한 외침만으로는 쌍맹의 맹목적이며

저돌적인 돌진을 조금도 말릴 수가 없었다.

"예 소저! 뒤로 물러나시오!"

능운상의 고함에 예령이 멈칫하자 능운상이 다시 급하게 말했다.

"이곳은 우리가 막아볼 터이니, 소저는 다른 사람들을 살피시오!"

그 말에 예령이 잠시를 더 망설이다가 이내 빠른 걸음으로 뒤쪽을 향해 물러났다. 그것을 지켜본 다음에 능운상과 무무는 곧장 앞쪽을 향해 달려나갔다.

능운상과 무무가 격전의 장으로 뛰어들었을 때 쌍맹은 이미 위급한 지경에 처해 있었다. 흙먼지며 타고 남은 갈대숲의 잔재들이 자욱하게 일어나는 가운데 쌍맹은 십마창의 사이에서 좌충우돌로 마구 몽둥이를 휘두르고 있었다. 그러나 쌍맹은 이미 만신창이로 변해 있었고, 전신 곳곳에서 낭자하게 흐르는 선혈만으로도 그들의 상태는 중상이라고 할 만하였다. 비록 천부적인 용력을 타고났다고는 하나 근원적으로 무공을 지니지 않은 쌍맹에게 십마창이라는 고수들은 감히 잠깐이라도 대적해 볼 수 있는 상대들이 아니었던 것이다.

그나마 지금 십마창들이 가볍게 창을 쓰며 여유있게 쌍맹을 상대하고 있고, 또한 쌍맹에게 타고난 놀라운 신체 능력이 있었기에 겨우겨우 치명상만은 피해내고 있는 형국이었다.

피투성이의 모습으로 금방이라도 쓰러질 듯 비틀거리고 있는 쌍맹에 대해 능운상과 무무는 일단 그들을 가운데에다 두고 각각 앞뒤로 지키는 형세를 만들었다.

무무가 두 무릎을 구부려 완연한 궁보(弓步)의 자세를 취한 것은 바로 그때였다. 그리고 이내 무무에게서는 이때까지 보지 못했던 기이한 무형의 기세가 감돌기 시작했다.

우르르릉!

마침 정면으로 짓쳐드는 한 기의 기마를 향해 천천히 뻗어내는 무무의 일권에서 난데없이 은은한 뇌성이 울리고 있었다. 그리고 동시에 무무의 권으로부터는 무형의 힘이 마치 기둥을 이룬 듯 상대를 향해 쭉 뻗어나가는 것이었다. 마상의 상대는 자신을 향해 쇄도해 오는 듯한 중압감에 대해 경악하며, 그 중압감의 중심을 향해 맹렬히 창을 찔러냈다. 그런데 그의 창극이 무무의 권으로부터 아직도 칠팔 척이나 떨어져 있는 시점에서 돌연 커다란 충돌음이 일어나는 것이었다.

쾅!

그리고도 그 십마창 중의 일 인은 충돌의 여파를 흩트리듯이 한 차례 더 격렬하게 창을 회전시키고 나서야 말머리를 틀어 무무의 곁을 비껴 지나갔다. 그리고 이 장여를 내쳐 달려나가고 나서야 급하게 말을 돌려 세운 그가 탄식처럼 외쳐 물었다.

"이것은… 혹시 백보신권(百步神拳)인가?"

무무는 굳이 답하지 않았는데, 그때 그의 기색은 사뭇 무거워 보였다.

백보신권! 그 권력(拳力)이 백 보 밖에까지 미친다 하여 신권이라는 이름이 붙은, 소림의 백팔종 절기 중에 당당히 이름을 올려놓고 있는 권법이다. 그러나 소림 역사상 누구도 백보신권으로 강호에 명성을 떨친 예는 없었고, 더욱이 정말로 백 보 바깥까지 권력을 떨친다는 것도 결코 현실적이지는 못했다. 그러기에 백보신권은 천하권법의 본산지인 소림의 권을 대표적으로 상징하는 권법으로서만 강호에 인식되어 온 것이 사실이다.

그러나 바로 그 백보신권을 일생일대의 목표로 삼은 사람이 바로 무무였다.

백보신권의 현실적인 가능성의 여부는 사실 무무에게 중요한 것이 아니었다. 다만 무공을 구도(求道)의 수단으로 삼은 그에게 백보신권은 그가 일생 정진의 목표로 삼은 하나의 화두인 것이다.

두 발로 대지를 밟고 우뚝 버티고 서서 부릅뜬 두 눈으로 전방을 직시하고 있는 무무에게서는 지금 가히 천왕의 기세가 흐르고 있었다.

소치와 소소 등을 뒤쪽 오 장여 거리에 두고 선 채 앞쪽의 상황을 주시하고 있던 예령의 눈빛에 언뜻 감탄과 경외의 빛이 서렸다. 그녀의 시선은 주로 능운상에게로 맞추어져 있었는데, 우뚝 선 자세에서 지면을 향해 늘어뜨린 능운상의 상청검에 지금 은은한 자색(紫色)의 빛이 돌기 시작했기 때문이다.

상청검에 서린 그 자색의 빛이 혹시 태극혜검의 빛이 아닐까 하고 예령은 퍼뜩 직감해 보았다. 비록 전해지는 말로만 들었을 뿐 태극혜검의 실체가 어떤 것인지 그녀로서는 알 리가 없었지만, 그녀 또한 검에 일생의 뜻을 둔 처지로써 돌연히 가져 보는 직감이었다.

그때 능운상은 문득 십마창이라는 존재들에 대한 경계와 긴박감에서 벗어나 상대가 아닌 스스로의 검에 진지하게 몰입해 들고 있는 중이었다. 그것은 그가 지금 선 자리로부터 결코 한 발도 물러설 수 없다는 극단의 각오 중에 홀연히 일어난 일이었다. 그러나 막상 자신의 상청검이 은은하게 자광(紫光)을 띠기 시작했다는 사실과 더욱이 그것이야말로 그가 그토록 숙원하고 있던 태극혜검의 두 번째 단계로 접어드는 하나의 표징(表徵)이라는 사실을 느끼지는 못하고 있었다.

우우우웅!

상청검이 나직하게 울었다. 그리고 능운상은 천천히 검을 움직이기 시작했다.

가볍게 횡으로 허공을 베어가는 상청검의 검인에 한순간 자광(紫光)의 빛무리가 번개처럼 일었다.

파아아앗!

동시에 마침 능운상을 향해 압박해 오던 두 기의 철갑마 위에서 다급한 소리들이 흘러나왔다.

"헉!"

"어헛!"

이어 능운상의 좌우로 비껴 지나가는 십마창 중 두 사람의 손에는 창극부가 깨끗하게 잘려 나간 반 토막의 창이 들려 있었다.

한순간 예령은 문득 그녀 자신이 능운상의 검에 동화되고 있는 느낌을 받았다. 능운상의 검에서 하나의 공감대를 발견해 낸 것이다. 그것은 동적인 격렬함보다는 다분히 정적인 부드러움의 측면이었다. 또한 요 근래 그녀의 머리 속을 온통 채우고 있는 무상검결 중의 유운결(流雲訣)의 보다 구체화된 실체의 일부이기도 했다.

능운상의 검이 그리는 궤적에서는 그때 월광이 가득하던 날 밤 객잔의 후원에서 그가 설파했던 검의 이치들이 곳곳에 녹아 있었다. 그렇게 아주 잠깐 동안 예령은, 그녀가 이때까지 미처 생각해 보지 못했던 검의 또 다른 세계에 살풋 한발을 내딛어 그 새로움을 살짝 엿보는 듯한 묘한 희열에 빠져들었다.

그러나 예령의 그런 희열은 이내 안타까움으로 바뀌었다. 능운상의 검이 이내 파탄의 조짐을 드러내고 있었기 때문이다.

예령의 그런 발견은 역시 그녀가 능운상의 검에서 잠깐 느꼈던 어떤 긴밀한 공감에서 나오는 직감과 같은 것이었다. 능운상의 검이 이제 새로운 경지의 초입에 도달한 것은 분명해 보이나, 그곳에서 그는 다시 어떤 벽에 가로막혀 본격적인 본류의 흐름으로 나아가지는 못하고 있는 것 같았다. 그러한 벽이란 것은 내공의 벽일 수도 있었고, 보다 완숙함을 필요로 하는 것일 수도 있을 것이었다.

능운상이 느끼고 있을 그 벽이 곧 자신의 벽인 듯 짙은 아쉬움에 빠져 있다가 예령은 문득 시선을 들었다. 주변의 전반적인 정황을 살피기 위해서였다.

그리고 곧바로 그녀는 딱딱하게 얼굴을 굳히고 말았다. 은빛 면구의 인물, 바로 창왕이 탄 말이 십마창 등이 벌이고 있는 격전의 장을 우회하여서 곧장 그녀가 있는 쪽을 향해 다가오고 있는 중이었던 것이다.

예령은 이내 심령을 짓누르는 듯한 무거운 기세를 느껴야만 했다. 어느새 삼 장여 앞까지 다가와 말을 멈춰 세운 창왕이 똑바로 그녀를 응시하고 있었다.

"비켜서거라! 아이야!"

은빛 면구 안에서 장중하면서도 무거운 목소리가 울려 나왔다.

입술을 한 번 깨물고 난 예령이 문득 어깨를 곧게 폈다.

"저는 검가의 예령입니다."

예령의 그 짧은 대꾸에는 그녀의 자부심과 명예, 그리고 결코 물러서지 않겠다는 단호하고도 강인한 의지가 함께 녹아 있었다.

창왕이 잠깐의 이채가 떠올렸다. 그러나 그는 곧 묵묵히 말 안장에 걸어 두었던 한 자루의 은창을 집어 들었다.

그것은 기이한 광경이었다.

위이이잉!

창왕의 손에서 홀연히 허공으로 떠오른 은창이 주변의 대기를 나직이 울리며 느릿하게 앞으로 나아가고 있었다. 그러나 비록 느린 속도였지만 그 한 자루의 은창이 갈무리하고 있는 기세는 너무도 엄청난 것이어서 앞을 가로막는 그 무엇이라도 그대로 꿰뚫고 지나갈 듯하였다.

그 창이 나아가는 정면에 예령은 서 있었다. 한순간 그녀의 어깨가 부르르 떨렸다. 그러나 그녀는 결코 피하지 않았다. 창과 그녀를 잇는 뒷쪽으로의 연장선 상에 소치와 소소 등이 있었고, 지금 은창에 갈무리된 놀라운 기세로 보아 만약 그녀가 피한다면 은창이 노리는 것은 결국 그들이 될 것이기 때문이다.

하지만 등 뒤의 사람들을 위해서 그래야 한다는 것보다는, 예령에게는 지금 명백하고도 노골적으로 압박해 오고 있는 그 은창의 위협에 대해 결코 굴할 수 없다는 강력한 투지가 우선이었다. 물론 창왕이라는 거대한 존재에 비하자면 그녀 자신은 감히 비교조차 할 수 없는 보잘것없는 존재라는 사실에 대해 그녀는 분명히 인지하고 있었다. 그러나 그럼에도 불구하고 그녀에게는 스스로 추구하고 있는 궁극적인 가치가 있었기에 그녀를 압박하는 그 어떤 위험과 위협에 대해서도 결코 굴할 수가 없는 것이다.

예령은 문득 희미한 미소 한 조각을 배어 물었다.

콰아아아!

거대한 기세를 뿜으며 은창은 이미 가까이 다가와 있었다.

예령의 얼굴이 한순간 차분한 기색으로 돌아갔다.

그리고 한가닥 맑은 검명이 울려 퍼졌다.

차앙!

순간 그녀의 주변으로 홀연 한 무리의 조밀한 검망(劍網)이 일어났다.

그러나 예령에게 지금 어떤 검초나 검식을 펼친다는 생각은 없었다. 그녀가 펼쳐 낼 수 있는 그 어떤 검식으로도 은창의 거력을 감당할 수는 없기 때문이다. 다만 그녀는 자신이 할 수 있는 최선만을 다하기로 하였다. 비록 검이 펼쳐진 지금에도 그 최선이 무엇인지는 잘 알 수 없었지만.

그런데 검은 마치 그녀의 의지와는 상관없이 다만 외부로부터 압박해 들어오는 거대한 힘에 대응하여 저절로 검로(劍路)를 잡아가고 있는 것 같았다. 그리고 그녀의 검은 하나의 검벽(劍壁)을 만들어내고 있었다. 예령은 문득 자신의 의지가 검벽을 이루고 있는 하나하나의 검들과 모두 통하고 있다는 생각을 했다. 이어 그녀는 검벽의 중심으로 몰입해 가는 중에 이런 것이야말로 어쩌면 무상검결의 이초인 유운결이 전개되는 실체의 하나가 아닐까 하는 생각을 마치 자신의 일이 아닌 남의 일처럼 무덤덤하게 떠올렸다.

한순간.

쾅!

귓전으로 울리는 벼락치는 소리와 함께 그녀는 무언가 전신을 관통하는 듯한 격렬한 충격을 느꼈다. 이어 무려 이 장여를 튕겨 나간 후에야 그녀는 두 발로 바닥을 찍고 가까스로 몸을 세울 수 있었다. 그러나 그녀는 이내 허리를 접으며 격렬하게 한줄기의 피를 토해내고 말았다.

그때 창왕이 느릿하게 말을 걸려 예령의 앞으로 다가서면서 나직이 울리는 목소리로 말했다.

"어린 나이로 볼 때 너의 무공 성취는 칭찬할 만하여서 과연 검왕의 후예답다고 하겠다."

그리고 창왕은 겨우 버티고 서 있는 예령을 잠시 찬찬히 살펴보다가 문득 차가운 기세를 더하며 말을 이었다.

"그러나 아이야! 노부가 검왕과의 옛 인연을 감안하는 것은 여기까지다. 만약 네가 여전히 노부의 앞길에서 비켜나지 않는다면 노부는 너를 밟고 지나갈 것이다."

예령은 이를 악물었다. 그리고 금방이라도 무너져 내리려는 두 다리에 사력을 다해 힘을 주어 버티었다. 지금 그녀가 할 수 있는 최선은 그것뿐이었다. 그러나 그녀의 얼굴은 시리도록 하얗게 질려 있었다.

그때 창왕이 짧은 외침으로 말을 독촉했다.

"하!"

그러자 말은 앞다리를 허공 높이 치켜들며 거칠게 울부짖었다.

이히히힝!

자신이 공언한 그대로 창왕은 거침없이 예령을 말발굽 아래로 짓밟고 지나갈 기세였다.

예령은 마지막 혼신의 힘을 짜내어 겨우 검을 들어 올렸다. 그러나 곧바로 허리를 휘청하며 그녀는 결국 한쪽 무릎을 꺾고 말았다. 하지만 한쪽 무릎을 꿇은 상태에서도 그녀의 검은 여전히 앞쪽을 향해 겨누어져 있었다. 결코 물러서지 않겠다는 그녀의 의지였다.

그것은 그녀의 마지막 의지였다. 그때쯤 그녀의 의식은 이미 아득한 혼돈 속으로 잠겨가고 있었으니까.

예령의 한쪽 무릎이 바닥에 닿는 것을 보면서, 그리고 이제 막 그녀를 짓밟을 태세인 창왕을 보면서, 안문은 다급한 눈빛으로 퍼뜩 당고의 모습을 훑었다.

당고는 무심하기만 했다. 그러나 좀 전에 잠시 보였던 녹안(綠眼)의 공포스러운 모습보다는 지금 백치로서의 무심한 모습이야말로 당고 본래의 모습이라고 할 것이었다.

안문의 시선은 이어 소소에게로 향했는데, 바로 그때 소소의 자그마한 입술이 열리며 급한 한마디가 새어 나왔다.

"백아(白兒)!"

그리고 이번에야말로 안문은 소소의 가슴팍 옷깃에 수놓아져 있는 그 순백의 무늬가 홀연히 사라지는 것을 분명히 볼 수 있었다. 순간 안문의 시선은 반사적으로 창왕 쪽을 향해 돌려졌다.

　애마의 발굽이 예령의 머리를 찍어 누르기 직전에 창왕은
어디선가 슛! 하는 희미한 소리를 들었다. 멀리서 은은하게 울
리는 것 같으면서도, 또한 바로 귓가에다 누군가 살며시 입바
람을 부는 듯한 기이한 소리였다.

　그런데 그 소리에 대하여 먼저 반응한 것은 그의 말이었다.
그의 신체와 접해 있는 말의 등이며 옆구리가 일시 얼어붙은
듯 굳어지더니, 이어 앞다리를 든 자세 그대로 뒷다리만으로
주춤거리며 두어 걸음을 물러서는 것이었다.

　그때 다시 한 번 예의 그 기이한 소리가 들렸다.

　슛!

　순간 창왕의 은창이 가볍게 허공을 갈랐다.

　칭!

　무언가 창극에 부딪치는 아주 희미한 소리가 있었다. 그리
고 경미한 반발력과 함께 튕겨 나가는 희끗희끗한 형체의 물
체 하나가 있었다.

　그때 창왕이 나직한 경호성을 발했다.

　“허!”

　그의 은창이 순간적으로 파르스름한 녹색으로 변질되고 있
었던 것이다. 방금 그의 창극에 부딪친 물체가 지독한 극독을
지녔다는 증거였다. 그러나 그의 은창에서는 이내 불그스름
한 광채가 어리더니, 무언가 격렬하게 타는 듯한 소음이 생겨

났다.

파츠츠춧!

그리고 푸르스름한 연기가 나면서 매캐한 냄새가 주변으로 확 퍼졌다.

그때 소소의 가슴팍 옷깃에는 순백의 무늬가 다시 생겨났다.

그러나 그 무늬는 아주 희미해져 있었고, 그나마도 사라졌다 나타났다 하기를 빠르게 반복하고 있어서 마치 힘겹게 숨을 몰아쉬는 듯한 느낌을 주는 것이었다.

소소는 몹시도 안쓰럽고 걱정스러운 기색으로 조심스럽게 무늬를 쓰다듬었다.

푸르륵!

창왕이 말의 배를 가볍게 차자 말은 방금 전의 공포를 떨쳐 버리기라도 하려는 듯 거칠게 투레질을 하며 앞발을 높이 치켜들었다.

그 말굽 바로 아래에는 예령이 한쪽 무릎을 꿇은 자세 그대로 혼절해 있었다.

"멈춰!"

좌측 어림에서 들려 온 그 외침은 그렇게 큰 소리라고는 할 수 없었다. 더욱이 무슨 대단히 심후한 내력이 담겨 있는 벽력후(霹靂吼) 같은 것도 아니었다.

그런데도 그 소리가 난 즉시로 창왕의 말은 다시금 앞발굽을 내리찍으려던 기세를 그대로 멈추고 말았다.

그런데 지금 말의 멈춤은 조금 전 백아에 대한 공포에 질려서 멈춘 것과는 사뭇 다른 느낌이었다. 조용하고도 얌전했다. 마치 방금의 그 외침 소리가 창왕이 아닌 또 다른 주인이나 절대적인 존재로부터의 명령이라도 되는 듯이.

말이 사뭇 조심스럽게 예령을 피해 앞다리를 내려놓는 것을 보고, 창왕은 놀라기에 앞서 의아한 빛이 되고 말았다. 이미 십여 년을 함께해 온 애마였기에 말이 가지는 강인함이나 충성심에 대해서는 누구보다 잘 알고 있는 그였다. 그런데 조금 전 미지의 독물에 대해 말이 보인 공포야 또 그렇다 치더라도, 지금의 이런 상황은 도무지 이해가 되지 않는 것이었다.

창왕이 천천히 고개를 돌려보니 외침 소리가 들렸던 좌측 방향에서 이쪽을 향해 마구 질주해 오고 있는 한 사람이 있었다. 그런데 그 달리는 기세는 제법 맹렬하다고 할 만하였으나, 막상 어떤 경신 재간에 의한 것은 아니었기에 결코 빠르다고 할 수 없는 그저 투박한 몸놀림에 불과하였다.

창왕이 잠시 그쪽을 지켜보고 있다가 돌연 거칠게 고삐를 잡아챘다.

"하!"

창왕의 그 벼락같은 일성 호통에는 선명한 노기와 함께 심후한 내력이 깃들어 있었기에, 순간 사방 일대의 공간이 쩌렁하게 울렸다. 창왕은 애마에 대해 자신이 주인임을 일깨움과 동시에 적을 향해 앞으로 내달릴 것을 강력하게 명령한 것이었다. 놀라 한차례 주춤거린 말이 이내 앞으로 달려나갔다.

소산이었다.

창왕이 돌연 자신을 향해 말을 달려오자 소산은 오히려 달리던 속도를 더욱 배가시켰다. 그 저돌적인 기세는 창왕의 일인 일 마를 향해 그대로 육탄으로 부딪쳐 가려는 것이었다.

이윽고 소산이 정면으로 뛰어들며 그대로 어깨를 앞세워 말의 가슴으로 부딪치려 할 때, 마상의 창왕은 아래쪽을 향하여 가볍게 은창을 찔러냈다. 그러나 바로 그때 무언가 낭창거리는 검은 그림자가 짧게 원호를 그리며 자신의 은창에 마주쳐 오는 것을 보고 창왕이 나직이 호통치며 은창에다 약간의 내력을 더했다.

"갈!"

순간 은창의 창극에는 은은한 빛이 서렸다. 그리고 그 순간 작은 호(弧)를 그리며 마치 영활한 채찍처럼 은창에 마주쳐 가던 소산의 묵아에서도 흐릿한 한가닥의 묵광이 생겨나고 있었다.

서걱!

은창과 묵아의 맞부딪침에서 기묘한 소리가 나는 순간, 창왕은 대경실색하고 말았다. 은창의 창극이 한 치가량 잘려 나갔던 것이다.

그러나 그는 창왕이었다. 비록 놀람이 있었다고 해도 그런 정도로 당황할 그가 아니었다.

"놈!"

창왕이 짙은 노여움이 담긴 기합성을 토해내는 순간, 그의 말은 마치 어떤 놀라운 힘에 의해 떠받쳐지듯이 버쩍 허공으로 도약해 올랐다. 순간 말과 창왕은 마치 하나의 거대한 무형의 기운에 함께 둘러싸인 듯이 보였다. 그리고 창왕이 탄 말은 그대로 소산을 뭉개어 버릴 듯이 위로부터 덮쳐 내려왔다.

쿵!

무거운 충돌음이 나는 순간, 어찌 된 일인지 소산의 몸은 뒤로 이 장여나 튕겨져 날아가서는 바닥으로 나뒹굴었다. 그러나 그는 곧 몸을 일으켜 세우더니 휘청거리면서도 힘겹게 중심을 잡고 버티어 서는 것이었다.

창왕이 다시금 노한 호통을 발했다.

"놈!"

이어 창왕은 말을 몰아 소산의 정면으로 짓쳐 가면서 은창을 높이 들었다 그대로 아래를 향해 찍어내렸다.

그런데 그때 어이없게도 상대의 어린 서생이 겨우 버티고 서 있는 중에도 예의 그 묵광의 연검을 채찍처럼 휘둘러 자신의 은창에 마주쳐 오는 것을 보고, 창왕은 순간적으로 창으로 주입되는 내력을 배가시켰다. 그럼으로써 그가 이제 은창에 실은 내공은 칠성을 넘겼으니, 그 막강함은 당금 강호에서 감히 정면으로 맞받을 자를 찾기가 쉽지 않을 정도라고 해야 했다.

위이이잉!

창왕의 수중에서 은창이 맹렬한 회전을 일으켰다.

격돌의 순간.

쾅!

벼락치는 소리가 이는 가운데 소산의 몸은 다시금 펄쩍 허공중으로 튕겨 올라 훌훌 뒤쪽으로 날아갔다.

그런데 그 순간 창왕에게서 또한 당황의 기색이 서리고 있었다. 또한 그의 애마는 기우뚱거리며 두어 걸음이나 뒷걸음질을 치고 나서야 겨우 중심을 잡고 있었다. 사실은 방금의 격돌에서 은창을 통해 전달된 거창한 반력을 그가 미처 다 흩뜨리지 못한 결과였다.

연이어 창왕의 눈빛은 차라리 어이없다는 빛과 약간의 경이로움마저 띠는 것으로 변하고 있었다. 그때 거의 삼사 장이나 되는 거리를 튕겨 나가 땅바닥으로 처박혔던 소산이 버둥거리며 다시 몸을 일으켜 세우고 있었기 때문이다.

소산은 힘겹게 몸을 일으켰다. 그러나 그의 입과 코에서는 검은 피가 뭉클거리며 흘러나오고 있었고, 이미 풀려 버린 두 다리는 금방이라도 다시 무너져 내릴 듯 연신 휘청거리고 있었다. 그러나 소산은 이내 비틀거리는 걸음을 옮기기 시작했다. 사 장여 떨어져 있는 예령을 향해서였다.

창왕은 이제 호기심마저 서린 눈빛으로 소산의 움직임을 가만히 지켜보고 있었다.

마침내 예령의 앞에 도달한 소산의 몸은 그대로 허물어져 내렸다.

쿵!

예령에게 등을 보인 채, 그녀와 마찬가지로 한쪽 무릎을 꿇은 자세였다. 소산의 그런 모습에서는 끝까지 예령을 지키겠다는 처절한 각오가 엿보였다.

잠시 동안 소산의 모습을 이채롭게 지켜보고 있던 창왕이 이윽고 천천히 시선을 들었다. 그의 시선이 멈춘 곳에 소치와 소소 등이 있었다. 창왕이 천천히 은창을 들어 앞을 향해 겨누었다.

안문의 표정이 다급하게 변했다. 십여 장 저편에서 이쪽을 겨누고 있는 은창이 꿰뚫고자 하는 목표가 무엇인지를 안문은 명확히 알고 있었다. 그 목표는 바로 소치였다. 그리고 그 은창의 주인이 바로 창왕인 이상, 그는 지금 선 자리에서 창을 던져 그가 목표로 하고 있는 것을 정확히 꿰뚫어 버릴 수 있는 것이다.

그때 안문은 소산의 제황지검에 의해 잘려 나간 은창의 끝부분에 한 무더기의 은은한 빛무리가 맺히는 것을 보았다. 그 빛무리로 인해 은창은 잘리기 이전의 본래 길이보다도 오히려 몇 치 정도는 더 길어진 것처럼 보였다.

안문의 내심으로 한줄기 경악이 신음처럼 흘렀다.

'아아! 강기(罡氣)다!'

그랬다. 은창의 끝에 맺힌 그 은은한 빛무리는 바로 강기였다. 그리고 그것은 곧 소치를 반드시 죽이고야 말겠다는 창왕의 단호한 의지일 것이었다.

황망한 중에 안문은 급히 뒤를 돌아보았다.

소치는 의외로 담담한 기색이었다. 다만 그는 형형한 눈빛으로 굽어보듯이 창왕을 응시하고 있었다. 그런 소치에게서는 진중하고도 당당한 위엄이 가히 태산과도 같이 뿜어지고 있었다.

그같은 소치의 풍모에 다급한 상황임에도 불구하고 안문은 내심으로 터져 나오는 감탄을 금할 수 없었다.

'아아!'

그가 소치에게 충성을 맹세한 것은 바로 그런 위엄 때문이었다. 그런 위엄이야말로 결코 만들어지는 것이 아니라, 바로 하늘이 낸 것임을 추호의 의심도 없이 확신하였기 때문이다.

그러나 안문의 눈빛은 이내 원래의 다급함으로 돌아갔다. 지금은 무슨 수를 쓰더라도, 설령 주군의 역린을 거스르는 한이 있더라도 일단은 주군의 안전을 지켜내야만 할 때였다. 하늘이 필요가 있어 낸 인물이라고 하더라도, 반드시 사람의 최선을 다하고 난 다음에야 비로소 하늘의 뜻을 받을 수 있다는 것이 그의 신념이었다. 이윽고 안문은 허공을 향하여 나직이 외쳤다.

"호천(護天)!"

창왕의 앞에 무릎을 꿇은 채 힘없이 떨구고 있던 소산의 고개가 천천히 들려진 것은 바로 그때였다. 그리고 그는 안간힘을 끌어내듯이 힘겹게 몸을 일으켜 세우는 것이었다. 그 묵묵한 치열함 때문이었던지 소치 쪽을 향하고 있던 창왕의 시선이 천천히 아래 쪽의 소산에게로 옮겨졌다.

그때 소산은 묵아를 들어 올리고 있었다. 비록 들어 올린다 해도 그 검신은 볼품없이 아래로 축 늘어져 있는 채였지만, 그래도 소산은 어떻게 하든 창왕에게 자신의 의지를 보이려는 듯하였다. 그 의지는 바로 투지일 것이었다.

그런데 이윽고 소산의 오른팔이 창왕을 향하였을 때, 아래로 늘어져 있던 묵아의 검신에 일순 바르르 하고 묘한 떨림이 생겨났다. 뒤이어 묵아는 기묘한 꿈틀거림으로 천천히 그 몸체를 일으켜 세우는 것이었다. 그러는 중에 묵아는 듣는 이에게 기이한 느낌을 주는 나직한 울음소리를 내고 있었다.

차라라랑!

창왕은 곧바로 분노했다. 또다시 자신에게 검을 겨누는 소산의 끈질긴 도발 자체도 도저히 참을 수 없는 것이었다. 그러나 어쩌면 그 분노는 처음부터 보잘것없다 여겼던 상대가 지금 거듭하여 뜻밖의 면모를 보임으로써, 팔왕 중 한 사람인 그의 안목과 식견을 보잘것없는 것으로 만들고 말았다는 데 대한 분노일 수도 있었다. 그것은 또한 눈앞의 어린 서생이 자신의 진면목을 교묘히 속인 것으로써, 서생이 처음부터 그를 조롱하려는 의도였음을 의미하는 것이기도 했다.

한순간 창왕의 은창이 겨누는 지향점이 바뀌었다. 소치에게서 소산을 향한 것이다. 은창의 끝 부분에는 예의 그 은은한 빛무리가 여전히 맺혀 있는 채였다.

"이놈!"

격노한 호통 소리와 함께 은창이 그대로 아래를 향해 내려 꽂혔다.

파앗!

소산의 가슴으로 찍혀드는 창극의 빛무리에서 일순 번쩍하며 눈부신 빛이 토해졌다.

그런데 바로 그 순간, 묵아의 검신에도 번쩍하고 강렬한 묵광이 맺혔다. 그러나 그 묵광은 더욱 강렬한 은창의 빛에 묻혀 돋보이지 않았다.

콰아앙!

두 강렬한 빛무리의 격돌은 엄청난 굉음을 일으켰다. 동시에 주변으로는 사방의 시계를 가릴 만큼의 흙먼지가 격렬하게 솟구쳐 올랐다.

잠시 후.

자욱하게 일었던 먼지가 어느 정도 가라앉았을 때 사람들은 창왕이 타고 있던 말이 격돌 지점으로부터 이 장여나 밀려 나간 채 다리를 꺾고 주저앉아 버둥거리고 있는 광경을 볼 수 있었다. 그러나 그 부근에 창왕의 모습은 없었다. 또한 소산의 모습도 찾을 수 없었다.

그런데 안문이 급히 사방을 둘러보던 중에 안문이 다시 창왕의 모습을 발견했을 때, 그는 우측 바로 오 장여 앞에서 놀라운 속도로 질주해 오고 있는 중이었다. 그때 창왕의 손에는 은창 대신 한 자루의 검이 들려 있었다.

“아아!”

본능적이다시피 소치의 앞을 막아서며 안문은 절망의 탄식을 흘릴 수밖에 없었다. 그런 중에도 창왕의 신형은 번개처럼 공간을 좁혀 와서 이제 막 소치의 가슴을 향해 검을 찔러내고 있는 중이었다. 순간 안문은 두 눈을 질끈 감고 말았다. 그러는 바람에 그는 바로 곁에 있던 당고의 두 눈에서 섬뜩하도록 짙은 빛의 녹광이 뿜어져 나오는 것을, 그리고 그녀의 궁장 어깨 부위가 한 줌의 재로 변해 흩어지며 눈부시게 뽀얀 속살이 훤히 드러나는 것을 보지는 못하였다.

다만 그 찰나의 순간에 돌연 내뱉어진 창왕의 짧은 경호성은 안문의 두 눈을 다시 부릅뜨게 만들었다.

“엇!”

그리고 안문은 볼 수 있었다. 막 소치의 가슴을 찌르려던 창왕의 검극이 돌연 급하게 방향을 틀며 좌측 허공의 한 지점을 베어가는 것을. 그리고 이어지는 짧은 비명이 있었다.

“윽!”

고통보다는 경악에 가까운 그 비명은 창왕의 것이었다. 그때 창왕의 신형은 이미 허공 높이 도약한 상태에서 비룡번신의 수법으로 몸을 뒤집고 있는 중이었다. 이어 창왕의 신형은 마치 놀란 기러기처럼 허공을 되짚어 날아갔다.

창왕이 보인 그 일련의 경신 재간은 참으로 놀라운 것이었으나, 사람들은 그러한 것에 대해 감탄하기 이전에 창왕이 남기고 간 것들에 대해 경악하지 않을 수 없었다.

후드득!

마치 혈우(血雨)라도 뿌리는 것처럼 창왕이 이미 사라지고 난 빈 허공에서 한 무더기의 핏방울이 흩어져 내렸다. 그리고 이어 주인 잃은 검 한 자루와 또한 진홍의 선혈을 마구 흩뿌리며 펄떡거리는 팔뚝 하나가 바닥으로 떨어졌다.

단숨에 십여 장을 날아간 뒤 신형을 세운 창왕은 극도로 낭패한 모습이었다. 놀랍게도 그의 오른팔은 팔꿈치 어림에서 깨끗하게 잘려 나가 있었다. 급히 지혈을 한 듯했지만 절단 부위에서는 여전히 선혈이 방울져 떨어져 내리고 있었는데, 그런 중에도 창왕은 고통보다는 차라리 경악에 가득 찬 모습이었다. 그가 긴장이 역력한 기색으로 소치 뒤쪽의 빈 허공을 향해 외쳤다.

"당신은 혹시 인……?"

그러다 창왕은 말을 잇지 못하고 한순간 망연한 기색이 되고 말았다. 그러나 그는 이내 황급한 기색이 되며 바닥을 박차고 신형을 날려가는 것이었다. 바로 이어 그의 등 뒤로 날카로운 휘파람 소리가 길게 울렸다.

삐이이익!

아마도 그것이 퇴각 신호였던 모양이다. 그때까지도 능운상 등과 대치하는 형세를 풀지 않고 있던 십마창이 그 즉시로 말머리를 돌려 창왕이 사라진 쪽을 향해 달려갔다. 멀찍이 물러나 있던 철갑기마대의 잔병들은 벌써 어디론가 사라지고 없었으므로, 사방이 검은 잿더미로 화한 평원에는 이제 벌써부터 바닥에 주저앉아 버린 쌍맹과 자신들도 전신 여기저기에 가볍지 않아 보이는 상처를 입은 채로 맹룡과 맹호 형제의 상태부터 살피는 능운상과 무무와 그리고 혼절한 채로 무릎을 꿇고 있는 예령만이 남았다.

갑자기 앞으로 달려나가는 당고를 소소는 무작정으로 따라나섰다. 아마도 당고가 가는 그곳에 소산이 있을 것이기 때문이다. 그래도 당고의 눈에서 녹광이 거두어진 것을 위안 삼으며 소소는 자신이 할 수 있는 최대한의 힘을 내어 내달렸다.

달리는 중에 예령과 쌍맹, 그리고 능운상과 무무 등의 옆을 지나쳤지만, 소소는 눈으로만 그들을 살폈을 뿐 멈추지 않고 계속하여 달렸다. 그들 중 예령과 쌍맹의 상태는 중해 보였다. 그러나 좀 전 창왕과의 마지막 격돌에서 튕겨 나가 지금 어디에서 어떤 처참한 지경에 처해 있는지조차 알지 못하는 소산부터 찾아보아야 한다는 절박감이 온통 그녀를 사로잡고 있었다.

십오 장여를 달린 끝에 개울과 이어지는 완만한 둔덕 위에서 당고는 잠시 멈추었다. 그러더니 그녀는 이내 아래쪽 개울 바닥으로 뛰어내리는 것이었다.

잠시 후에야 둔덕에 당도해 아래 쪽을 내려다본 소소는 크게 놀라고 말았다. 아래쪽은 움푹 파인 개울 바닥이었다. 그곳 바닥에 지금 소산이 반듯하게 누워 있었다. 그런데 그 머리맡에 흑의를 걸친 낯선 노인 하나가 앉아서 신중한 빛으로 소산을 살피고 있었던 것이다.

소소가 잔뜩 긴장하여 급급히 가슴팍의 백아에게로 손을 가져갔다. 창왕에게 당한 충격으로 인해 백아가 당장에는 움직이기가 힘든 상태임을 모르는 것은 아니지만, 지금 소산의 위급에 대해 그녀가 동원할 수 있는 수단은 오로지 백아뿐이었다.

흑의노인이 일어서며 소소를 향해 돌아선 것은 바로 그때였다. 노인은 마치 그녀의 심정을 익히 알기라도 한다는 듯이 빙그레 웃어 보이며 천천히 자신의 두 손을 들어 보였다. 자신에게 적의가 전혀 없다는 것을 보여주려는 것이리라.

소소가 그제야 적잖이 안도하면서 보다 자세히 노인을 살폈다. 선뜻 나이를 짐작하기는 어려웠지만, 노인의 머리와 수염은 전체적으로 흑발인데 마치 일부러 물을 들인 듯이 중간중간에 희끗희끗한 백발이 섞여 있었다. 불그레하니 혈색이 도는 홍안의 얼굴은 보기에 좋아서 편안한 느낌이 드는 인상이었지만, 그런 중에도 마냥 쉽게 대하기는 어려울 듯한 무언지 모를 약간의 근엄함 같은 것이 있었다.

어쨌든 소소가 노인에 대해 우선적으로 판단한 것은, 그가 악인인지 선인인지는 몰라도 최소한 소산에게만큼은 호의를 가지고 있다는 점이었다. 그리고 소소는 사람에 대한 자신의 느낌을 대체로 믿는 편이었다.

그때 흑의노인이 그녀더러 소산을 살펴보겠느냐는 듯이 가볍게 눈짓을 했다. 그에 소소가 더 이상 망설이지 않고 개울 바닥으로 내려서서 소산의 곁으로 다가갔다. 이어 그녀는 소산의 곁에 앉아 빠른 손놀림으로 상처들을 살피는데, 그녀의 뒤로는 어느 틈에 다가섰는지 당고가 무표정하게 서 있었다.

第十章

공봉(供奉) 염동(廉東)

지존
석산 평전

소산의 두 손은 한 자루 창의 창극 부분을 움켜쥐고 있었는데, 그것은 바로 창왕의 은창이었다. 그러나 어떻게 해서 그 은창이 소산의 손아귀에 잡혀 있게 된 것인지는 도무지 짐작하기가 어려운 일이었다.

소산의 코와 입 주변에는 피가 검게 말라붙어 있었고, 전신 곳곳에 수없이 나 있는 상처 부위들 역시 피가 굳어들며 검은 피딱지들을 이루어가고 있는 중이었다. 다만 은창을 꼭 움켜잡고 있는 그의 두 손아귀 주변만큼은 아직도 홍건히 피가 흘러내리고 있었다.

그리고 소소는 미처 살피지 못했지만, 소산의 왼 팔목에 묵환 하나가 얌전히 감겨 있었다. 바로 묵아였다.

대략의 상태를 살펴본 다음, 소소는 우선 소산이 움켜잡고 있는 은창을 가만히 뽑아냈다. 소산이 의식이 없는 중에도 여전히 그 은창을 움켜잡고 있었기에 소소가 힘주어 창대를 비틀고 나서야 소산의 손아귀 힘이 풀렸다. 그런데 펼쳐진 소산의 양 손아귀는 그야말로 참혹한 모습이었다. 양 손바닥의 껍질이 마치 통째로 벗겨져 나간 듯이 벌겋게 속살이 드러나 있었던 것이다. 그러나 소소의 얼굴에는 이내 희미한 안도의 기색이 떠올랐다. 그 상처가 비록 심하긴 해도 다만 표피의 상처일 뿐, 다행히 힘줄과 뼈를 다치지는 않은 것 같아 보였기 때문이다. 무엇보다도 소산의 안색에는 은은한 홍조가 돌고 있었으며 가슴의 기복 또한 안정적이었다.

소소가 문득 뒷쪽에 버티고 선 당고를 돌아보았다. 당고의 무심한 표정 중에는 특유의 해맑은 백치미가 돌아와 있었다. 다만 훤히 드러난 그녀의 양 어깨와 팔이 조금은 민망해 보였다.

소소의 입가로 가만한 미소가 감돌았다. 그리고 그 미소에 반응이라도 하듯이 당고의 입가에도 한가닥 희미한 미소가 떠올랐다.

흑의노인은 소소가 하는 모양을 자못 흥미롭다는 듯 유심히 지켜보고 있었는데, 문득 소소가 얼굴에 웃음기를 떠올리자 그 또한 빙그레 미소를 떠올렸다. 그리고는 품속에서 무엇인가를 꺼내 가만히 소소에게 내밀었다.

소소가 얼떨결에 받아보니 유지에 단단히 쌓인 그것에서는 은은한 단향이 풍겼다. 소소가 흑의노인을 한 번 보고 나서 유지를 풀어보니 한 알의 단약이 그 안에 들어 있었다.

조심스럽게 단약을 코끝에 대어 냄새를 맡아본 소소의 입가에 문득 방긋한 미소가 맺혔다. 이어 그녀는 조금도 주저하지 않고 그 단약을 소산의 입 안으로 밀어 넣어주었다. 단약은 아마도 침과 섞이면 바로 녹게 되어 있는지, 소소가 소산의 턱 아래 목의 한 부위를 가볍게 누르자 꾸룩! 하는 소리와 함께 무언가 소산의 목을 타고 넘어가는 소리가 났다.

그때 흑의노인이 가볍게 감탄하는 기색으로 입을 열었다.

"참으로 놀라운 체질이오. 그렇지 않소, 소저?"

순간 소소는 언뜻 한가닥의 이채를 떠올렸다. 노인의 목소리가 생각 외로 친근감이 드는 것이었기도 하였지만, 노인의 그 말이 지금 소산에게서 진행되고 있는 놀라운 속도의 자가 치유 능력을 보고 하는 말임을 짐작하였기 때문이다. 소산에게 그러한 능력이 있다는 사실이 다른 사람들에게 알려지는 것에 대해 그녀는 늘 조심스러워해 왔던 것이다.

그때 노인은 소소의 의중을 눈치 채기라도 했다는 듯 다시금 빙그레 웃으며 말했다.

"이분 공자에 대해서라면 노부는 결코 외인이 아니오. 그러니 소저는 경계하지 않아도 좋소."

그 말에 소소는 금세 약간의 안도하는 기색으로 되었다. 물론 소소가 노인의 말을 믿을 근거는 아무것도 없었다. 그러나 왠지 노인의 미소와 목소리는 그녀로 하여금 정말로 조금의 의심도 없이 노인의 말을 믿고자 하는 마음이 생기도록 만드는 데가 있었던 것이다.

노인이 말을 잇고 있었다.

"이 늙은이가 보기에 소저의 의술은 극히 뛰어난 데가 있으니, 여기는 안심하고 소저께 맡겨도 좋겠소. 대신 노부는 저쪽의 두 덩치들이 제법 심하게 다친 것 같으니 그 쪽으로 가서 살펴보도록 하겠소."

그리고 노인은 소소의 대답도 듣지 않고 선뜻 몸을 돌려 쌍맹과 능운상 등이 있는 쪽을 향해 성큼성큼 걸어가는 것이었다.

노인의 뒷모습을 보면서 소소는 노인이 했던 말들에 담긴 몇 가지의 의미에 대해서 잠깐 생각했다. '외인이 아니다' 란 말에 담긴 그와 소산과의 관계는 어떤 것일까? 그리고 상처가 결코 가볍지 않은 쌍맹을 살펴보겠다며 선뜻 나서는 것은 노인이 의술에 어느 정도의 조예가 있다는 의미가 아니겠는가?

그러나 소소가 길게 그런 생각들에 잡혀 있을 여유는 없었다. 소산도 소산이지만, 예령의 상태 또한 급히 살펴봐야만 하기 때문이었다. 어쨌든 다행인 것은 흑의노인에 대해 갑자기 생겨난 근거없는 믿음 덕분에 그녀가 쌍맹에 대한 걱정을 그나마 덜 수 있다는 점이었다.

성큼 다가서는 흑의노인에 대해 능운상과 무무는 경계하는 빛을 보였다. 그러나 노인이 다가오는 것을 막지는 않았다. 좀 전에 노인이 저쪽에서 소소와 몇 마디 대화를 나누는 것을 본 터이고, 또한 소소가 흑의노인이 이쪽으로 오는 것에 대해 전혀 제지하거나 꺼리는 기색이 없었기 때문이다.

노인은 다만 빙그레 웃는 것으로 능운상과 무무에게 아는 체를 하고는 곧바로 쌍맹의 상태를 살폈다. 그런데 맹룡을 보고, 이어 맹호를 찬찬히 살피는 중에 노인이 돌연 나직한 감탄을 발하는 것이었다.

"허! 이제 보니 제법 재미있는 물건들이로구나!"

그리고 가볍게 두 맹씨 형제들의 가슴 부위 몇 군데를 툭툭 건드리는 것이었다.

능운상과 무무가 보기에 그것은 무슨 타맥(打脈) 같은 것도 아니어서 딱히 요상을 위한 손속으로 보이지는 않았다. 다만 사혈이나 중혈을 건드리는 것은 아니었기에, 그들은 그저 의아한 채로 바라보고만 있었다.

그때 맹룡과 맹호가 동시이다시피 힘겨운 신음 소리를 뱉어냈다.

"끙!"

"끄응!"

그러자 노인은 대뜸 나직이 호통을 쳤다.

"덩치가 산만 한 놈들이 웬 엄살들이냐? 썩 일어나지 못할까?"

대뜸 놈 타령이었다. 그러나 심각할 정도의 상처와 과다한

출혈로 인해 의식을 잃고 있던 그들 쌍맹은 신음 소리를 뱉은
데 이어 그 퉁방울 같은 눈들을 힘겹게 뜨고 있었다.

　의식을 되찾았을 때, 예령은 자신의 곁에 염려 가득한 모습
으로 서 있는 사람들을 볼 수 있었다. 소치가 있었고, 능운상이
있었고, 또 무무가 있었다.
　"이제 정신이 드는가?"
　소치가 잔잔한 목소리로 물었다. 그의 표정은 근엄하였으나
예령은 그의 진중한 눈빛에서 그녀를 염려하는 진정을 느낄
수 있었다.
　예령이 소치를 향해 힘겹게 미소 지으며 옆으로 눈길을 돌
리니 능운상이 묵묵한 모습으로 그녀를 바라보고 있었다. 또
한 진심의 염려가 담겨 있는 그의 깊숙한 눈빛과 잠시 눈을 맞
추고 있다가 예령은 다시 그 옆으로 시선을 옮겼다. 무무가 잔
잔한 미소를 머금고 서 있었다. 그 맑고도 편안한 미소에 예령
은 이윽고 밝은 미소를 떠올렸다.

　소산은 아직도 의식을 찾지 못하고 있었다. 그러나 사람들
은 크게 걱정하지 않았다. 내내 그의 곁을 지키고 있는 소소에
게서 그다지 걱정하는 모습이 보이지 않았기 때문이다. 소소
의 얼굴은 차분한 가운데 오히려 희미한 미소마저 그리고 있
었다.
　소소가 부드러운 천에 물을 묻혀 세심히 닦은 덕분으로 소

산의 얼굴은 비교적 깨끗했다. 그리고 얼굴에 돌고 있는 은근한 홍조는 그를 심하게 다쳐서 의식을 잃고 있는 사람으로는 보이지 않게 했다. 피투성이던 그의 양손 또한 이제는 그저 붉은색이 좀 짙게 남아 있을 뿐이었다. 소산이 양 손바닥의 살갖이 통째로 벗겨질 정도의 심한 상처를 입은 중에 창왕의 은창을 맨손으로 움켜잡고 있었다는 사실은 소소와 흑의노인 외에는 아무도 알지 못하였다.

비록 소산이 의식을 차리지 못하고 있었지만, 일행은 출발을 서두르기로 했다. 불에 타서 온통 검게 변한 사방 들판의 풍경이 을씨년스럽기도 했지만, 일단은 평원 지대를 벗어나 다시금 있을지도 모를 가상 적들의 공격에 무방비로 노출되는 지경은 피해야겠다는 판단 때문이었다.

비록 전신을 온통 흰 천으로 휘감고 있었으나 쌍맹은 어느새 특유의 싱글벙글거리는 웃음기를 되찾고 있었다. 그런 쌍맹의 모습은 사람들에게 그들 형제가 과연 방금 전의 혈전에서 그처럼 극심한 상처를 입었던 게 사실이었는지를 믿기 어렵게 만드는 데가 있었다.

맹룡이 조심스러운 몸짓으로 소산을 업었다. 그리고 파리한 안색의 예령 앞에 맹호가 등을 보이고 앉았으나 그녀는 잔잔히 웃으며 사양했다.

능운상은 몇 가지 사항에 대해 의문을 가져 보지 않을 수가 없었다. 우선은 최근에 자신들이 정체불명의 살수들에게 암습을 받은 데 이어 상상조차도 하지 못했던 창왕과 그 휘하의 마창철기대의 공격을 받은 것에 대한 의문이었다.

능운상 자신과 무무가 연경으로 가는 것을 막기 위해서? 그러나 그런 것은 아닌 것 같았다. 십마창은 그와 무무가 일행 중에 끼어 있다는 사실을 미처 모르고 있는 눈치이지 않았던가? 그리고 기껏 자신과 무무 정도의 길을 막기 위해서 팔왕 중 일 인인 창왕이 직접, 그것도 휘하의 마창철기대를 모두 이끌고 나선다는 것은 도저히 납득이 되지 않는 일이었다.

'그렇다면……?

능운상의 생각은 자연히 소치 쪽으로 기울 수밖에 없었다. 그러나 그 문제에 관해 소치와 안문은 전혀 어떤 기색을 비치지 않는 것이었다.

또 하나의 의문은 마지막에 창왕의 팔을 자른 신비의 인물에 관한 것이었다. 모습조차 드러내지 않고 단 일격에 창왕의 팔을 잘라 버린 데 이어, 그로 하여금 두려움에 떨며 물러가게 만든 그 엄청난 인물은 대체 누구란 말인가? 만약 그 신비의 인물이 소치를 구하고자 했던 것이라면, 그런 데에는 또 어떤 내막이 있는 것일까?

그러나 능운상은 소치의 정체에 대해서 굳이 알아야겠다는 생각까지는 하지 않았다. 소치의 정체가 무엇인지, 그리고 그에게 어떤 사정이 있든지 간에 지금 현재 그들이 연경까지 함께 길을 가는 일행이라는 사실 이상의 의미를 둘 필요는 없겠다는 생각이었다. 그와 무무가 그렇듯이 다른 일행들 모두에게도 제각기의 처지와 사정들이 있을 것이기 때문이다.

능운상의 의문은 이제 쌍맹과 소산에 관한 것으로 넘어가고 있었다. 그에게 그들은 점점 더 알지 못할 수수께끼 같은 존재로 되어가고 있는 중이었다. 바로 그들이 근래에 잇달아서 보이고 있는 놀라운 능력들 때문이었다.

능운상이 이미 수차례나 유심히 살펴본바 있지만, 그들에게서 무공을 익힌 흔적은 찾아볼 수 없었다. 그러기에 무공이 없는 보통의 사람으로서는 도저히 발휘할 수 없는 그들의 용력과 용맹에 대해 도저히 납득을 할 수 없는 것이다.

그나마 쌍맹에 대해서라면 그들의 체격과 모습에서 타고난 천생신력이 있겠거니 하고 여기기라도 하면 되겠는데, 도저히 이해할 수 없는 것은 소산의 그 엄청난 힘과 지구력이었다. 더욱이 당금 무림의 신화적 존재인 창왕과의 격돌에서 소산이 그 정도로 버틸 수 있었다는 사실에 대해서 능운상은 아무래도 믿지 못할 심정으로 되는 것이었다.

*　　　*　　　*

소산은 막 의식을 차렸다. 그는 바닥에 누워 있었는데, 그의 몸 아래에 깔린 두터운 가죽은 쌍맹이 가지고 다니던 것이었다.

설핏 주변을 둘러보니 사방의 풍경은 그가 의식을 잃기 전 마지막으로 보았던 황량한 들판이 아니었다. 그때 맑은 목소리가 그의 귓전을 울렸다.

"깨셨어요?"

소소였다. 그녀의 목소리가 문득 울컥하는 반가움을 일게 만든다는 낯선 사실에 대해, 소산은 일시 당황스러움을 느껴야만 했다.

가만히 고개를 돌려보니 소소가 그를 보고 예쁘게 웃고 서 있었다. 그리고 그 곁에는 조금도 변함없이 물끄러미 당고가 서 있었다. 조금 떨어진 곳에서는 전신에 흰 천을 친친 동여맨 모습의 맹룡과 맹호 형제가 뭔가 분주히 일을 하다가 문득 허리를 펴고 그를 보며 생각없이 환하게 웃는 얼굴을 만들고 있었다.

순간 마음 한구석 어딘가에서 다시금 솟구치는 낯선 감정들 때문에 소산은 잔뜩 얼굴을 찌푸리고 말았다. 그러나 그런 감정들이란 것은 낯설고 당황스럽기는 하되 그리 나쁜 기분인 것은 아니었다. 그것은 오래도록 홀로 방황하다가 이윽고 다시 만난 얼굴들에게서 느껴지는 한없는 반가움이었다. 다만 소산으로서는 그러한 감정들에 대해 마음을 활짝 열어보는 것이 소산으로서는 처음이었기 때문이다.

이상하게도 가려운 느낌 때문에 자신도 모르게 콧등을 찡긋거리며 소산은 다른 쪽으로 고개를 돌렸다. 조금 떨어진 저편에 무언가 얘기를 나누고 있는 능운상과 무무, 그리고 예령의 모습이 보였다. 소산의 안색에 다시금 반가움의 빛이 일었다. 그러나 그의 시선이 이쪽을 향해 옆모습을 보이고 앉은 예령에게 이르렀을 때, 그의 안색은 이내 착잡하게 가라앉고 말았다. 소산의 눈길을 따라가던 소소는 문득 서글픈 기색이 되었다. 그러나 그녀는 이내 밝게 표정을 바꾸며 말했다.

"시장하지 않으세요? 제가 맛있는 탕을 끓여놓았는데, 좀 드셔보시겠어요?"

소산이 희미하게 웃으며 가만히 고개를 끄덕였다. 소소가 환하게 웃으며 얼른 한 옆에 걸린 솥을 향해 갔다.

그때 저쪽에서 누군가 소산에게로 다가오며 반갑게 불렀다.

"가주(家主)!"

흑의노인은 소산에 대해 대뜸 가주라 불렀으되, 소산으로서는 전혀 알지 못하는 얼굴이었다.

그러나,

"공봉(供奉) 염동(廉東)이오."

흑의노인이 그렇게 덧붙이는 순간, 비록 처음으로 본다는 사실이 여전함에도 불구하고 소산은 노인이 누구인지에 대해 확연히 알게 된 듯했다.

"아!"

그리고 소산의 일굴에는 곧바로 친근함이 떠올랐다. 그것은 곧 그가 흑의노인, 염동에 대해 단번에 믿고 의지하는 마음을 가지게 되었음을 의미하는 것이리라. 흑의노인이 담담히 소리내어 웃으며 말했다.

"허허허! 가주께서 예정 기일이 한참이나 지나도록 연락이 없으신 바람에 노가주께서 걱정이 많으셨소. 구산 서고에서부터 예까지 가주의 흔적을 쫓아오느라 이 재주 없는 늙은이가 고생깨나 했지요. 허허허!"

그때쯤에는 예령과 소치 등이 모두 다 소산의 곁으로 모여들었는데, 그들은 흑의노인 염동이 풀어놓는 얘기에 깊은 관심을 보였다. 염동은 자신에 대해 소산의 가문에 속한 다섯 공봉들 중 하나라고 말했는데, 듣고 있던 소치가 빙그레 웃으며 소산을 향해 넌지시 물었다.

"소제가 상가의 후예라는 얘기를 듣기는 했으나 다섯씩이나 공봉을 두고 있다니 자네 가문의 규모가 결코 작지 않은가 보네?"

그러자 소산이 희미하게 미소를 지으며 대답했다.

"한때는 제법 크다는 소리를 들은 적도 있다고 합니다."

소산이 마치 남의 말을 하듯이 하였으므로 사람들은 그가 말한 한때가 꽤나 오래전을 의미할 것이라는 생각을 저절로 하게 되었다.

사실 석가장에 다섯 명의 비밀 공봉이 있다는 것은 전대 가주인 소산의 조부와 당대 가주인 소산 자신, 그리고 그들 다섯 공봉들 본인 외엔 아무도 모르는 사실이었다. 그리고 공봉들은 가문 내에 유(留)할 수 없다는 특이한 가법(家法)이 있었으므로, 그들은 따로 독자적인 터전을 가지거나 혹은 홀로 천하를 떠돌아 다니는 존재들이었다. 그러니 가주가 특별히 소집

하지 않는다면 설령 수십 년의 세월이 흐르는 동안에라도 굳이 가문과 연관을 가지지 않을 수도 있는 일이었다.

소산이 당대 가주의 위에 오른 지는 얼마되지 않았으므로, 그는 아직까지 그들 중 누구와도 면식이 없는 터였다. 다만 다섯 공봉 중에 분명히 염동이라는 인물이 있고, 그가 가히 천하제일수라고 할 만큼의 놀라운 손재주를 가진 장인(匠人)이라는 사실을 들어 알고 있었을 뿐이었다.

*   *   *

지난 며칠, 소산은 대체로 차분한 모습에 뭔가 생각에 잠겨 있는 때가 많았다. 그러나 이전과는 달리 가라앉은 분위기라든지 혹은 혼자만의 세계에 자주 몰입해 있는 것은 또 아니었다. 소소와 당고, 그리고 쌍맹 등과는 그저 눈길이 마주치는 것만으로도 소산은 의외이다 싶을 정도로 쉽게 미소를 보였다. 더하여 소산은 그의 주위를 맴도는 소소와 당고, 그리고 쌍맹 등에 대해서 별 스스럼 없이 말을 건네는 경우가 많아졌고, 염동과는 종종 실없는 잡담까지도 나누곤 하였다. 예령에게 그런 소산의 모습은 참으로 대단한 변화이지 않을 수 없었다.

사실 소산의 본래 모습이 어떤 것인지에 대해서는 예령으로서도 아직 쉽게 단정하여 정의하기는 어려웠다. 그녀가 지금까지 알게 된 소산의 모습들이 대개는 단편적인 것들에 불과하기 때문이다. 대단한 학문적 성취를 갖춘 문사로서의 순수

성, 내성적이라는 말로는 다 표현하기 어려울 정도의 지독한
폐쇄성, 그러한 폐쇄성과 연관하여 '내 편'과 '내 편이 아닌
사람'으로의 위험한 이분법적 구분으로 '내 편'이 아닌 모든
사람들에 대해서는 기본적으로 무관심 내지는 불친절한 대인
관계, 그러면서도 불쑥불쑥 예기치 못하게 발휘되곤 하는 집
요 내지는 집착적인 고집. 그리고 돌발적으로 보이는 도무지
이해 못할 무모한 독단성 등등. 그렇게 소산이라는 인물은 참
으로 독특한 성격과 개성을 지닌 존재였다.

　예령이 느끼고 있는 소산의 변화는 한마디로 말해 독특함에
서 평범함으로의 변화였다. 그는 스스로의 감정에 대해 다분
히 의식적으로 통제하고 조정하려는 노력을 하고 있었다. 그
리하여 서투르게나마 자신의 조율된 감정을 표현하기 시작했
고, 나아가 주변 사람들과 그 감정을 나누려는 시도를 보이고
있었다. 사실 소산의 그런 변화는 이전부터 조금씩 진행되어
왔던 것이나 요 며칠 사이에 놀랍도록 갑작스러운 진전을 보
이면서 소산은 마치 다른 사람이 되어버린 것 같았다.

　한편으로 예령은 섭섭하고도 안타까운 심정이 되기도 하는
것이었다. 그것은 소산에 대한 일종의 거리감이었다.

　물론 소산이 기존에 가지고 있던 독특함이란 것은 솔직히
말해서 결코 바람직하지 못한 것이었다. 그러니 그가 지금 보
이고 있는 놀라운 변화는 그를 위해 아주 다행한 것이라고 해
야 했다. 그러나 그럼에도 불구하고 그녀가 일면 섭섭하고 안
타깝다 여기는 것은, 그러한 변화로 인해 소산이 이전에 그녀

가 알던 소산이 아니게 되어간다는 점 때문일 것이었다.

본래의 그는 너무도 독특해서 다른 사람들과 융화되기가 극히 어려웠지만, 그녀에게만큼은 거의 무조건적인 선의와 호의를 보여왔었다. 그럼으로써 그녀는 소산의 다분히 특이한 내면의 세계를 대개는 짐작할 수 있다 여겼고, 나아가 필요하다면 임의대로 그를 다루어볼 수도 있으리라 여기기까지도 했던 것이다. 그런데 이제 소산이 더 이상 독특하지 않고 평범한 쪽으로 변해간다는 것은, 적어도 그녀에게 있어서는 그녀가 쉽게 짐작하지 못하는 그의 내면이 점점 더 늘어난다는 것을 의미하는 것일 터였다. 또한 그럼으로써 그가 그녀에게 여전히 그러한 지극한 선의와 호의를 가지고 있는지를 알 수 없게 될 것이라는 사실이 그녀로 하여금 묘한 박탈감과 서운함, 나아가 뭐라 표현하기 어려운 묘한 안타까움을 가지게 만드는 것이었다.

*　　　*　　　*

염동은 일행들 모두에게 그저 평범한 이웃 노인네처럼 친근하게 대했다. 그러나 그가 일행들과 스스럼없이 어울리는 모습을 보면서 소소는 고개를 갸웃거리곤 했다. 그에게 무언가 평범하지 않은 면모가 또한 있었기 때문이다.

염동의 그러한 면모란 딱히 꼬집어내기 어려운 것이지만, 이를테면 그가 소치를 대함에 있어서도 다른 일행들을 대하는 것과 별다를 것이 없이 그저 평범한 이웃 노인네처럼 친근하게 군다는 점을 예로 들 수 있을 것이다. 지금까지 일행들 중의 누구도 감히 그러지 못한 것이었기에, 그 점 하나만으로도 염동은 특별하다 하지 않을 수 없었다.

그러나 그런 특별함이란 것은 그다지 두드러지는 종류의 것은 아니었기에, 소소가 잠시 고개를 갸웃거려 보는 정도를 제외하면 다른 사람들은 염동이라는 사람 자체가 원래 그런가 보다 하고 금세 인정 내지는 익숙해지는 모습들이었다.

소산의 입장에서 그가 염동과 만들어가는 관계의 형태는 사뭇 특별한 데가 있다고 해야 했다.

사실 예령을 포함해 일행들 모두가 소산과 맺고 있는 관계의 형태들은 어느 쪽으로든 사뭇 일방적인 형태라고 할 수 있었다. 우선 예령에 대해서는 소산이 다분히 일방적인 선의와 호의를 가지고 있는 것이고, 반대로 당고나 쌍맹 그리고 소소의 경우에는 그들 쪽에서 소산에 대해 맹목적인 추종 또는 깊은 관심을 보이고 있으니 또한 일방적인 형태라고 해야 할 것이었다. 소치나 능운상과 무무 등과의 관계 또한 비록 그 사연과 목적들이 제각기 다르지만, 어쨌든 본질적으로는 그러한 일방성에서 크게 벗어나지 않았다.

그러나 지금 염동과 소산이 형성해 가고 있는 관계의 형태는 다분히 쌍방적인 관계라고 할 수 있었다.

두 사람의 관계는 단순히 가주와 가신의 관계라는 사실만으

로는 정의하기가 어려웠다. 염동은 소산에 대해 가신으로서
맹목적인 충성의 태도를 보이지는 않았고, 또한 일방적이라고
할 수 있는 정도의 관심을 보이지도 않았다. 소산 또한 염동에
대해 가주로서 자신의 입장을 일방적으로 명령하거나 주장하
려 하지는 않았다. 두 사람은 서로 격의없는 관계를 맺어가고
있었고, 특히 염동은 소산에게 그저 담담하고 편안한 존재가
되어가고 있었다.

　소산과 염동은 지금 다른 사람들로서는 쉽게 이해하기 어려
운 둘만의 대화를 나누고 있었다.
　"가주는 언제부터… 아니, 어떻게 그럴 수 있는 것이오?"
　"무슨 말씀이신지……?"
　"가주의 주변으로 기(氣)가 응집되는 현상 말이오."
　"……?"
　"사실은 그때 노부가 그 평원 부근에 도착했을 때도 천지 간
의 기운의 흐름이 한곳으로 지나치게 편중되어 흐르는 것을
보고서 호기심을 느껴 달려가게 되었던 것인데, 바로 그곳에
가주가 있었던 것이지요. 그때만 해도 노부는 그저 우연의 일
치로 발생된 대기 중의 기현상 정도로만 생각했었소. 허허허!
한데 그런 것이 아니었소. 지금 이 순간에도 대기 중의 기운들
이 가주의 주변으로만 응집해 들고 있으니 말이오."
　소산이 오히려 흥미롭다는 얼굴로 되며 물었다.
　"제 주변에 그런 현상이 일어나고 있다는 것은 아직까지 누

구에게도 들어보지 못했는데… 공봉께서는 어떻게 그런 현상을 알 수 있는지요?"

"허허허! 글쎄요! 그저 저절로 알아진다고나 할까요?"

염동이 농담처럼 한 말에 대해 소산은 문득 진지한 표정이 되어 되물었다.

"저절로 알아진다? 혹… 무위이화(無爲而化)의 이치라는 것입니까?"

염동이 짐짓 머쓱해하며 답했다.

"흠! 무위이화라? 허허허! 그것이야말로 하늘의 이치라고 할 것인데, 어찌 노부 따위가 감히 아는 체를 할 수가 있겠소? 한데 보아하니 가주 스스로도 그런 현상에 대해서는 알지 못하고 있었던 것이로군요?"

"글쎄요!"

소산의 모호한 대답에 염동은 가볍게 반문해 보지 않을 수 없었다.

"음?"

"제 몸에서 계속하여 운기(運氣)가 일어나고 있는 것은 사실인데, 그것 때문에 공봉께서 말씀하시는 그런 현상이 일어나는지는 저로서도 알 수 없는 일입니다."

"허허허! 운기를 하는 것이 아니라 운기가 일어난다? 그것 참, 재미있는 말씀이로군요. 혹시 가주의 몸에서는 지금도 운기가 일어나고 있는 것이오?"

염동의 그 물음에 대해 소산의 대답은 짧고도 명료했다.

"예!"

그에 염동의 말은 탄식조가 되고 말았다.

"허! 가주는 분명 운기를 하지 않고 있는데, 가주의 몸에서 저절로 운기가 일어나고 있다는 말이오? 허허! 그것이 사실이라면 그야말로 천고에 다시 없는 기사라고 할 것이오."

그리고 염동은 언뜻 약간의 갈증을 느끼는 듯한 기색이 되어 다시 말을 이어나갔다.

"흠! 이것은 아무래도 이 늙은이의 지나친 욕심이라고 해야겠지만, 가주는 혹시… 다만 몇 구절이라도 좋으니 노부에게 그 운기의 비결에 대해 들어볼 수 있는 홍복을 베풀어줄 수는 없겠소? 허허허! 본래 나이가 들수록 궁금한 것을 참기가 점점 더 어려워지는 법이라……!"

염동이 그렇게 말하면서도 막상은 기대를 하지 못하는 기색이었다. 그때 소산이 가볍게 웃으며 말했다.

"하하하! 나의 운기는 삼재심법에 의한 것인데, 만약 공봉께서 그 요결에 대해 알지 못하신다면 얼마든지 들려드리지요."

순간 염동이 차라리 어이없다는 기색으로 되고 마는데, 소산은 정말로 중얼거리며 무엇인가를 암송하기 시작하는 것이었다.

"천도(天道)는 음양(陰陽)의 보이지 않는 기운의 흐름이요, 지도(地道)는 기운의 흐름이 실체로 강유(剛柔)로써 나타난 음양의 형체를 이름이고, 인도(人道)는 곧 인의(仁義)로 천도와 지도 사이에 존재하며 천과 지를 이어 주는 생명의 성정(性情)

을 이름이라. 삼재에서 재(才)는 무엇을 할 수 있는 능력을 말하는 것으로, 사람[人]은 깨달음을 통해 천지공간과 일월의 음양을 초월하여 근본의 자리에 도달함으로써 이윽고는 천지(天地)와 더불어 대등한 관계를……."

염동이 잠시 막힘없이 줄줄이 읊어 나가는 소산의 중얼거림을 듣고 있자니 틀림없는 삼재심법의 시작부인지라 새삼 허탈한 표정이 되고 말았다. 그러나 마음을 추스르고 다시금 가만히 살피자니 소산의 기색에서는 조금도 거짓됨이 없었다. 뿐만 아니라 소산이 요결을 암송하는 중에 그의 주변으로는 갑자기 이전보다 배는 더한 기의 응집 현상이 생기는 것이었다.

염동이 얼른 사방을 일별하고는 급하게 소산의 암송을 멈추게 했다.

"가주! 되었소. 그만하면 충분하오!"

그에 소산이 암송을 멈추자 염동이 문득 허허롭게 웃으며 다시 말했다.

"허허허! 삼재심법이라! 그랬군요! 삼재심법에 그런 묘용이 있었던 것이로군요!"

그때 염동은 마치 스스로를 납득시키기 위해 중얼거리고 있는 것 같았다.

잠시 후 염동은 문득 정색을 하였다.

"가주! 그런데 노부는 참으로 걱정스럽기 이를 데 없소!"

"무엇이 걱정스럽다는 것입니까?"

"그렇지 않소? 삼재심법에 그 같은 묘용이 있어서 지금처럼 사방의 기운이 늘 가주의 주변으로 응집되는 것이라면, 그 기운들은 또한 끊임없이 가주의 체내로 축적이 될 터인데… 그렇다면 이제 무한히 방대해질 그 기운들을 도대체 어떤 이치와 방도로 가주의 내부에 담아둘 것이오?"

"으음!"

소산이 듣고 있던 중에 자신도 모르게 나직한 침음성을 흘렸다. 그러자 염동이 언뜻 이채를 떠올리며 다시 말을 이었다.

"그리고 가주에게 그러한 일들이 언제부터 시작된 것인지는 알 수 없으나, 노부가 짐작하기로 가주의 체내에는 이미 막대한 기운이 존재하고 있는 것 같소. 한데 노부가 보기에 가주는 그 기운을 일 푼어치도 제대로 꺼내어 쓰지 못하고 있는 것 같으니, 한편으로는 참으로 안타까운 일이라고 해야 할 것이오."

염동의 그 말에 대해 소산이 은연중 기대하는 빛이 되며 물었다.

"혹시 공봉께서는 그 기운을 꺼내어 쓸 수 있는 방법에 대해 아시는 바가 있는지요?"

염동이 천천히 고개를 가로저었다.

"적지 않은 세월 동안 천하의 기이하다는 일들을 제법 겪어온 노부이지만, 지금 가주와 같은 경우는 상상조차 해본 적이 없던 일이오. 하니 딱히 내놓을 방도가 어찌 있겠소? 다만 노부가 단순한 이치로 생각하건대, 전후의 과정이야 어찌 되었든 그 기운을 만든 사람은 분명히 가주이니, 그것을 다시 이끌어내는 방도 또한 가주 스스로에게 있지 않겠소?"

소산이 잠시 생각하다가 천천히 고개를 끄덕였다. 그리고는 혼잣말처럼 나직이 중얼거렸다.

"그렇군요. 그것 또한 무위이화(無爲而化)의 이치일 것이니, 언젠가는 저절로 풀릴 일이로군요."

*　　　*　　　*

염동은 쌍맹에 대해 상당한 흥미를 보이고 있었다. 그런 염동의 흥미에 대해 쌍맹은 당연히 거부 반응을 보였다. 그러나 얼마 지나지 않아서 쌍맹은 염동에 대한 반발과 그들 특유의 뚝심까지도 슬그머니 꺾고 마는 것이었다.

사실 염동은 쌍맹에게 있어 생명의 은인이나 마찬가지였다. 지난번 평원의 전투에서 쌍맹이 당한 상처는 기실 보통 엄중한 것이 아니었다. 창과 도검에 무수히 찔리고 베인 끝에 마침내 쓰러졌으니, 상처도 상처지만 과다출혈로 인해 죽음의 문턱까지 갔었던 것이다. 그런 중상에도 쌍맹이 거뜬히 회생한 것은 물론 그들 본연의 경인할 생명력과 자가 치유력 덕분이 컸지만, 그보다 결정적으로 작용한 것은 바로 위급한 순간에 취해진 염동의 적절한 조치였다.

쌍맹이 염동에 대한 반발을 스스로 꺾은 이후에도 얼마간 그들은 다분히 어색한 사이로 보였다. 그러나 어찌 된 일인지 그들은 이내 이런저런 시시콜콜한 얘기까지도 곧잘 나누곤 하는 가까운 사이로 되었다.

　사실 그때까지 쌍맹과 '시시콜콜' 한 수준의 얘기까지가 통하는 사람은 소소밖에 없었다. 그나마 소소의 경우에도 대화가 통한다기보다는 그냥 그녀 쪽에서 일방적으로 쌍맹의 아쉬운 사항들을 들어주는 정도였다. 그런데 이제 염동과 쌍맹이 제법 서로의 대화가 통하는 사이로 되었다는 것은, 그 자체만으로도 그들의 관계가 이미 특별한 것으로 되었다고 해야 하는 것이었다.

　쌍맹이 특히 흡족해한 것은, 자신들의 연륜에 대해 염동이 쾌히 인정을 해주었다는 점이다. 적어도 백 년 이상은 세상을 살아왔다는 황당하기 짝이 없는 쌍맹의 주장에 대해서 말이다.

　물론 그런 것에 대해 다른 사람들은 여전히 황당한 농담 정도로만 받아들였다. 왜냐하면 쌍맹의 연륜을 쾌히 인정하기 이전에 염동이 미리 말하기를, 자신의 연륜이야말로 쌍맹보다 오히려 한참이나 더 오래된 것이라고 했기 때문이다. 또한 물론, 염동의 그런 장난스러운 허풍에 대해 쌍맹은 아주 진지하게 인정을 해주었다.

　그리고 그들 자칭의 고(高)연륜자들은 내친 김에 자신들끼리만의 서열까지 정했다. 당숙과 조카! 서로가 주장하는 연륜의 고하를 그대로 인정하여 염동은 쌍맹의 당숙이 되었고, 쌍맹은 염동의 조카가 된 것이다.

　염동이 쌍맹과의 관계 맺음을 자축하기 위해 몇 가지 선물을 준비해야겠다고 하는 바람에 소치는 결국 참지 못하고서 실소를 흘리고 말았다. 염동의 다분히 장난스러운 그 모습에 서 얼마 전 그가 소산에게 예물을 주던 광경을 떠올렸기 때문 이다.

그런데 염동의 장난은 아무래도 조금 집요한 데가 있었다. 쌍맹에게 줄 최고의 선물을 마련하기 위해 하룻밤 정도 일행 을 떠나 모처를 다녀와야겠다는 것이었다. 그에 대해 사람들 이 생각하기를, 염동이 안 그래도 무언가 볼일이 있었는데 하 필이면 그런 핑계를 대는 것이라고 어림짐작하며 웃고 말았 다.

어쨌든 마침 노숙하기에 적당한 장소 하나를 발견한 김에 일행은 염동의 장난을 핑계 삼아 일찌감치 그날의 여정을 접 기로 했다. 그리고 염동은 내일 아침 진시(辰時) 말까지는 돌아 올 것이라는 말을 남기고 정말로 홀연히 일행들을 떠났다.

第十一章

영약의 대가(代價)

지존
석산평전

“혹시… 무공을 익혔는가?”

저녁을 해결하고 모두가 모닥불 주변에 모여 한가로운 시간을 보내고 있던 중에 능운상이 옆에 앉아 있던 소산에게 뜬금없이 불쑥 뱉은 말이다.

그리고,

“예!”

생각하는 기색도 없이 간단하게 내놓는 소산의 대답에 대해 능운상은 잠시 멍한 기색이 되고 말았다.

그때 소치는 슬쩍 예령 쪽을 바라보며 빙그레 웃는 얼굴이 되고 있었다. 그 웃음은 그가 이미 예령이 소산에게 삼재심법과 또한 검과 권의 기초적인 초식 몇 가지를 가르쳤다는 것을 알고 있기 때문일 것이다.

빙그레 웃음을 머금은 소치와 다소간 어색한 표정이 된 예령이 자신 쪽으로 시선을 주는 바람에 능운상은 그만 머쓱한 얼굴이 되고 말았다. 스스로 생각해도 참으로 엉뚱하기 짝이 없는 말을 뱉은 면구스러움으로 능운상이 슬그머니 눈길을 아래로 떨구는데, 마침 그의 눈길이 소산의 왼쪽 팔목 어림에 가 닿았다.

소산의 팔목에 감긴 묵환. 능운상도 이제는 그것이 금번 마창철기대와의 전투에서 그야말로 신검으로써의 위용을 떨친 바로 그 연검이며, 또한 묵아라는 이름을 가지고 있다는 것을 들어서 알고 있었다. 그리고 그 또한 검을 다루는 한 사람으로서 문득 그 검에 대한 경외감과 함께 강한 호기심을 가져 보게 되었다.

잠깐의 망설임 끝에 능운상은 슬며시 말을 꺼내고야 말았다. 그것이 또한 검을 다루는 사람으로서 가당치 않은 부탁이라는 생각을 하면서도.

"산 아우. 그 검… 묵아 말일세. 내가 잠시만 좀… 살펴보면 안 되겠는가?"

소산이 대답 대신 빙그레 웃음을 떠올리며 가볍게 왼 손목을 비틀었다.

지잉!

경쾌하고도 맑은 소리가 울리는 순간, 소산의 왼손에는 어느새 묵아가 현신해 있었다. 그 특유의 바닥을 향해 축 늘어져 볼품없이 흐느적거리는 모습으로.

그러나 능운상은 묵아의 그런 변신을 바로 가까이에서 보는

것만으로도 그 나태하게 늘어진 검신 속에 잠재된 일촉즉발의
폭발성과 함께 기이한 무형의 위엄을 동시에 느낄 수 있었다.

그때 소산이 선뜻 왼손을 내밀었다. 능운상에게 흔쾌히 묵
아를 넘기겠다는 뜻이었다. 소산의 그런 흔쾌함에 대해 능운
상이 자못 감동하는 심정이 되어 조심스럽게 손을 내밀었다.

그런데 바로 그 순간.

우우웅!

나직하게 묵아가 웅얼거렸다. 그리고는 그 시커먼 검신에
은은한 묵광(墨光)을 흘리며 파르르 검극을 떠는 것이었다. 능
운상은 문득 묵아가 살아 있다는 생각을 했다. 그래서 주인이
아닌 타인이 자신을 건드리려 하는 것에 대해 까탈을 부리는
것이라는 생각을 했다.

그때 소산이 다시금 슬쩍 팔목을 비틀자 묵아는 마지못한
듯 웅얼거림을 멈추었다. 그러나 여전히 여리게 낭창거리고
있는 검극에서 묵아는 사뭇 오만스러워 보였다.

조심스럽게 묵아를 받아 든 능운상이 잠시 살피다가 약간의
내력을 주입하자 묵아가 곧바로 반응하며 웅얼거렸다.

우우웅!

그리고 능운상은 손아귀 안의 묵아가 돌연 사나워졌음을 느
낄 수 있었다. 그것은 검을 쥔 자만이 느낄 수 있는 기세의 사
나움이었다. 능운상이 호기를 참지 못하고 약간의 내력을 더
하며 가볍게 검을 떨쳤다. 그러자 묵아의 검신이 빳빳하게 곧
추서며 허공에다 한가닥의 유려한 곡선의 궤적을 그렸다.

취리리릿!

묵아의 울음소리는 조금씩 커지고 있었다.

우우우웅!

묵아가 허공에 그려가는 궤적이 조밀해지더니 어느 순간 부드러운 면(面)들을 만들어내기 시작했다. 무당검이었다. 능운상은 지금 무당검 특유의 이유제강의 검리로써 묵아의 거친 저항을 제압하려 하고 있는 중이었다.

우우우우우웅!

묵아의 울음소리는 이제 섬뜩한 날카로움을 띠어가고 있었다.

소산은 흥미로운 빛으로 그 광경을 지켜보고 있었다. 그에게는 능운상이 펼치는 무당검도 새로웠고, 또한 점차 거세지는 묵아의 사나운 저항도 흥미로웠다.

"탓!"

능운상이 묵직한 기합성을 토하는 순간 묵직한 기합성을 토하며 크게 검을 떨치자, 순간 허공에 펼쳐져 있던 한 무리의 묵영이 크게 확장되었다.

좌라라라랏!

그러나 다음 순간 허공을 장악했던 묵영의 무리는 씻은 듯이 사라져 버렸다. 능운상이 돌연 묵아를 거둔 것이다.

사실 능운상으로서는 끝까지 묵아를 제압해 보고 싶은 욕심이 없지 않았다. 그러나 자신의 검이 아니고, 또한 점차로 거세어져 가는 묵아의 저항이 곧 신검으로써의 절개일진대, 그것을 끝내 꺾어서는 안 된다는 생각을 하였던 것이다.

우우웅!

능운상이 내력을 거두었음에도 불구하고 묵아는 아직도 그 성남이 가라앉지 않은 듯 나직한 웅얼거림을 흘리고 있었다.

"과연 신검일세!"

능운상이 진정으로 감탄하며 소산에게 묵아를 돌려주었다. 소산이 빙그레 웃으며 받아 들자 묵아는 그제야 웅얼거림을 멈추었다. 그리고는 곧장 소산의 왼손 팔목으로 감겨 들었는데, 그 모습이 마치 제 굴을 찾아 들어가는 한 마리 영사(靈蛇)와도 같았다.

그때 안문은 다소간 묘한 표정이 되어 있었다.

그것은 일종의 안타까움이었다. 그로서도 제황지검의 위용을 실제로 본 것은 제황지검이 소산에게로 넘어가 묵아가 되고 난 다음부터였다. 그런데 묵아는 갈수록 점점 더 그 본래 이름에 걸맞는 진면목을 보여주고 있는 중이었다.

물론 그렇다고 해서 그가 제황지검에게 어떤 놀라운 내력이 있어서 언젠가 진정한 주인을 만나면 그 전설이 풀린다는 등의 허황된 전설 따위를 곧이곧대로 믿는 것은 아니었다. 어차피 그런 유의 전설이란 것은 다만 제황지검으로써의 상징성을 부각시키기 위해 만들어진 이야기일 뿐이었다.

다만 이제 제황지검의 놀라운 위용을 직접 확인하게 되자 그것이 작디작은 명분을 위해 너무도 쉽게 소산에게 주어졌다는 사실이 새삼 안타까워지는 것이었다.

그러나 그때 정작으로 그러한 안타까운 일을 만든 당사자인 소치는 얼굴에 빙그레한 미소를 띠고 있었다. 소치의 그런 모습에서는 추호의 안타까움은커녕 오히려 은근한 만족감과 광오한 자부심 같은 것이 비쳤다.

*　　　*　　　*

"마침 모두가 모이신 자리에서, 저는 한 가지의 사실을 말하고자 합니다."

문득 그렇게 운을 떼는 소산에 대해 소치와 예령 등은 이채로운 빛이 되었다. 소산이 말하려는 내용에 대한 궁금증 이전에, 지금까지 누구에게 먼저 말을 꺼내는 경우가 드물었고 여러 사람들 앞에서 말을 하는 숫기를 보인 적은 더욱이 없었던 소산이 지금 이처럼 모두를 앞에 두고 말을 하고 있다는 자체가 근간에 그가 보이고 있는 변화를 새삼 확연하게 느끼게 해주는 데가 있었기 때문이다.

그때 소산이 소치를 향하며 말을 이었다.

"전에 소대형께서 제게 주신 그 세 가지 영약들의 용처를 이제 정했습니다."

소치가 언뜻 호기심 어린 얼굴이 되는데, 소산은 이어 예령과 무무, 그리고 능운상에게 차례로 눈길을 주고 나서 다시 소치를 향하며 말했다.

"각 한 알씩의 대환단과 태청보단, 그리고 한 병의 미타성수. 저는 그것들을 여기 세 분께 한 가지씩 드리려고 합니다."

소산이 지목한 세 사람은 바로 예령과 무무, 그리고 능운상이었다. 사람들이 모두 다 깜짝 놀라는 중에, 특히 무무와 능운상은 처음에 어리둥절해하다가 이윽고는 두 눈을 부릅뜨고 마는 모습들이었다. 소치와 소산이 호형호제하기로 하였으며, 묵아가 바로 소치가 소산에게 준 예물이란 사실에 대해서는 능운상과 무무 또한 이미 들어서 알고 있는 터였다. 그러나 방금 소산이 언급한 세 가지 영약에 대한 것은 금시초문인데다, 그것들 중에 그들 사문의 성약(聖藥)이 포함되어 있다는 것이 아닌가. 더욱이 소산은 지금 그 영약들을 느닷없이 그들에게 주겠다고 하였으니 두 사람이 대경실색하지 않을 수 없는 일이었다.

잠시의 놀람을 추스른 후에 능운상이 진중한 얼굴로 말했다.

"산 아우가 그같이 큰 호의를 베풀어주겠다니, 말만으로도 참으로 고맙기 이를 데 없네. 그러나 그것들은 모두 세상에 다시 없는 천고의 영약들인데, 합당한 이유도 없이 우리가 어찌 감히 받을 수 있겠는가? 결코 아니 될 말일세!"

소산이 담담히 웃으며 곧바로 말을 받았다.

"어쨌거나 저는 지금 우리 일행 중의 행수입니다. 그리고 굉조 선사께서는 제게 연경까지 가는 동안 두 분을 부탁하신바 있으니, 두 분은 당연히 우리 일행에 속한 일원입니다. 그러니 제가 두 분께 제안하는 것이 적어도 악의가 아니라면 두 분께

선 그것에 대해 어떤 이유에서든 곤란해하실 필요가 없을 것
입니다."

이어 소산은 문득 정색을 하며 말을 덧붙였다.

"물론 저 또한 아무런 대가 없이 세 분들에게 그것들을 드리
겠다는 것은 아닙니다."

소산의 그 말에 대해 그에게로 집중되어 있던 사람들의 시
선에는 일시 짙은 의혹과 호기심이 솟았다.

그때 다시 소산의 진지한 목소리가 이어졌다.

"그동안 제가 지켜본 바로, 세 분은 모두 당대의 기재들이라
고 하기에 조금도 부족함이 없습니다. 그러니 훗날 언젠가는
어떤 분야에서든, 또 어떤 형태로든 분명히 최고의 자리에 오
를 수 있을 것입니다. 제가 세 분에게 바라는 대가는, 바로 그
때에 받기를 바라는 것입니다."

그 대목에서 소산은 다시금 말을 멈추었다. 그리고 세 사람
에게 잠시간씩 깊숙한 눈길을 주고 난 다음, 이윽고 다시 말을
이었다.

"훗날 최고가 되었을 때, 그때도 여전히 저를 친구로 여겨주
신다면, 제가 오늘 세 분께 드리는 영약의 대가는 그것으로 충
분할 것입니다."

예령은 문득 예전 소산과 나누었던 얘기의 한 토막을 떠올
리고 있었다.

당시 그녀가 무슨 얘기 끝에 검도를 완성하기 위한 수행으

로 강호 행도를 하고 있다는 말을 하였는데, 그것에 대해 소산은 검도의 완성이 의미하는 바가 곧 천하제일인이 되는 것을 의미하는 것이냐고 물었었다. 거기에 대해 예령이 강호와 무공에 대해 문외한인 소산의 입장을 생각하여 쉽게, 그렇게 생각하는 해도 무방하겠다는 요지의 대답을 했었다. 그러자 소산은 예령이 여자의 몸으로 이미 스스로의 인생에 대한 목표를 확고히 정하고 있는데, 자신은 장부(丈夫)이거늘 아직까지 무엇을 위해 살겠다는 목표에 대해 생각해 본 적조차도 없으니 부끄럽다며 자못 거창한 선언을 했었다. 바로 그 순간부터 천하제일을 목표로 삼아보겠다는 것이었다. 그에 예령이 호기심 반, 일깨움 반으로 그에게 과연 무엇으로 천하제일이 될 것인지를 물었는데, 한참을 심각한 기색으로 고민하던 소산은 이렇게 대답했었다. 비록 그 스스로는 천하제일이 될 수 없을지라도, 대신 천하에서 가장 많은 천하제일인들과 친분을 쌓은 사람이 된다면 그러한 한 분야에서 그는 천하제일이 되는 것이 아니겠느냐고.

그때 소산의 시선은 다시 소치를 향하고 있었다.

"제가 이 세 분들의 덕으로 높이 되면, 그것은 곧 소 대형이 높이 되는 것이나 마찬가지일 것입니다. 하면 오늘 저의 이 투자는 또한 소 대형을 위한 것이기도 하니, 저는 이것을 일전에 소 대형께서 주신 예물에 대한 답례로 삼고자 합니다."

그러자 소치가 짐짓 떨떠름한 표정을 지어 보이며 말했다.

"호오! 그것 참 묘한 계산법일세. 사실 나는 이제까지 잘 모르고 있었는데, 지금 보니 과연 자네는 스스로 상인이라 자부할 만하겠네."

약간의 빈정거림이 내포된 소치의 말에 대해 소산은 그저 태연한 모습으로 있더니, 문득 무언가 생각이 났다는 듯 다시 입을 열었다.

"소 대형의 말씀을 듣고 보니, 저는 보다 분명하게 계산을 해야만 할 것 같습니다."

이어 소산이 능운상과 무무, 그리고 예령을 차례로 보면서 말했다.

"아무래도 저는 지금 이 자리에서 세 분이 영약을 복용하는 모습을 직접 확인해야만 하겠습니다."

느닷없는 말에 능운상 등이 다시금 아연해질 때, 소치가 웃는 얼굴로 소산에게 물었다.

"그건 또 어찌하여 그런가?"

소산이 가볍게 웃으며 대답했다.

"하하하! 이것은 물론 농입니다만, 혹시 세 분 중에서 갑자기 천하제일인보다는 부자가 되는 쪽으로 욕심을 내는 분이 생겨서 영약을 다른 사람에게 팔기라도 한다면 그야말로 낭패가 아니겠습니까? 소 대형께서도 인정하신 바와 같이 상인임을 자부하는 저로서는 그런 낭패의 가능성을 만분지 일이라도 안고 갈 수는 없는 일이지요."

능운상이 문득 생각해 보니 지금 벌어지고 있는 일들이 참으로 묘했다. 화제에 올려진 세 가지 영약들은 무림인들이 그야말로 꿈에서조차 염원하는 것들이었다. 그런데 지금 그를 포함해 그와 무무 등은 그러한 희대의 기연을 받을 수 없다고 난색을 표하고 있고, 오히려 기연을 베푸는 입장인 소산은 다분히 억지스러운 명분과 이유까지 끌어대 가면서 기연을 받으라고 성화를 부리고 있는 것이다.

한편 생각해 볼 때, 그가 태청보단을 취하여 무당에 전한다면 사문에 커다란 공헌을 하는 것임은 분명했다. 그러나 이제 소산이 말한 대로 그가 이 자리에서 태청보단을 직접 복용해 버린다는 것은 결코 있을 수 없는 일이었다.

능운상이 새삼 당혹스러운 표정으로 소산에게 말했다.

"나는 결코 그럴 수 없네. 그러니 아무래도 산 아우는 다른 긴요한 용도를 찾아보는 것이 좋겠네."

바로 그때 무슨 생각에서인지 안문이 불쑥 말을 거들고 나섰다.

"대환단과 태청보단은 각기 소림과 무당의 비전으로 만들어진 만큼, 그 신묘한 약효를 온전히 발휘하기 위해서는 반드시 소림과 무당의 진산 내공심법이 필요하지요. 하니 소림과 무당의 직전제자가 아닌 다른 사람이 그 영약들을 복용한다면, 결국은 시전에서 평범한 보약을 지어 먹은 것이나 별 다를 게 없게 되는 것입니다. 미타성수 또한 그것이 지니는 극음의 특성상 어차피 적합한 재질을 갖춘 여인만이 복용할 수 있는

물건입니다. 제가 보기에 오늘 세 분에게 이 같은 기회가 주어
진 것은 바로 세 분이 타고난 복연이라 할 것이니, 세 분은 지
나치게 사양치 않는 것이 좋을 것 같습니다.”

순간 능운상과 무무의 표정에 언뜻 약간의 놀람과 감탄의
기색이 스쳤다. 안문이 대환단과 태청보단에 대해 언급한 말
은 과연 사실이었는데, 그러한 사실은 소림과 무당의 문하라
고 해도 직전이 아니라면 잘 알지 못하는 사실이었던 것이다.

그때 소산이 정색의 차분한 어조로 입을 열고 있었다.

“어차피 제게는 필요없는 물건들입니다. 만약 세 분이 끝내
거절하겠다면, 저는 이 물건들을 지금 이 자리에서 없애 버리
겠습니다.”

참으로 어이없는 강수였다. 그런데 그 강수가 바로 소산에
게서 나온 것인 이상, 정말로 그렇게 될 수도 있다는 데 대해
사람들의 생각은 곧바로 일치하는 바가 있었다. 더욱이 능운
상과 무무는 크게 당황하는 기색이 되고 말았다. 그들에게 대
환단과 태청보단은 단순히 영약으로써의 가치를 넘는 의미를
지니는 것이었다. 그러니 차라리 다른 용도로 쓰이는 것이야
인연이겠거니 하면 될지라도, 바로 자신들의 눈앞에서 헛되이
버려지는 것을 두고 볼 수는 없는 일이었다.

다만 그런 중에도 소치는 지금의 돌아가는 상황들이 자신과
는 전혀 무관하다는 듯, 입가에 엷은 미소를 띄워놓은 채 느긋
하게 지켜보고만 있었다.

第十二章
진경(進境)

지존
석산 평전

능운상과 무무, 그리고 예령은 계곡 안쪽의 커다란 바위 밑 공간에 품자형으로 자리를 잡고 앉았다. 그들은 소산의 고집을 끝내 받아들이기로 하였고, 오늘 밤 각자에게 주어진 영약들을 복용하고 운기조식에 들어가기로 한 것이다.

세 사람이 일행들과 떨어져 외진 곳으로 와서도 함께 자리를 잡은 것은, 사실 예령에 대한 능운상과 무무의 배려였다.

능운상과 무무의 경우에는 각자가 무당과 소림의 후기지수인만큼 태청보단과 대환단을 복용하여 그 약효를 자신들의 것으로 하는 데 있어서 예기치 못한 돌발 상황이나 위험을 당할 일은 거의 없다고 할 수 있었다.

그러나 예령의 경우에는 그렇지 못했기에, 그녀로 하여금 먼

저 미타성수를 복용하게 하고, 그녀가 별탈없이 대주천에 들어
가는 것을 보고 난 다음에 그들 또한 단약을 복용할 작정이었다.

*　　　　*　　　　*

능운상은 태극혜심법(太極慧心法)으로 대주천을 거듭하던
중에 돌연 운기를 멈추었다.
아쉽고 안타까운 일이었지만, 현재 그의 능력으로써는 더
이상 태청보환의 약기를 녹이는 것이 불가능했기 때문이다.
그래도 대략 삼 할에 달하는 약기는 녹여 흡수할 수 있었지만,
이제 여기에서 멈추었으니 잔여 칠 할의 약기는 단단히 응고
되어 단전에 자리잡을 것이었다. 그리고 그것은 아주 오랜 시
일에 걸쳐 아주 조금씩 용해되어 흡수되든지 혹은 지금 현재
그가 보유하고 있는 내공보다 적어도 세 배 이상의 내공 수준
을 가진 고수의 도움을 받는다면 그 잔여 약효를 단숨에 자신
의 것으로 취할 수도 있을 것이었다.
그러나 이제 그의 내공이 바야흐로 일 갑자를 상회하게 되었
으니, 그것만으로도 이미 상승 경지의 반열에 올랐다고 할 것인
데, 과연 당금 강호에 그것의 세 배인 삼 갑자 이상의 절대 내공
을 보유한 인물이 누가 있겠는가? 아마도 그의 사부 천우 진인
이나 소림의 굉조 선사라 해도 그런 정도까지는 아닐 것이었다.
능운상은 문득 강호의 전설인 팔종 중의 일인이라면 가능할
지도 모르겠다는 생각을 떠올리며 엷은 실소를 짓고 말았다.

강호인이라면 누구나 꿈에 그릴 과분한 기연을 이미 취하고도, 자신이 지금 더한 욕심을 부리고 있는 것 같았기 때문이다.

그의 등 뒤 명문혈로부터 한줄기 엄청난 기운이 노도와도 같이 맹렬히 쏟아져 들어온 것은 바로 그때였다.

그리고 능운상이 깜짝 놀라 자신도 모르게 소리를 지르려고 하는 순간, 그의 뇌리를 강타하며 울리는 목소리가 있었다.

"못난 놈! 마음을 바로 세우지 못할까?"

벼락 같은 호통이었다. 또한 그 호통에는 한가닥 정신을 싸하게 만드는 서늘하고도 청명한 기운이 깃들어 있었다. 그에 능운상이 얼떨결이다시피 입을 악다물고 막 흐트러지려던 기운의 가닥을 겨우 추슬러 잡을 수 있었는데, 그러자 그 목소리가 웃으며 말했다.

"헐헐헐! 잘했다! 무당의 후기지수라고 하더니, 그래도 조금의 그릇은 갖추었구나."

그러나 그때 능운상은 조금도 다른 것에 마음을 나눌 여유가 없는 다급한 상황에 놓여 있었다.

우르르릉!

명문혈로부터 쏟아져 들어온 그 거력은 곧바로 그의 단전으로 흘러가 막 응고되고 있던 태청보환의 잔여 칠 할의 약기를 일시에 용해시켜 버렸다. 그리고 그 거대한 약력과 합쳐져 측량하기 어려울 만큼의 거대한 흐름을 이룬 열류는 이내 두 가닥으로 나누어지더니, 곧바로 임맥과 독맥의 대소 경혈들을 타고 흐르기 시작했다. 그리하여 이윽고 임독양맥의 교차 지

점에서 그 두 가닥의 열류가 다시 합쳐져 한줄기의 거력으로
화하는 순간, 능운상은 그만 비명을 지르고 말았다.

'안 돼!'

소리 없는 비명이었다. 동시에 그의 내부에서는 거대한 충
돌이 일어났다.

쾅!

그리고 능운상이 까마득히 의식을 잃어갈 때, 그의 몸 주변
으로는 한 무리 노을빛 서기가 은은하게 서리고 있었다.

다시 깨어났을 때, 능운상이 가장 먼저 느낀 것은 머리 속이
한없이 맑다는 것이었다. 서늘하면서도 밝고 청명한 기운. 그
것은 천지 교통의 말할 수 없는 쾌락이기도 했다.

그리고 그 순간 그의 머리 속을 호호탕탕 흘러가는 이치들.
바로 태극혜검의 요결들이었다. 그것들은 이전과는 다른 새로
운 형태와 의미를 담고서 그의 뇌리 속을 통쾌하게 관통하고
있었다. 능운상은 감격하는 중에도 그 이치를 한 자락이라도
놓치지 않으려 곧바로 몰아의 경지로 들어갔다.

시간이 흐르고 있었다. 시간 자체는 그저 흐르되, 누구에게
는 많은 시간일 수도 있고, 또 다른 누구에게는 촌각의 시간일
수도 있을 것이다. 지금 능운상에게 주어진 시간은 더할 수 없
이 귀중한 영적 교감과 심득을 경험하는 순간이었다.

천천히 뜨여진 능운상의 두 눈에는 감격이 가득 넘쳐흘렀
다. 상상도 하지 못했던 임독양맥의 타통에 대한 감격이었다.

바닷가의 모래알같이 많다는 무림의 숱한 기인고수들 중에서 임독양맥을 타통한 이가 과연 몇이나 될까? 임독양맥을 타통한다는 의미는 단순히 내공이 증대된다는 것 이상이다. 내공의 증대야 굳이 임독양맥을 타통하지 않아도 되는 일이니 말이다. 그럼에도 무림인들이 임독양맥의 타통을 일생일대의 기연으로 치는 것은, 그것이 곧 내공을 운용하는 데 있어 거의 모든 제약이 없어지는 것을 의미하기 때문이다. 곧 무공의 경지가 화경으로 진입하는 최대의 관문으로 여기는 것이다.

감격을 겨우 추스르면서 능운상은 새삼 의문을 가지지 않을 수 없었다. 가만히 생각해 보니 어디선가 들어본 적이 있는 듯도 한 목소리였다. 그러나 막상 누구인지는 도무지 알 수 없었다.

'도대체 누구란 말인가? 혹 사문의 어느 존장께서 왕림하셨던 것인가?

능운상의 생각이 그런 쪽으로 갈 수밖에 없는 것은, 그의 임독양맥을 타통시킨 인물의 내공이 가히 절대지경에 이르렀을 뿐 아니라, 무당 심법의 운용에 대해서도 아주 익숙한 면모를 보였기 때문이다. 또한 무당산의 첩첩산중 깊은 골짜기에는 예로부터 전대 혹은 전전대의 고인들이 그 귀천의 여부조차 확인되지 않는 채 은거하는 경우가 종종 있어왔고, 그들 중에는 선도(仙道)에 이르렀으나 세상을 등지고 홀로 유유자적하는 경우도 있는 것이다.

천천히 주위를 둘러보던 능운상은 흠칫 놀라다가 이내 안도와 함께 감탄하는 빛으로 되었다. 처음의 품자 형태 그대로 가부좌를 틀고 앉은 무무와 예령의 주위로 각기 장엄한 황금빛 서기와 은은한 백무(白霧)가 감돌고 있었는데, 능운상은 곧바로 그들 두 사람 또한 자신과 비슷한 기연을 겪고 있는 중이리라 직감할 수 있었던 것이다.

능운상은 조용히 기다렸다.

다시 얼마나 시간이 흘렀을까? 무무와 예령이 차례로 막 삼매경에서 깨어날 조짐을 보일 때, 능운상이 약간의 내력을 실어 아주 차분한 목소리를 발했다.

"두 분은 하늘이 내린 기회를 소중히 여기시오!"

능운상은 자신이 그랬듯이 무무와 예령 두 사람 또한 지금 이 순간 아마 그들의 일생 다시는 경험하지 못할 지극히 중요한 순간을 맞이하고 있는 것임을 짐작하기에, 두 사람이 보다 안정적으로 각자의 영감과 심득을 최대한 얻기를 바라는 것이었다.

능운상의 바람대로 무무와 예령은 다시금 운공으로 접어들었고, 두 사람을 잠시 지켜보던 능운상 또한 가만히 명상 속으로 빠져들었다.

이른 새벽. 세상은 아직 깊은 고요 속에 잠겨 있었다.

능운상 등 세 사람은 지난밤 내내 운공과 명상을 통해 각자의 심득에 대해 깊이 성찰하였다. 그리고 이윽고 깨어난 후, 무무와 예령은 능운상이 또한 그들과 마찬가지로 풀리지 않는 의문을 가진 처지라는 말을 들었다. 그러나 그들은 이내 그러한 의문에 대해 연연하지 않기로 했다. 언젠가는 저절로 풀릴 의문이라 여기기로 했고, 다만 자신들에게 주어진 천재일우의 기연에 대해 감사하기로 했다.

이어 그들은 각자의 심득의 여운이 남아 있는 그대로, 그동안 각자가 가로막혀 왔던 벽의 실체와 또한 그 벽을 넘어서 새롭게 접한 신세계에 대해 진지한 담론을 나누었다.

＊　　　　＊　　　　＊

새벽녘.

소산이 능운상 등 세 사람에 대한 막연한 걱정과 또한 궁금증으로 그들이 운공하고 있는 계곡 안쪽의 커다란 바위 근처로 온 것은, 세 사람이 막 커다란 기연을 겪고 다시금 운공과 명상의 삼매경으로 빠져든 바로 그 즈음이었다.

소산이 감히 세 사람의 가까이로는 다가가지 못하고, 멀찍이 거리를 두고서 하나의 바위 뒤쪽에 자리를 잡고 앉았다. 세 사람의 몰아에 방해가 될까 보아서였다.

한동안 무료히 있던 소산은 문득 자신 또한 가만히 운기에 들어갔다. 바로 무한중첩삼재심법을 운행하는 것이었다.

그동안에는 도외시하다시피 하며 그저 심법이 제멋대로 운행되도록 방치해 두었으니, 그가 스스로의 의지로 심법을 운행해 보는 것은 참으로 오래만의 일이었다.

그런데 운기에 들어가자마자 소산은 깜짝 놀라지 않을 수 없었다. 셀 수 없는 횟수의 대주천이 거의 동시적으로 일어나기 시작하는데, 그 중첩의 횟수가 가히 무한이라고 할 만하였기 때문이다. 더욱이 그런 무한중첩의 운기로 인해 지금 그의 체내로는 그가 평소에 짐작하고 있던 정도를 한참이나 초월하는 막대한 양의 기운들이 끊임없이 유입되고 있는 중이었는데, 그 도도한 기운의 흐름은 그를 중심으로 하여 은근하면서도 무한히 거대한 기의 소용돌이를 일으켜 가고 있는 중이었다.

한순간 소산은 급하게 심법의 운행을 멈추었다. 우려 때문이었다. 그러나 지금 이 순간 그의 우려는 그가 이미 고민해 오고 있던, 대책없이 쌓이기만 하는 그 막대한 기운들을 결국은 유한한 공간일 수밖에 없는 그의 몸에 어떻게 축적을 해나갈 것이냐 하는 따위의 우려는 아니었다.

지금 그가 우려하는 것은 곧 예령 등을 위한 조심이었다. 소산이 이전에 예령에게 말을 들은 적이 있었다. 운공은 몰아에 이를 정도로 집중해야 하는 과정이고, 그런 중에는 외부의 조그만 충격에도 자칫 위험한 상황을 맞을 수도 있다고.

그런데 지금 외부의 기운이 그의 내부로 유입되는 과정에서 일어나는 거대한 기의 소용돌이가 보다 더 확대된다면, 마침내는 그 여파가 운공 중인 세 사람에게 영향을 줄 수도 있겠다 싶은 것이었다.

나아가 소산은 그의 의지와는 관계없이 저절로 일어나고 있는 심법의 운행을 억제하는 데 집중하기 시작했다. 물론 지금까지의 예로 볼 때 그가 굳이 의식적으로 주도하는 운기가 아니라면, 그가 우려할 만큼의 상황은 일어나지 않을 것이었다.

그러나 문제는 능운상 등 세 사람이 지금 아주 민감한 상태에 있고, 또한 소산 자신의 무의식의 운기 또한 시간이 갈수록 점점 더 강력해지고 있다는 데 있었다.

소산이 취한 방법은, 심법의 운행을 보다 느리고 부드럽게 만드는 것이었다. 그런데 그런 노력을 하는 도중에 소산은 문득, 자신의 의지가 지배하는 공간이 자신의 신체 범위를 벗어나 외부 공간으로 확대되는 뜻밖의 현상을 발견하게 되었다. 그리고 심법의 운행을 느리게 하면 할수록, 그의 의지가 지배하는 공간 영역의 범위 역시 보다 광범위하게 확대가 되는 것이었다.

그리하여 어느 순간부터 소산은 어떤 새로운 세계에 발을 들여놓고 있었다. 그것은 지극히 신기하고도 흥미롭기 이를 데 없는 완전히 새로운 세계였다.

소산은 지금 사방의 모든 것을 다 볼 수 있었다. 아니, 그것은 보이는 것이 아니라, 마치 육감처럼 생생히 느껴지는 것이었다. 가까이에 있는 능운상 등 세 사람의 깊숙한 호흡. 멀리 떨어져 있는 소소와 당고, 소치 등의 뚜렷한 존재감. 그리고 알려지지 않은 또 다른 어떤 은밀한 존재의 느낌도 있었다. 그런데 그 은밀한 존재는, 한순간 그의 쪽에서도 소산의 의지를 느낀 듯이 움찔하는 파동을 남기며 순간적으로 그 존재감이 사라지고 말았다.

물론 소산이 지금 자신이 경험하고 있는 새로운 느낌 내지는 육감에 대해 있는 그대로를 다 믿는 것은 아니었다. 아직까지는 그런 느낌들에 대해 스스로 확신하기 어려운 것이다. 그러나 어쨌든 나쁜 기분은 아니었기에, 소산은 그 느낌들이 주는 새로움과 흥미로움에 흠뻑 젖어들고 있었다.

그러다 능운상 등이 차례로 깨어났을 때 소산은 망설이다 그들 앞으로 나설 기회를 놓치고 말았다. 그리하여 그들이 각자의 심득에 대해 담론을 나누는 것을 한동안이나 듣고 나서야 문득 조심스럽게 기척을 내게 되었다.

겨우 오 장여 떨어진 바위 뒤에서 갑작스럽게 나는 인기척에 대해 능운상 등은 깜짝 놀라고 말았다. 누군가 그처럼 가까이에 접근해 있다는 사실에 대해, 그리고 그들 중 누구도 그것을 미리 알지 못했다는 데 대해 놀라고 경계하는 한편, 그들 스스로의 흐트러짐에 대해 자책하지 않을 수 없었던 것이다.

그러나 다음 순간, 바위 너머로 엉거주춤 몸을 일으키고 있는 사람이 바로 소산이라는 것을 알아보고서 그들의 놀람과 경계는 이내 누그러지고 말았다.

『지존석산평전』 3권 끝

입소문을 통해 아는 분은 다 알고 계십니다!
올 한해 공인중개사 최고의 화제작!

1~2권 합본 | 이용훈 지음
3~4권 합본 | 이용훈 지음
5~6권 합본 | 이용훈 지음
용어해설 | 이용훈 지음

수험생 기본 필독서
만화 공인중개사

제목 : 만화공인중개사 쓰신 분에게 감사드립니다.

학원을 두 달 다녔어요. 근데 과연 그 숫자 외우기 그런 게 몇 문제나 나올까 생각을 했어요.
아니라는 생각이 드네요. 학원강의를 뒤로하고 서점을 갔어요. 내 머리에 가장 이해될 수 있는
책이 없나 하구요. 거기서 만화를 발견했어요. 무조건 세 번 봤어요. 3개월 걸렸어요. 문제집을 보라고
했는데 그건 시행을 못했어요. 근데 합격을 했네요.
어떻게 감사의 말을 해야 될지……
도서관에서 만화책 들고 다니니까 사람들이 비웃더라구요. 만화책으로 공인중개사를 공부한다고
미친 사람처럼 보더라구요. 근데 그거 다 감수하고 했던 내가 자랑스럽습니다.
어떻게 감사의 말을 해야 할지… 정말 감사합니다.
부디 행복하세요. 제 나이 41살에 좋은 스승을 만난 것 같습니다.
엎드려 감사드립니다.

−본사 홈페이지에 독자분이 올린 메일 中 에서 발췌−

2008년 봄 그들이 온다!!

권왕무적의 초우, 궁귀검신의 조돈형, 삼류무사의 김석진, 태극검해의 한성수, 프라우슈 폰 진의 김광수, 흑사자의 김운영, 송백의 백준 등

총 20여 명에 이르는 호화군단의 인더북 이북 연재 확정!!
그 외에도 많은 정상급 작가들의 이북 연재 런칭 예정!!

**포도밭 그 사나이, 새빨간 여우 등의 로맨스 정상급 작가
김랑의 작품을 이북 연재로 만나다!!**

오직 인더북에서만 독점 연재!!

아쉬움을 남기고 1부에서 막을 내린 **권왕무적 시리즈의 2부** 등 인기 작가들의 수준 높은 미공개 작품들이 시중에 책으로 출간되지 않고, 오직 인더북에서만 연재됩니다.

COMING SOON! INTHEBOOK.NET

1. 인더북의 이북 유료연재는 2008년 1월 말 ~ 2월 중순경 오픈
2. 인더북에 연재되는 작품들은 시중에 출판되지 않은 작품들로 엄선

**이북 유료연재의 새로운 도전! 그리고 새로운 시작! 인더북!!
곧 새로운 모습의 이북 연재 사이트로 여러분께 다가가겠습니다.**